骆驼刺

北回归雁 著

山东文艺出版社

序言

"文章合为时而著,歌诗合为事而作",文学历来是叙说历史命运、反映社会现实、表现人民生活、体现社会整体精神风貌的重要载体。历史上,从《诗经》、诸子散文到汉赋、唐诗、宋词、元曲、明清小说,从体裁到主题无不具有深刻的社会基础和时代精神。人们通过文学作品来认识现实、了解历史、体味人情,文学也因此具有"观乎人文以化成天下"的社会作用。继承这样的文学传统和本质,当代一系列现实主义的小说作品以生活作为创作的源泉,把反映时代、描写社会生活作为创作的出发点,体现了对生活的关切、对促进社会进步的责任和使命。

月卫的《骆驼刺》就是这样一部现实主义小说。作品以信访干部骆大明为主人公,叙写了其工作的职责使命、精神追求和平凡生活里的亲情、友情、爱情。其中,包含对历史交付的神圣使命的认识、对向上向善的由衷赞美。因此,这不是一部简单的"官场小说",不追逐所谓"敏感"话题、"热点"问题,或猎取"市场卖点""阅读快感",而是植根现实生活,认真观察、深刻思考、客观记录、艺术再现,以真诚的态度写有温度的作品,使人们透过现实看到希望,感受到勇气,更深刻地理解使命和意义。

本书最大的特点也在于"实"。作者深入生活、体验生活、热爱生活,在深刻体验的基础上反映和刻画了大时代背景下人们的使命追求和情感经历,语言平实、情节真实,在娓娓道来的叙述中展示了人物真实的现实经历和复杂、丰富的内心世界,从而更深层次地表现了时代精神和人性深度。如果说"文学叙事是对时代的一种理解方式,这种理解也包含对自我以及自我与时代关系进行重新叙述",那么,植根于人民大众的优秀文学作品,也是一种积极向上的价值观的表达,并发挥着积极的社会影响。子曰:"诗可以兴,可以观,可以群,可以怨。"优秀的文学作品能够促进人们认识世界、认识自我、抒发情感,从而发挥积极的导向作用。从这个意义上看,《骆驼刺》也是一部值得阅读的佳作。

近年来,越来越多的写作者加入文学创作的队伍中来,这对我国的文化大繁荣来说是一件幸事。应该说,一部好的作品,要有时代感和使命感,在植根生活、深入现实的基础上凝练和表达,凝聚雄浑的社会交响,展现宽阔的人性胸怀,书写绚丽的人生色彩和丰厚坚实的生活基础,做到传导时代律动、传承中华民族千百年来"自强不息、厚德载物"的精神传统,从而经受读者乃至历史的检验，为我们的时代、社会以及民族更长远的进步与发展贡献力量。

全国政协委员　中国文联副主席　山东省文联主席

潘鲁生

庚子春分于北大山

主要人物关系表

骆大明　江北省信访局党组成员、副局长

吴有文　江北省纪委副书记（主持工作）

蒋一曼　紫金藤集团总裁

江小鸥　《吴州晚报》记者

兰玺光　江北省政府副秘书长兼信访局党组书记、局长

温晓燕　骆大明妻子，云港市人民医院护士长

丁小力　江北省信访局督查室副主任科员

董默涵　江北省音乐学院学生

任长河　江北省政府党组成员、副省长

江沐月　江北省纪委挂职干部

胡新标　江北省公安厅刑警大队副大队长

黄远辉　江北省信访局办公室主任

陈　老　"三四五茶舍"老板（董默涵外公）

伍为民　江北省信访局督查室主任

赵卫军　吴州市公安局局长

目 录

第一章　异地任职 ——— 001

第二章　初涉酒局 ——— 020

第三章　邂逅初恋 ——— 043

第四章　再次设局 ——— 067

第五章　陷入圈套 ——— 090

第六章　一丘之貉 ——— 115

第七章　危机重重 ——— 143

第八章　神秘人物 ——— 175

第九章　再次误会 ——— 200

第十章　真相渐白 ——— 228

第十一章 危险逼近 ——— 253

第十二章 出离愤怒 ——— 281

第十三章 提前出手 ——— 309

第十四章 吉人天相 ——— 335

第十五章 大 结 局 ——— 361

第一章　异地任职

（一）

高速列车以 300 千米的时速行驶在苏北的大地上，骆大明正坐在靠窗的位置出神地望着远方。虽然他的眼睛盯着窗外，但细心的人不难看出，神情凝重的他并没有心情欣赏车窗外的风景，而是心事重重。

事实也正是如此。此时此刻，令他揪心的不只是突如其来的一纸调令，更是临行前田正良书记和他那番意味深长的谈话。

骆大明，皮肤黝黑，国字脸，卧蚕眉，一双大眼炯炯有神，仿佛一下子就能看透人的心思。一米八五的个头，看上去健壮而阳光，处处散发着一种中年男子的成熟魅力和力量。如果单凭直觉，人们很难把眼前这个标准的高大汉子和从小生长在江南的他联系在一起。

如今，已经过了不惑之年的骆大明在云港市副市长的位置上还未满一年，毫无征兆地就又有了新的工作安排。让所有人都感到意外的是，他的这次工作调动并非本市也并非本省，而是直接被调往了邻省江北，新任职务是省信访局党组成员、副局长，位列三个副局长之首。

四年前的骆大明还是云港市东阳县的常务副县长。按照中央的要求，省里选拔一批中青干部对口支援新疆建设，骆大明在人选之中。尽管家中上有老下有小，但他最终还是选择了报名远赴新疆。而他当初在新疆巴州挂职的职务，正是分管信访工作的副市长。

"您的书掉了……"深陷思考中的骆大明被一个颇为娇媚且略带江南吴语口音的声音打断。骆大明转过身，一位三十岁左右，留有齐耳短发，一身职业装打扮的女士递给他刚刚掉落的书，随之飘来的还有一股淡淡的香水味儿。骆大明稍一抬头，眼前的这位女士给他的第一感觉：清新，典雅，职业且不妖娆，透出一股精明和干练。

"哦，谢谢，不好意思，走神儿了……"骆大明一边接过书放在小桌板上，一边礼貌地道谢。出于礼貌，他并没有盯着这位邻座的女士看个究竟，而是又转过头望向窗外。

列车到达江北省会吴州的时候，恰好邻座的那位女士也起身拿行李，二人彼此给了对方一个友好的微笑，一前一后下了车。出了站台，省信访局接站的同志已经在出站口等候——办公室主任黄远辉带着司机举着一个高高的牌子来迎接。一阵寒暄过后，骆大明上了车，车子径直驶向省信访局机关大院。

第一章 异地任职

初秋的吴州,并没有让人感到丝毫的凉爽,相反却是火热的太阳依旧炙烤着大地。夏天的余威依旧存在,空气中处处飘浮着江南独有的湿乎乎的味道,这种味道对于土生土长的骆大明来讲再熟悉不过了。吴州,这座地处长江以北、淮河以南的省会城市,近几年似乎和全国各地的情况大同小异,到处都是建成或在建的高楼大厦。高高的塔吊下是五花八门的售楼广告,以及散发小广告的男男女女。当然,还有那些被困在高楼大厦里的钉子户和尚未开发的棚户区,以特有的方式存在着,成为每一座城市发展过程中的一道刺眼的伤疤。

骆大明坐在车里,一边观察着这座城市的变化,一边回想下车时邻座那位女士的音容笑貌,似乎在哪里见过,有一种似曾相识的感觉,却又一时怎么也想不起来具体的场合。至于办公室主任黄远辉在车上给他介绍了些什么,他一句也没听进去。当车子停在省信访局机关大门口的时候,似乎出了什么状况,一阵嘈杂的争吵声打断了他的思绪。

门口不远处有一老一少背着编织袋的两个人。年长的驼着背,穿着一件破旧的白色老式跨栏背心,年轻的则穿着一件发黄的白色衬衣,正被几个身着保安制服的年轻人粗暴地推搡着,直到过了马路对面,那几个年轻人仍不肯罢休,嘴里还大声地呵斥着。两个人一直不敢反抗,但试图挣脱再次回到马路对面,不知从哪儿迅速开来了一辆悬挂地方牌照的警车,将跌跌撞撞的两个人塞进车子后座,便一溜烟儿地扬长而去。

眼前的一幕让骆大明眉头一皱,似乎想起了什么。紧锁的双眉皱成一个大大的"川"字,一股无形的压力在心头渐渐汇聚,夹杂着潮湿的空气,让他有些呼吸困难。黄远辉见状,不好意思地笑了笑,说近几年来省局接访能力有限,这样做也实属无奈。骆大明没有说话,车子径直开进了院子。

在办公室两位同志的陪同下,骆大明被临时安排在局机关宿舍的一套三居室里。房子是二十世纪九十年代的老式设计,虽然看上去有些陈旧,但还算干净舒适。办公室主任黄远辉早已置办好了新的家电、家具和必要的生活用品,一边寒暄着说有什么需要尽管吩咐他去办,一边满面笑容地介绍着江北省委、省政府的地理位置和周边环境。骆大明对眼前这位看上去斯文且做事周到得体的办公室主任有种莫名的好感,又隐约有一丝警觉,于是连忙客气地道了谢就打发他回去了。

江北省信访局,两年多的时间里,竟有三位副局长先后落马,成为省政府组成部门的一个腐败的重灾区。没有省内干部愿意蹚这潭浑水,或许是这个原因,才从邻省调来了骆大明。不过,骆大明并不在意这个地方的水有多深,他坚信,只要自己坚持党性和原则,不贪不腐,找准自己的定位,就不用怕这怕那。再说,既然组织上信得过他,他也得对得起组织,如果真是拈轻怕重、计较得失,他也可以选择不来,毕竟尽管这次调动很突然,但在做出决定前还是征求了他的个人意见,作为组织培养多年的干部,他怎么可能和组织讨价还价呢。

或许他已经习惯了异地工作,他来吴州的第一件事就是先体验一下当地的民风和民情,于是他把自己随身的行李安排妥当后，就锁上门转身下了楼。

（二）

晚上七点，当骆大明到达吴州江畔一个名叫"幸福公社"的主题餐厅时，老同学江小鸥早已等候在门口，正在四处张望。

"欢迎局座大人大驾光临，来到江北这贫困之地关心我等草民的生活疾苦……"

江小鸥一边张开双臂给骆大明来了一个熊抱，一边嘴上不忘调侃几句。

"你这张臭嘴不去说相声真是可惜了。几年不见，你这毒舌功夫又见长进。"

骆大明使劲拍了一下江小鸥略显瘦弱的肩膀，哈哈大笑起来。

江小鸥可以算作骆大明的发小儿，初中三年同桌，高中三年同班。后来各自大学毕业后，骆大明考上了公务员，江小鸥则离开家乡做了报社记者。在这座陌生的城市里，江小鸥是骆大明唯一熟悉且可以信赖的人。

江小鸥看上去是那种典型的江南男子，个子不高，身材消瘦，再加上戴着一副高度近视眼镜，更衬托出一种特有的文人气质。虽然外形相去甚远，但江小鸥和骆大明有一点十分相似，就是都有犀利的眼神，似乎无时无刻不在洞察这个多彩、复杂的世界。二人一阵寒暄过后,径直来到一个叫作"五大队"的包厢。事实上,与其说是包厢,倒不如说是一个装饰成二十世纪六七十年代家居风格的小小隔断间。

掀开一个以大红大绿为主色调的碎花布门帘,走不了几步就是一个青砖大炕,黄泥勾缝的红砖墙壁上裸露着参差不齐的茅草,一个四人小方桌规规矩矩地摆在炕中间,上面放着四套陶制的大碗和小碟。门框的两边各挂着一串风干了的玉米、大枣和花生。对着炕沿的墙角,则斜放着一组农村早已少见了的锄头和斗笠,大概只有生于七十年代之前的人,才能对眼前的场景有或多或少的记忆……

"行啊小鸥,这样的地方你是怎么找到的!"骆大明感觉有些激动。

眼前的一切仿佛一下子带着他们回到了童年时代,他们同是出生在农村,又同是考出庄稼地的农家娃娃,比出生在城里的人更能深刻地保留那个年代的印记。二人盘腿坐在炕上,随便点了几样农家菜,话匣子就打开了。

"大明,你的这个工作安排你事前知道吗?"江小鸥剥开一粒花生,一边放进嘴里慢慢地咀嚼着,一边盯着打从认识起就不善言辞的骆大明。

"不知道,这个决定来得很突然。"骆大明将碗中的茶水一饮而尽。

"江北的信访工作不好干呀,你得有个心理准备……"江小鸥的话直接印证了下午在信访局门口所见的一幕,他的直觉

第一章　异地任职

江南山水一　刘明杰绘

很快在江小鸥这儿得到了验证。

"这个心理准备我有,全国的信访工作都差不多,如今的老百姓信访不信法呀!"骆大明挑了一块切好的黄瓜条,蘸了蘸酱,一口塞进嘴里,一股清香伴着清脆的咀嚼声似乎在喻示着骆大明的成竹在胸。

"我觉得事情没有这么乐观和简单,省信访局自去年以来,有三位副局长先后出事,你知道吗?"江小鸥拿起一块蒸熟的玉米又放回到竹篓里。

"这个我倒是听说了,来之前,市里主要领导也找我谈过话,也说起过这事。怎么?你有什么内幕?"骆大明放下筷子,表情严肃地看着江小鸥。

"其实也算不上什么内幕,料倒是有一些,只可惜,这件事比较敏感,且涉及面也比较大,所以公开的报道只限于一般性的消息。"

听到江小鸥的话,临行前和市委书记田正良的那番谈话一下子又浮现在骆大明的眼前。他到现在也没有完全吃透田书记的真正意图。

"好了,好了,工作上的事先说到这儿吧,今天是老同学见面,怎么着也得来点儿酒呀,这光喝茶有什么意思!"江小鸥一边说着,一边喊服务员。

说到酒,骆大明其实是能喝一点儿的,不过由于工作原因,加上中央三令五申的"八项规定",骆大明很久没有沾过酒了。即使在新疆工作的三年,他也基本上滴酒不沾。但今天的场合似乎不喝点儿也不合适,毕竟是一起长大的同学加发小儿。

"那就一人一瓶啤酒吧!"骆大明说。

"你说什么?我没听错吧!"江小鸥看着眼前的骆大明,感觉有些陌生。

"不是,小鸥你听我说,明天我还要到局里报到,再说,我们现在都过了拼酒的年龄,既然我们有缘再次相聚在同一座城市,还怕以后没有喝酒的机会?来日方长嘛!"见江小鸥的架势,像是要大喝一场,骆大明连忙摆手制止。事实上,江小鸥的酒量他是清楚的,他虽然看似弱不禁风,但在同学中却是出了名的"千杯不醉"。

这场相聚由于骆大明的坚持很快就结束了。回到住处,骆大明先是向年迈的父母报了平安,又和正在读小学四年级的儿子视频了一会儿,嘱咐他少上网,要听妈妈的话。最后,他感觉最对不住的就是妻子温晓燕,因为他这一走,照顾双方老人和孩子的重担又落在了她一个人的肩上。

开明的妻子没有抱怨,反而叮嘱他要处理好自己的工作和生活,毕竟是到了一个陌生的环境。两个人互道了晚安。骆大明没有丝毫的困意,于是打开电脑开始浏览江北省内的各主要官网和主流媒体的网页。互联网真是一个好东西,自从有了它,想了解任何一个地方,只要有电脑有Wi-Fi(行动热点)就可以了。

第二天下午,江北省信访局机关礼堂召开局机关干部职工大会，省委组织部副部长杨福喜，省信访局党组书记、局长兰玺光，副局长汪明哲，副局长彭江虹和骆大明主席台就座，杨福喜代表省委、省政府宣读了关于骆大明同志的任命，随后骆大明做了简短的发言和例行的表态就散会了。会后，兰玺光组织召开党组会，这是骆大明第一次以班子成员、信访局副局长的身份出席党组会。

事实上，对于骆大明而言，他身上的这副担子着实不轻，因为局长兰玺光还有一个特殊身份，就是省政府的副秘书长。对在政府体系中相对弱势的信访局而言，这样的配置或许是为了更好地推进信访工作，排名第一的副局长，意味着将要承担更多的具体工作。但眼前的这位一把手，给骆大明的第一直觉便是深不可测。

（三）

按照党组会的分工，骆大明负责协助兰玺光分管信访联席会议、办公室日常事务、接访、综合调研和督查室等方面的工作。党组会后，办公室主任黄远辉就引着骆大明把他分管的各处室挨个走了一遍。

和骆大明在云港刚任副市长时的情况有些类似，第一次到分管的处室走访，几乎所到之处，所有人都起立鼓掌，脸上带着机关里下级见到上级时的职业微笑，但是每一个笑容里都有着不同的内涵，比如，有的是拍马屁，有的是皮笑肉不笑，有的是真心欢迎。当然,更多的一种心态是悄悄观望。

督查室的丁小力就是一个例外。当骆大明来到督查室和大家热情地握手问候时,他既没有鼓掌也没有别人那样谄媚的笑容,只是淡淡地说了一声"局长好",随后便坐下处理自己的工作了。骆大明并没有因为他的行为而产生不快,而是对眼前的这个皮肤白皙、戴着一副深度近视眼镜的年轻副主任科员产生了一丝好感。

回到局里刚刚收拾出来的办公室后,黄远辉紧跟着敲门进来,手里拿了一份骆大明分管的所有处室的人员名单,上面详细标注了每个人的年龄、政治面貌、职务,以及上一年度考核情况。骆大明迅速地把名单扫了一眼,他分管的办公室和三个处室,除了办公室主任黄远辉,还有处长三个、副处长三个、调研员四个,而真正年富力强的科员一共才四个人,其中就包括刚刚那位表情淡漠的丁小力。

"远辉,这几个处室年龄结构偏大啊,特别是督查室,现在督查的任务这么重,这几个同志顶得住吗?"骆大明放下名单,眼睛看着这位已经开始发福、肚子微微凸起、发际线开始后移的办公室主任。

"局长,您太厉害了,一眼就看出咱们局存在的问题。可不就像您说的那样,咱们局里快三年没怎么进人了,现在一堆干部等待提拔,真正做事的人却又寥寥无几……"骆大明没有接话,而是看着黄远辉,等着他说下去。

"局长,您别怪我多嘴,按说局里的人事一直是一把手亲自来抓的,局里也有局里的难处,咱们局情况有些复杂,有些情况可能您来之前也听说了。我的话也就这么一说,您慢慢就会了解了。"黄远辉似乎感觉到了骆大明的谨慎,连忙开始把话往回找补。

"您看家里和办公室还有什么需要的?我马上去置办。"见骆大明半天没有吱声,黄远辉连忙转移话题。

"没有,安排得都挺周到,辛苦你了。"事实上,骆大明并没有因为黄远辉的话有什么想法,而是陷入了对丁小力的一种莫名的好感里,或许这就是人们常说的"眼缘"。

"对了,局长,晚上我约了几个好友,想给您简单地接个风,纯私人请客,小范围,保证不违反'八项规定',不知您能否赏光?"

"远辉啊,感谢你的邀请,我想先把局里的工作熟悉一下,咱们这顿饭我先记下,算是我欠你的,等过一阵我请你。干办公室工作不容易,我也干过办公室,知道其中的难处……"骆大明本想直接拒绝黄远辉的邀请,但转念一想,初来乍到,还是要留些余地给自己,于是就委婉地打了个圆场。

"感谢领导体谅,那我就等您召唤了,我的办公室就在楼上这个位置的对面,有什么事您随时吩咐。如果没什么事我先出去了,您先忙!"

黄远辉说完小心翼翼地带上门出去了。骆大明整理了一下思绪,开始在工作日志上把近期的工作做一个初步的规划,这种工作习惯他早已养成，特别是在援疆工作期间，更是把这种好的工作习惯一直坚持了下来。

骆大明的办公室在机关大楼的三楼，这是一座建于二十世纪八十年代中期的老式楼房，虽然看上去没有现代办公大楼的气派与现代化，但它依然保持着一个时代的特点和烙印，楼梯宽阔，台阶略高，由于长时间的摩擦，已经泛出如和田玉一般青色的光泽。每个房间都有一个老式的玻璃窗，窗外梧桐树的枝干恰巧半遮住了窗子，既能挡住阳光，又可以将室外温润的空气不时地送进来，让人感觉惬意而舒适。

骆大明走到窗前深吸了一口气，抬手看了看手表，五点五分，已经过了下班的时间。有人在虚掩的办公室门上轻轻地敲了一下，似乎怕惊扰了屋里的主人。

"请进！"骆大明起身来到门口，督查室主任伍为民抱着一堆厚厚的材料走了进来。

（四）

当骆大明赶到省政府第二会议室的时候，会议已经开始了。在工作人员的指引下，骆大明蹑手蹑脚地来到放有他席牌的座位上。用手背简单擦了擦额头上细密的汗珠，面带尴尬地向主席台送去一个歉意的眼神。

"大明来了啊，关于国庆期间信访维稳的议题就等你了啊！你不来，我们这会没法儿开下去了呀！"副省长任长河停止讲话，推了下眼镜，端起茶杯抿了口茶水，冲骆大明微微笑了一下，不知是用一种善意的方式责怪他迟到，还是用这样一种方式向他表达自己的平易近人。

"抱歉啊，任省长，玺光局长突然有一个重要的外事活动，我接到通知就匆匆赶来了，所以迟到了……"骆大明连忙站起身，再次向分管省领导表达歉意。

"快坐，快坐，这个情况我已经知道了，不怪你。既然大明同志到了，那么上一个议题大家如果没有意见，我们就接下来研究一下国庆期间的安全生产和群众接访所涉及的维稳问题。"任长河话锋一转，眼镜半架在鼻梁上，露出一双疲惫的眼睛。

骆大明本来是在路上简单地准备了发言的，但从一进会议室的那一刻起，他又决定不说了——面对初来乍到的一个陌生环境，多说不如少说，少说不如不说。

"任省长，关于国庆期间的群众接访问题，以及确保首都的安全和良好的秩序问题，玺光局长已经在局里做了专门部署。方案也已向省里做了专项汇报，我个人认为已经非常全面了。我刚来时间不长，一些工作尚在熟悉中，国庆期间我们班子成员全部坚守岗位，抓好落实，请省长放心！"

"好，你们报的材料我已经看过了，还算是比较切合实际。不过，我还是有些担心啊，近年来，我省的信访状况不容乐观，千万不要在这个时候给中央的工作大局添乱啊！"

骆大明不想多讲，任长河也没有过多强求，关于信访的议题，很快就过去了。接下来还有其他议题，但或多或少都和维稳有些关系。信访局虽然不是第一责任单位，但他还得列席，漫长的会议一直到中午一点多才全部结束。

江北省省政府的机关食堂在中央的"八项规定"出台后有了明显的变化，除规模相对较小和菜品比较精致外，看上去更像大学里的自助餐小食堂——简单、干净而整洁。由于时间关系，吃饭的大军早已散去，餐厅里就只有刚刚散会的一小拨人。

骆大明端着托盘随便夹了点儿时令蔬菜和一个小花卷，盛了一碗蛋花汤，找了个没人的座位刚坐下，就见兰玺光和一位头发花白、身着米黄色夹克的长者并排走进了餐厅。骆大明连忙起身迎上去打招呼。

"宝泉同志，这是我们局新来的副局长骆大明。大明，这是咱们的宝泉秘书长，也是省直机关有名的乒乓、围棋、书法界的全能高手……"

"玺光你又来了，如今咱们都老了，好汉不提当年勇，就不要在年轻同志面前卖弄我那点儿历史了！"

张宝泉一边握着骆大明的手寒暄，一边打量着骆大明。双方眼神相撞的瞬间，骆大明有一种说不出的感觉。这位头发花白的秘书长，骆大明早有耳闻，今天一见，也确实和听说的差不多，高高的个子，消瘦的身体，洪亮的嗓音，有力的双手。能够坐在秘书长位子上的人一般都是大院一号人物的红人，这样的人不仅能力超群，还得会左右逢源。

简单的午餐过后，骆大明搭兰玺光的车一起回局里，他把上午开会的情况向兰玺光汇报完不一会儿，车上这位身体已经开始发福、头发稀疏的副秘书长兼局长已经发出了轻微的鼾声。骆大明交代司机关了冷风，脑子里却一直在思考督查室主任伍为民几天前临下班时送来的几起信访案子。

车子开到机关大院的时候，兰玺光还没有醒，司机为难地看着骆大明。骆大明示意司机把车先停在院子的阴凉处，然后轻轻地下了车。

"先别叫醒他，让他睡会儿吧，最近兰秘书长太累了！"交代完司机，骆大明看了看表，离上班的时间还有一会儿，回宿舍休息也来不及了，于是径直回了办公室。刚上到三楼，就发现督查室的丁小力正拿着一份材料焦急地在他的办公室门前走来走去。

（五）

骆大明担心的事终于发生了。

听完丁小力的简要汇报，骆大明来不及向兰玺光请示，就直接上了黄远辉安排好的车直奔东江开发区。因为他是分管副局长，不管请示不请示，这种事情他都必须第一时间奔赴现场的。

距开发区政府几公里的十万伏高压变电塔下聚满了人，数十名警察和武警已经拉起一道长长的警戒线，救护车、消防车已经待命。督查室主任伍为民正在拿着喇叭声音嘶哑地喊着话，骆大明顺着人群的目光望去，只见接近塔顶的钢梁上坐着一个人，阵风吹动下，隐约露出两条瘦弱的小腿。由于距离有些远，看不太清那人的年龄，从衣着来看大概可以判断出是中年以上的男子。

"骆局，上面那个人就是我给您汇报过的东江开发区堤岭村村民罗金贵，因为三年前紫金藤房地产集团的征地补偿问题一直上访……"

骆大明向警察亮明身份后越过警戒线，丁小力一边跟着，一边向骆大明介绍着情况。铁塔下已经开始给气垫充气，气垫的下方跪着一个衣衫不整的年轻人，一边磕头一边哭喊："阿爹，求求你了，快下来吧！"

群众一阵骚乱，叹气的、吹口哨的、劝说的，把骆大明的心揪得紧紧的。

骆大明从伍为民手中一把抢过话筒，没有朝上喊，而是转身面向了看热闹的人群。

"各位乡亲，我是省信访局副局长骆大明，现在是人命关天，谁家都会有不顺的事，谁家都有老父母，看在一个生命的分儿上，我请求你们不要起哄，不要刺激当事人。我不求你们能做些什么，只求你们一件事，请退后20米保持安静！"

几句话从骆大明的口中凝重而动情地说出来，嘈杂的声音渐渐地消失了，四周一下子变得安静起来，人群自动退后了几十米，但现场气氛越发显得压抑和紧张。

"罗老爹，我是新来的信访局副局长骆大明，我来自邻省的云港,是地地道道农民的儿子。您先下来,有什么难事我来帮您处理……"

骆大明的嗓音已经有些沙哑了,可上面依然没有什么动静。突然人群中一阵惊呼,原本坐在钢梁上的老人似乎试图站起来。

"罗老爹,请您先坐下,千万不要动,我骆大明以人格向您保证,一定会妥善解决您的问题……"

骆大明的声音还没落地,外边的人群又开始骚动起来,不知何时聚来一批村民,有个带头的中年妇女,试图冲过警戒线,但很快被民警奋力拦住。

"政府今天一定得给我们一个说法,不然老爷子就跳给他们看,你跳了还有我们,我们会闹到省里,不行再闹到北京……"见被民警拦住,中年妇女开始歇斯底里地喊了起来。

"求求你们了,别再刺激罗老爹了!"骆大明一阵心痛,感觉事情正在朝着不好的方向发展。

"迅速疏散群众,不要继续扩散情绪。"东江开发区的一位领导也急红了眼,朝着警察和武警大声下达命令。

看热闹的群众很快分化成两部分,大部分群众按照民警和武警的指令很快退后并分散开来,但随后拥来的十几名村民依然试图冲过警戒线。

人群中又传来一阵尖叫,高压铁塔上的老者已经吃力地站起来,并朝着高压线的方向移动。

这时跪在地上的年轻人开始拼命地磕头,一边磕一边哭喊着：'不要啊，不要啊……'伴随着头和坚硬的大地"咚咚"的碰撞声，年轻人的额头上已磕出斑斑的血迹，看得周围的群众一阵心酸。

下午的太阳此刻正在显示着秋老虎最后的威力，塔上面的老者和塔下面的工作人员都在经受着一场为生命而争取的煎熬。有些看热闹的群众似乎等不到他们想要的结果已经散去。

"再这样耗下去，老人的身体肯定会吃不消，我的意见是让消防员上去，接老人下来……"

"我担心一旦行动失败，可能会导致意外发生！"

由吴州市政府，市公安局，省、市信访局等有关部门组成的临时指挥小组迟迟确定不了实施方案。

突然，砰的一声，一个躯体从高空坠落在十万伏高压线上，瞬间被烧成一团火球，烧焦的尸体落在事先铺设好的气垫周围，散发着一阵阵难闻的焦煳味道。

这个时候，吴州市市长徐森的车子才刚刚赶到现场。

一切都发生得太突然，现场所有的人都目睹了惨剧的发生，甚至都来不及尖叫。现场一片沉默，一片乌云遮住了太阳，不知何时东风渐起，云层聚集……在这座多雨的南方城市，一场暴风雨随时可能会降临。

第二章　初涉酒局

（一）

国庆期间的吴州市，一切都沉浸在浓浓的节日气氛里。无论是居民小区还是临街的商铺，或贴上"欢度国庆"的大字，或挂满大大小小的五星红旗。这座典型的江南水乡城市，迎来了一年中最好的季节，秋风送爽，游客如织，桂花飘香，鱼蟹肥美。

与此形成鲜明对比的是省政府的第三会议室，副省长任长河正襟危坐，紧锁双眉。吴州市市长徐森和东江开发区区长刘正杰两个人先后向他汇报工作，一个声音颤抖，一个冷汗涔涔。

骆大明一边听一边记，其实他对这个案子的基本情况已经非常熟悉了。关于《东江开发区堤岭村群众罗金贵父子的上访材料》，他在事发当日已经连夜听取了督查室的专项汇报，并仔细研究了相关材料。同时，他心里也十分清楚：从信访流程上看，吴州市的接访流程是有瑕疵的，省信访局在督办上也没有尽到全力。但导致罗金贵走向极端的，是隐藏在事件幕后错综复杂的利益纠葛长期没有得到解决。

9月28日罗金贵意外死亡事件已经在网络上传得沸沸扬扬并持续发酵，省委书记李家正和省长于小林对此非常重视，当即批示省政府牵头组织相关部门成立"9·28"事件专项调查小组，要求首先做好相关善后工作，稳定家属及其他村民情绪，其次彻查东江开发区关于堤岭村征地过程中涉及的违规问题，给百姓一个说法，给省委一个交代。

"9·28"事件专项调查小组就是在这种背景下快速成立的。组长由省政府党组成员、副省长任长河亲自担任，副组长由省纪委常务副书记吴有文、省公安厅副厅长刘强、吴州市市长徐森和省信访局副局长骆大明来担任，各厅局分别抽出五名骨干担任组员。任长河要求吴州市委市政府全面配合调查组的工作，不得以任何形式和借口掩盖事实，为涉案人员开脱责任。

会议从下午一直开到了华灯初上，骆大明和伍为民、丁小力回到局大院的时候，除督查室和办信处的办公室灯还亮着外，整个大楼漆黑一片，在夜色里显得神秘而静谧。楼前的两株老梧桐树和正值花期的桂花树香味混杂在一起，在信访局古老大院的上空弥漫开来。

"骆局，午饭就没见您吃几口，晚饭到这个点还没吃……要不我来做东，咱们先吃点儿东西吧！"伍为民听到骆大明的肚子咕噜了一声，随即停止了上楼的脚步，征求骆大明的意见。

"这样也好,不过你们俩要先答应我一个条件!"骆大明深吸一口气,他深知这个案子要想办好、办到位,眼前的这两位同志缺一不可。

"局长有什么指示尽管说,我们俩一定落实好!"伍为民拉了一下一直默不作声的丁小力。

"那好,我的条件就是今天我来埋单!答应,咱就去,不答应,咱就各回各家,明天继续加班!"伍为民和丁小力见状不好再坚持,只能听从领导安排了。

三人出了机关大院,骆大明在路边拦了一辆出租车,直奔上次和江小鸥第一次在吴州见面吃饭的主题餐厅"幸福公社"。到达餐厅的时候已近晚上九点,虽然已经过了用餐的高峰期,但由于是国庆假期,来此用餐的人依然是络绎不绝。服务员都身着绿军装,腰束武装带,佩戴着毛主席纪念章,端着带有典型时代特征的粗碗大盘穿梭于厨房和餐厅间。

骆大明点了一盘河虾,伍为民和丁小力分别点了一份儿青菜和蛳螺后就说什么也不肯点了。

"我们就简单的四菜一汤,也不违反'八项规定',而且这是我私人请客,你们二位就别客气了……"见二人点得过于简单,骆大明感觉有些不妥,就又点了条清蒸江鱼。

"局长,没想到您来吴州这么短时间,就能找到我们当地又有特色又实惠的馆子!"点菜完毕后,伍为民给骆大明斟了一杯茶。

"吴州的饭馆我只来过这一家，算上今天这次也只是第二次！来，今天我就以茶代酒，敬你们二位，大过节的还要加班，辛苦了！"骆大明端起茶水，分别跟伍为民和丁小力轻轻碰了一下。

"局长您太客气了，做我们这份工作的，越是节假日就越忙，我们都习惯了，您只身来到江北工作，更值得我们学习！"伍为民连忙起身，和丁小力端起茶杯回敬骆大明。

菜不一会儿就上齐了。骆大明能感觉出来，尽管自己来的时间不长，而且和督查室的同志接触是最多的，但他毕竟是分管领导，所以伍为民和丁小力还是比较拘谨，席间少言寡语，吃到最后，五个菜竟剩了大半。骆大明最不喜欢浪费，在他的要求下，伍为民打了包。

"明天还要继续工作，今天我们就不加班了。节后第一件事就是我们要约谈上访人，核查相关单位的一些资料，你们这几天把准备工作全部做好，八号上班第一天，我们就按照工作组的要求开展工作。"

三人从餐馆分别后，骆大明没有直接回家，而是拨通了江小鸥的电话。

"在吴州吗？"

"不在，我正在北京出差，什么事？"

"东江开发区前几天的高压线塔坠亡事件听说了吧？"

"这事还能瞒得了我！"

"我想了解一下紫金藤房地产公司的背景情况，你那儿有没有一些渠道？"

"大明，这家公司背景很深，你要小心，电话里不便多说，我过几天就回，见面再说！"

挂断电话，骆大明在江边驻足良久。一阵风吹过，有些微微的凉意。眼前璀璨的霓虹、绽放的烟火以及江上过往的游船，在江边林立的高楼大厦的映衬下如海市蜃楼一般，看似很近，却又让人觉得遥不可及。

眼前的情景，让骆大明不禁想起一句话：浮生若梦，若梦非梦。浮生若何？如梦之梦。

（二）

妻子温晓燕和儿子骆峰"十一"来吴州探亲的计划因"9·28"事件而不得不取消，对此骆大明的心里一直充满了歉意和愧疚，只好在电话里多次不停地安慰。虽然在医院工作的妻子一直任劳任怨、深明大义，但是尚在读小学的儿子有些委屈，在电话里哭着说"爸爸说话不算数"。

骆大明心里明白，这些年亏欠妻子和儿子太多，当年援疆一去就是三年，那时儿子还在上幼儿园，照顾老人和孩子的重担就全压在妻子温晓燕一个人身上。妻子是东港市人民医院的护士长，时不时还要值夜班。眼见当年如花似玉的老婆因过度劳累日渐苍老和憔悴，骆大明就忍不住一阵阵地心酸。他知道一直还欠他们母子一次许诺已久的海南旅行，每当儿子说起同学某某去国外旅游、某某去北京过暑假的时候，骆大明心里的愧疚就会加重一分。他知道那是儿子渴望他的一个承诺，哪怕只是说一说，懂事的儿子也会高兴上一阵子。

正独自坐在客厅的沙发上自责时，门铃突然响了，骆大明定了定神儿，起身开门，江小鸥拎着一篓大闸蟹和一堆东西冷不丁地闯了进来。

"厨房在哪儿？今天晚上咱俩不出去了，就在你家，哥儿俩好好整点儿！"江小鸥进了门拖鞋也不换，径直进了厨房。

"我说小鸥，你怎么这么快！昨天晚上你还在北京，今天说回就真赶回来了。电话也不打一个，而且你怎么就知道我就一定在家呢，万一我回东港你小子不怕扑空呀？"骆大明对江小鸥的速度和判断既有些吃惊，也有些佩服。

"大明，就咱俩从小一块玩大，不说你一撅屁股拉几个屎蛋我都能算出来吧，至少我也算是最了解你的人之一吧！当然了，嫂子排第一，我怎么着也能排第二吧！"江小鸥坏笑着一屁股坐在沙发上又开始调侃不善言谈的骆大明。

"今天没工夫和你贫嘴，你来得正好，我去弄几个菜，咱俩边喝边聊！"

"那就有劳了，你别整得太复杂，我先歇会儿！"江小鸥说罢跷起二郎腿拿起遥控器打开了电视。

江小鸥带来的不只大闸蟹，还有半只板鸭。冰箱里还有几根黄瓜和几个西红柿。不一会儿，拍黄瓜、西红柿炒鸡蛋、板鸭就被端了上来。又过了十几分钟，被缚住了蟹螯的大闸蟹也浑身红通通地上了餐桌，甚至还有一只流出了红红的蟹油。

两个人谁也不客气，也不再寒暄，就像小时候在对方的家里吃饭一样，赶到饭点就坐下来，有啥吃啥。江小鸥小心翼翼地从袋子里拿出一瓶酒，揭开一层深褐色的氧化变脆的外纸包装，神秘兮兮地让骆大明猜。

"你也知道我对白酒没多大兴趣，这我哪儿猜得出来？"骆大明冲江小鸥摆了摆手。

"大明，这瓶酒我一直舍不得喝，就为等这样一个日子。正好咱俩在家里把它给消灭掉，我已跟你弟妹请过假，今天我就住你这儿了！"江小鸥看来是有备而来，真是准备不醉不归了。

"我可享受不了这么金贵的玩意儿，我下楼买点儿黄酒或啤酒吧！"骆大明一看这种包装的老酒，心里就一阵发怵。

"兄弟，你可看清楚，这是1973年出厂的洋河大曲，酒的年龄比咱俩还大，这可是我费了不少周折才淘换来的。这些年我一直舍不得喝，你别不识好歹！"江小鸥见骆大明对他的酒没有表现出强烈的兴趣，有些愤愤不平。

"好吧，你赢了，今天我舍命陪酒鬼总行了吧！"见江小鸥有些急眼，骆大明只好屈服了。

二人都没用杯子，从厨房找来两个碗，骆大明先往江小鸥的碗里倒了大半碗，然后又估摸着往自己的碗里倒了差不多

第二章 初涉酒局

江南山水二　刘明杰绘

的量，不一会儿就把酒平分开来。果然是放了多年的老酒，不一会儿，满屋子就弥漫着一股浓郁的酒香，微微泛黄的酒盛在碗里，泛着淡淡的光，碗沿上留下的痕迹果然有传说中挂杯的感觉。

"来，大明，上次没有好好喝一场，今天算是补上，欢迎你来吴州，我们兄弟又聚到一起了！"江小鸥端起碗和骆大明碰了一下，然后深深地喝了一口。

骆大明皱了皱眉，也学着他的样子喝了一大口。看这架势，他知道今天晚上这场酒是非喝不可了，索性豁出去了，反正江小鸥的酒量也比他强不了太多。

从小学聊到中学，从中学聊到大学；从偷别人地里的瓜到暗恋邻村的女孩；从江小鸥和别的班的同学打架吃亏到骆大明出手相助，最后两人一起被叫家长写检查……二人开怀大笑的同时，不禁又感叹着青春的一去不返！

不到一小时，一瓶白酒就被喝光了。江小鸥好像还没过瘾，吵吵着要下楼再去买点儿酒，骆大明知道掺酒喝一定会醉，连忙制止了他。说服了江小鸥，骆大明转身又进了厨房，不一会儿就端出两碗热气腾腾的方便面，每个碗里还有一个荷包蛋，满屋的酒香就瞬间混杂了方便面的味道。

"果然是好兄弟，这么多年来一直没忘我就好这一口！"江小鸥馋得口水都要流下来了。

二人三下五除二吃光了碗里的面，就连汤也喝了个精光。这才一边拍着微微隆起的肚皮，一边喊着"舒坦"，四目相对的同时，两个人似乎都想起了一件事。

"杀一盘？"二人几乎是异口同声地说了出来。

"有棋吗？"江小鸥问。

"这还用问！"骆大明转身从沙发后面拿出一个木制棋枰和一副围棋。

"来，咱边喝茶边下棋边聊天，一举三得！老规矩，我让先！"骆大明把黑棋棋盒推给江小鸥。

"从前你赢我的次数较多，今天正好给我一个复仇的好机会！"江小鸥说完，抓起一颗黑子啪的一声拍在了星位上。

"小鸥，上次你在电话里说关于紫金藤集团的事让我谨慎一些，我初来乍到，还得靠你多支持呀！"骆大明的心思似乎没有完全放在下棋上，他心不在焉地拿起一颗棋子，放在了小目的位置。

"是这样，紫金藤集团的后台有多硬，我也不好说，但就吴州来说，他们是想拿哪块地，就拿哪块地。几年来，不少拆迁群众向媒体和有关部门反映问题，基本都是石沉大海！"江小鸥又捏起一颗黑子，拍向了另一个星位。

"还有，紫金藤集团的总经理蒋一曼在江北可是个呼风唤雨的人物，和她打交道的时候你得千万小心！"江小鸥第三手棋正要落子，说到蒋一曼时突然就停了下来，似乎若有所思，本来要将棋子落在天元位置的他，又轻轻地将手缩了回来，思忖良久，轻轻地在骆大明"星位"的白子位上飞了一手。

"我们长假过后的第一件事，就是要约见当事人罗金贵的儿子，并核实紫金藤集团的相关手续！"骆大明见江小鸥没抢占天元的位置，于是将一颗白子用力地按了上去……

（三）

果然如江小鸥所料，骆大明的工作进展得并不顺利。

"9·28"事件专项调查小组按照程序在见完罗金贵的儿子罗志强后，又马不停蹄地来到紫金藤房地产开发有限公司了解相关情况。

紫金藤房地产开发有限公司位于市中心临江的一座名为紫金藤大厦的高档写字楼里。当年紫金藤集团在开发完这个项目后，除了将位于顶部的27层、28层、29层三层楼留作自用外，其他楼层都租了出去。

大厦27层的豪华会议室里，总经理蒋一曼介绍的情况和出示的所有审批文件以及留存的相关资料一应俱全，从提供的这些材料和程序上来看并不存在任何问题。

骆大明一边看材料，一边在大脑中回想着眼前这位气质高雅、谈吐得体的总经理，似乎在哪里见过，又一时想不起来。从现场提供的材料看，并没有发现程序上的违规问题，但直觉告诉他，越是看似完美的东西或许就越隐藏着不可告人的秘密。

散会后，骆大明委婉地拒绝了蒋一曼在他们公司午餐的邀请，和伍为民、丁小力以及另外两位同事站在电梯口等电梯。在电梯门打开的一瞬,骆大明忽然听到有人喊他。

"骆局,请留步!"

他一回头,见蒋一曼抱着一个文件夹追了过来。

"骆局,还记得我吗?还真是有缘,我们又见面了!"蒋一曼笑容可掬地站在骆大明面前,伸出了右手。

"实在抱歉,蒋总,我刚刚来到吴州,我真的想不起来我们在哪儿见过!"骆大明出于礼貌和蒋一曼再一次礼节性地握了下手,蒋一曼却没有放开的意思,反而继续说着话。

"哟!您可真是贵人多忘事!骆局真的不记得那天在高铁上我帮您捡书的事了?"蒋一曼有些娇嗔地甩了甩骆大明的手。

"哦,我想起来了,真是有眼不识泰山。还请蒋总多多见谅!"骆大明终于回忆起刚来吴州上任时在高铁上的那次短暂邂逅。随后又想起同学江小鸥的叮嘱,于是谦虚而又不失礼节地回应着眼前这个举止不俗的女老总。

"骆局说笑了,您才是我们眼中的泰山,如果看得起,以后叫我一曼或小蒋都成,欢迎随时来公司莅临指导工作!"说完递给骆大明一张名片。

"蒋总谦虚了,岂敢岂敢,我初来乍到,名片还没有!"骆大明双手接过名片扫了一眼,然后把它装进上衣的口袋里。

"没名片,电话总有吧,我想您一定不会拒绝我吧!"蒋一曼不失时机地提了一个让骆大明很难拒绝的要求。

两人互留了电话,骆大明一行离开紫金藤大厦。

"局长,我觉得我们查紫金藤是很难查出问题的,不如我们去调查一下堤岭村当年拆迁补偿款的账目,然后回过头来再和紫金藤集团进行一一复核……"在回局里的车上,当骆大明问起大家的思路和意见时,一直很少说话的丁小力突然说话了。这让大家颇感意外,但他的意见恰好和骆大明不谋而合。

因为距离较近,车子很快回到局机关。骆大明进了办公室刚坐下,局长兰玺光推门走了进来。

"大明啊,'9·28'事件就辛苦你了,最近事情多,也没顾上过来看看你,你老弟千万别挑理啊!"还没等骆大明说话,兰玺光就一屁股坐在了沙发上。

一把手的突然到来让骆大明有些意外,慌忙起身为兰玺光倒茶。兰玺光也没客套,扔给骆大明一支烟,并给他点上。通常来讲,一个单位的一把手和二把手之间的关系十分微妙,但兰玺光这样的举动确实让骆大明有些意想不到。

"对了大明,你来吴州也快半个月了,生活还习惯吧?家里和办公室还缺点儿啥就直接和办公室提!你可千万别客气,咱局里条件虽然有限,但把你的生活照顾好,这点还是没问题的!"

兰玺光喝了一口茶,微秃的脑袋上泛着粉红色的光泽,眯着本来就不大的眼睛,看着骆大明。来之前有人提醒他兰玺光这个人并不好相处,让他要小心提防。不过从这段时间的接触来看,骆大明并没有感觉到有什么不对。

"玺光局长,瞧您说的,局里已经很照顾我了,远辉和他们办公室的几个人安排得已经非常周到,这些小事就不劳您惦记了!"骆大明又起身给兰玺光的杯子里续了点儿水。

"家人还没来过吧!有空把弟妹和孩子带过来,我们吴州有些景点还是值得一看的!"

"本来国庆假期他们是要来看看的,因为'9·28'事件所以不能来了。再说我在这里工作又不是一天两天,这日子还长着呢!"

骆大明小心翼翼地回应着兰玺光的关心,心里一直揣摩不透这位副秘书长兼局长大人突然屈尊来到他办公室的真正用意。

"晚上没有安排吧!"兰玺光话锋一转。

"我要和督查室的同志一起加班研究一下关于东江开发区拆迁的一些资料!"

"工作要做好,但不能以牺牲身体为代价。你看我这身子骨,前几年总是不在乎,总觉得自己还年轻,你看看现在,我是不是就像一台即将报废的机器,哪哪都是毛病!"说着哈哈大笑起来。

"今天晚上就把工作先放一放,我约了几个朋友,一起吃个便饭,就当给你接风了!"兰玺光估计是习惯了一把手命令式的语气,根本就不容骆大明推托。

"玺光局长,这,这,这不太合适吧!"

"就这么定了,我先回办公室处理点儿事,一会儿我下来叫你,咱俩一起走!"不等骆大明回答,兰玺光起身离开。

骆大明走到窗前，深吸了一口气，夕阳给窗外的梧桐树披上了一层金色的光泽，如一团团、一簇簇跳动的火焰，不停地在他眼前晃来晃去。对于晚上兰玺光的邀请他并没有什么兴趣，只是窗前的这一幕让他突然想起了罗金贵坠落前的那副惨状，他隐隐感觉到肩上这副担子的沉重，似乎有一股寒气从脊梁的深处蔓延开来。

（四）

初秋的吴州，太阳即将下山的一刻，给西边的天空披上了一层五彩外衣，像一只展翅的凤凰，引得路人纷纷驻足掏出手机。司机载着兰玺光和骆大明驶出省信访局大院，穿过省府路后直接拐上滨江大道。

这条双向六车道的主干路是吴州市的形象工程，透过车窗，道路宽敞整洁，中间的隔离带栽满了国庆期间放置的各色花卉，东江两岸是开放式的木质栈道，三三两两的游客和江上偶尔驶过的游船，构成了一幅典型的江南水乡画卷……

这是骆大明来到吴州后第一次融入这座城市感受到它的另一面，和刚来报到时所看到的旧城改造区反差较大。正如处在高速发展中的中国一样，一方面有着北上广深这样发达的城市，另一方面也有着贫苦山区以及属于发展沉疴顽疾的城市棚户区，这是每座城市发展过程中都要面对的。

不一会儿，车子转进一条绿树成荫的小路，似乎进入了一个特殊的区域，环境幽雅，人迹罕至。果不其然，骆大明见车子刚刚驶过的是省军区的大门，门口还有两名战士在执勤。兰玺光示意司机停车，并告诉他先回去，不用来接了。

"玺光，咱这是去哪儿呀？"骆大明有些诧异地跟着兰玺光下了车。

"跟着我走吧，一会儿就到了！"兰玺光显得有些神秘。

两人沿着林荫路并排走了几分钟的样子，在一个白墙青瓦带有月亮门的小院前停了下来。楼前站着一个帅气的小伙子，看来是站在这儿有一会儿了，见二人走过来，忙上前几步小跑迎了过来。

"二位领导到了，请跟我来！"小伙子话不多，但看上去灵气十足。三人穿过月亮门，来到一座五层的小楼前。小楼看上去简约质朴，和江南的大多数建筑一样，雪白的外墙、青色的瓦，浓缩了江南建筑古香古色的独特风韵。

让骆大明最为诧异的是，明明是走到了楼的跟前，却看不到门在哪里。

骆大明正暗自奇怪，小伙子在手中一个类似遥控器的东西上按了一下，雪白的墙壁上突然如变魔术般地打开了一扇门，门厅正中是一面水幕墙，下面是一个葫芦形的鱼池，里面游弋着几条五彩斑斓的锦鲤，旁边的侧墙上挂着一块黄铜的牌匾，上面写着"紫金藤房地产股份有限公司职工文化中心"。

"二位领导大驾光临，有失远迎，恕罪恕罪！"骆大明正在一头雾水之际，只见一个身着旗袍、风姿绰约的女子带着一股清雅的香水味道，微笑着从电梯口朝他们二人走过来。

"大明，这是紫金藤集团的蒋总。一曼，这位就是你让我请的大明同志，今天我给你带来了！"

"领导的信息太滞后了，我和骆局已经是第三次见面了，对吧骆局！"蒋一曼不等兰玺光把话说完，上来就挽住了骆大明的胳膊，让骆大明尴尬得不知所措，憋了一个大红脸，连忙抽出了胳膊。

"你说你这个同志，见了年轻的帅哥，就忘了我这个糟老头子了！"从兰玺光和蒋一曼开玩笑的程度来看，二人的关系绝非一般。

"哟，领导吃醋了，那我也奖励你一下。"说完也轻轻挽起了兰玺光的胳膊摆了一个pose（姿势），幽静的走廊里响起一串银铃般的笑声。

骆大明还是头一次经历这样的场面，竟一下子不知如何应付。蒋一曼显然是觉察到了他的不适，连忙岔开了话题。

"二位领导，这一楼是我们集团的练功房和健身房，二楼是棋牌室，三楼是图书阅览室，四楼是茶室，五楼是我们的职工餐厅……"

在蒋一曼的带领下，骆大明和兰玺光参观了这座外表低调内部却极其奢华的企业文化活动中心。让骆大明有些不解的是，虽然这个活动中心看上去设施齐全，但各个楼层却见不到来此活动的企业职工。

参观完几个楼层，三人来到了四楼的茶室。古香古色的门厅上有一个木制的匾额，上面写着苍劲有力的繁体大字"蚕"，门厅前站着一个身着青花旗袍面带微笑的服务员，身材修长，体态婀娜，轻绾的长发，白皙半露的双臂，加上一双水汪汪的大眼睛，似乎蕴含着无限风情。骆大明无意间和女孩的眼神撞在了一起，竟让这个七尺的汉子瞬间有些脸红耳赤的眩晕。

三人在她的引导下，穿过一个红木装饰的月亮门，一股淡淡的沉香香气氤氲着飘散开来。四周的墙壁上依稀装饰着若隐若现的古代宫廷仕女画，茶室正厅靠窗的一侧放了一个由整块花梨木纵切面做成的巨大茶几，泛着油亮细腻的光泽，两个衣着素雅的女孩正在茶几上娴熟专业地操作着精致的茶具。正对着茶几的另一侧，则摆了一把古筝，背面的墙壁上挂着一幅行草书写的书法作品。对书法有些研究的骆大明一眼就看出，上面写的是杜牧的《阿房宫赋》：

六王毕，四海一，蜀山兀，阿房出。覆压三百余里，隔离天日。骊山北构而西折，直走咸阳。二川溶溶，流入宫墙。五步一楼，十步一阁；廊腰缦回，檐牙高啄；各抱地势，钩心斗角。盘盘焉，囷囷焉，蜂房水涡，矗不知其几千万落！长桥卧波，未云何龙？复道行空，不霁何虹？高低冥迷，不知西东。歌台暖响，春光融融……

(五)

　　晚上九点，五楼的宴会厅里觥筹交错。骆大明渐渐有些力不从心，但他的神志仍是清醒的，因为他从进门的那一刻起就有了一种强烈的预感，今天的这顿饭即使不是"鸿门宴"，也未必是那么"好"吃的。

　　负责茶道的两个女孩从饭局开始后便换了职业的西装，分别坐在兰玺光和骆大明的旁边，不时地又是夹菜，又是添酒……无微不至且小心翼翼地照顾着。这让骆大明感觉非常不自在，但兰玺光似乎很享受眼前这种美色佳肴并存的饭局，正满面红光地和旁边的女孩摇晃着杯中的红酒，相谈甚欢。

　　骆大明如热锅上的蚂蚁一样，站也不是，坐也不是。很想悄悄溜走，但这样做显然又不合适。蒋一曼似乎有所察觉，不时从主陪的位置走过来和骆大明碰杯，仿佛多年熟识的老朋友，每敬一杯酒都有一个无法拒绝的理由，这让骆大明始料未及，眼瞅着已经不胜酒力。这时，房间的门轻轻地开了，一个服务员急匆匆地走进来，在蒋一曼耳边私语了些什么。蒋一曼又快步走到兰玺光身边也耳语了几句，兰玺光整了整衣服，把主座的位置让了出来，和蒋一曼一前一后出了包房，随后一位服务员迅速摆上一套新的餐具。

　　房间的气氛迅速冷却下来，不一会儿，兰玺光和蒋一曼引着一个人走了进来。从这个阵势来看，此人肯定来头不小，不然以兰玺光的风格，不会这么谦卑。事实证明骆大明的判断是准确而敏锐的。

"大明,我来介绍一下,这位是省纪委的有文副书记。杨书记在中央党校学习,纪委的工作由吴书记全面主持。吴书记平时很忙的,今天听说咱们在此小聚,特意来关心下。大明,你今天运气很不错哦!"

"书记,这就是我和您说起的大明同志,刚来局里不久,今天我和一曼给他接个小风,没想到您如此赏光!"

"书记好,我是骆大明。"

兰玺光满脸堆着笑互相介绍着,骆大明虽然没有弄清此人的来意,但还是连忙走上前去礼节性地握手。

"别光站着了,书记大人快坐快坐!想吃什么,我让服务员再加几个菜!不过今天您来晚了,一会儿要罚酒哦!"蒋一曼一边娇嗔地开着玩笑,一边给这位有文书记拉开主座的椅子。

"一曼这张嘴还是一如既往的得理不饶人,好吧,今天既然没有外人,我们就好好喝几杯,正好我也好久没像样地喝两杯了。不过我先提个要求,都把手机交给服务员统一管理。"书记说完看了看众人。

"书记的话就是重要指示,必须马上执行,我先来!"兰玺光率先拿出了手机,随后是蒋一曼和两个负责茶道的女孩,骆大明尽管并不情愿,但迫于无奈,还是把手机交给了服务员。

中等还要偏矮一点儿的个子,微胖的身材,凸起的肚子,几乎脱光了的头发，只有几缕横着贴在油光发亮的头皮上，硕大的酒糟鼻子占据了脸部的中央，厚厚的眼镜后面是一双永远看不透的眼睛……这是老百姓最不喜欢的一种政府官员形象。由于上次成立"9·28"事件专项调查组时吴有文因公缺席，这是骆大明第一次近距离地接触这位"备受尊敬"的纪委副书记。

骆大明强撑着精神悄悄地观察了一下这位说一不二的纪委副书记，一种发自内心的反感油然而生。

"你们都喝的红的啊，这哪行？来，姑娘，统统都换成白的……"不一会儿，服务员端上一个托盘，上面是用分酒器分好的一壶壶的白酒。

骆大明看着白酒，本来已经不胜酒力的他知道不能再喝了，于是连忙摆手推托。

"大明，这可是书记存在这儿的三十年的茅台，如果今天不是你，我们还真喝不上，你不喝岂不是辜负了书记的一片心意！"兰玺光看了一眼骆大明，语气半劝半命令式地暗示他这酒必须喝。

"对呀对呀，书记这酒特别好，不但保真，还会越喝越精神！"蒋一曼也连忙随声附和。

"书记，玺光，我是真的不行了，再喝下去怕是要失态了……"骆大明还是执意不喝。

气氛顿时僵住了，吴书记没想到他的指示还会有人不执行，脸上露出明显的不悦。

"这好办，骆局能喝多少算多少，喝不掉的我来替！"就在大家陷入尴尬的时候，房间里进来一个年轻的女孩，骆大明转身一看，是刚才在四楼茶室弹古筝的那个小姑娘。

吴书记突然哈哈大笑起来，随后说道："我先前以为只有英雄救美，没想到今天让我见到了美人救英雄！一曼啊，你这个中心办得好啊，人才辈出，后生可畏呀！"虽然这话说得恰到好处，但是吴有文心里隐隐的不快和忌妒却没有逃过蒋一曼的眼睛。

骆大明看着这个陌生的女孩忽然有点儿暖暖的感动，既然话已经说到了这个份儿上，索性豁出去了。

酒桌上重新热闹起来，从一开始的小杯到后来的"拎壶冲"，眼前的这位纪委书记不但说话霸气，而且酒量惊人。众人依次向他敬过酒后，他竟一壶壶地打圈回敬，按照他的要求，必须一口干掉。

骆大明已经在卫生间里抠过三次嗓子眼儿，直到胃里吐得干干净净。每次从卫生间出来，细心的女孩总是站在门口处递上一条热毛巾。骆大明看了女孩一眼，女孩的眼神先是对视一下，然后又迅速地回避了，似乎有什么话要说，却欲言又止。

"下面我们请书记来唱首歌吧，我都好久没听您一展歌喉了！"蒋一曼不失时机地调节一下气氛。

服务员打开早已准备好的音响，主座正对着的是一个超大的LED（发光二极管）屏，看来这个中心的设计者是下了一番功夫的。把餐厅和歌厅融合到一起,既方便了领导,还能活跃一下现场的氛围。

音乐声、歌声、碰杯声,还有暧昧的奉承声,再次把这一场突然的酒局推向一个新的高潮。渐渐地,骆大明感觉有些支撑不住……

第三章　邂逅初恋

（一）

"十一"长假结束后的第一个工作日恰逢星期六,这一天的天气一反常态,气温骤降了近10℃。立秋过后,意味着降雨量、风暴、干湿度等处于一年中的转折点,趋于下降或减少。季节转换,南方地区的降雨量、风暴、干湿度等变化明显,但这次降温实在是有些让人猝不及防。

虽说秋老虎还经常发挥着余威,但在吴州这个地处我国中南部的省会城市,这样突然而至的凉意,比起"十一"期间的燥热,更适合给长期处在压力之下的人们一个放松的时机。虽然大部分市民仍然在享受"十一"长假带来的福利,然而在省政府的第四会议室里,却是另外一番景象。

副省长任长河眉头紧锁,右手边的烟灰缸里已经横七竖八地堆满了长长短短的烟头。"9·28"事件调查小组的第一次会议已经开了近两小时,很显然,任长河对几个副组长给出的初步调查结果并不满意。

其实从那晚的酒局之后骆大明就明白了：在这起事件调查的主导上，吴有文已经有了明确的倾向性意见；公安厅的人从领导到成员则是一种相对比较中立的态度，因为这毕竟不是一起刑事案件；而省信访局虽然有着不同的看法，但在省直系统里毕竟是一个弱势部门，再加上骆大明的初来乍到，在没有直接的证据前，他们是不可能公开发表不同意见的。

"大明，刚才有文同志和刘强同志各自从纪检和公安的角度谈了他们的看法，从信访的角度，你有什么看法？"任长河从一摞材料里抬起头，习惯性地推了推滑向鼻梁的眼镜，用一双疲惫的眼睛盯着骆大明。

骆大明知道任长河肯定会点他的名，他挺直了身体，合上钢笔帽，却发现纪委副书记吴有文也转过头来看向他，目光里似乎有一种说不出的深意。

"任省长，从目前调查的情况来看，刚才有文书记和刘强厅长汇报得已经比较全面了；从信访的角度来看，我们信访局接到群众来访后，已经按相关的程序转交有关部门办理。事情发展到今天这种地步，我们信访局是有一定责任的。虽然我们按照程序接了访，但没有及时督办和跟进。但是如果把这起事件简单地以非访和意外事件来处理，恐怕难以给上访群众一个交代，所以，我的建议还是要从当初信访群众反映强烈的拆迁补偿入手，配合公安机关和纪检部门查找问题。有问题，绝不姑息；没有问题，也要给上访群众一个令人信服的答复。"

"大明同志的发言还是比较中肯的，现在不是追究哪个部门、哪个人的责任的问题，而是彻查这些事件背后有没有黑幕、有没有腐败、有没有违反党纪国法的行为！"

任长河说完，摘下老花镜放在桌上，点燃一支烟，深深地吸了一口，深邃的目光在每个人的脸上一一扫过。

"我看今天的会就开到这里吧，下周五上午九点，如果没有其他重要安排，我还要再听你们的汇报！"数分钟的沉默后，任长河见大家都低头不语，于是就宣布散会。

骆大明收拾了下桌上的材料，正要和伍为民回局里，却听到背后有人叫他的名字。

从任长河的办公室出来，伍为民和司机已经在车里等候多时。

"咱们去哪儿？"督查室主任伍为民问。

"为民啊，你通知小丁带上罗金贵父子上访的卷宗自行前往开发区堤岭村，我们在村口会合。"骆大明没有直接回答伍为民，而是让司机将车子径直开往开发区。

晚上，直到夜幕降临华灯初上，车子才载着骆大明、伍为民和丁小力三人回到信访局，三人顾不上吃饭直接进了会议室。

"为民、小丁，今天我们恐怕要熬个通宵，以免夜长梦多，有没有问题？"会议桌上摆着厚厚的一摞从堤岭村带回来的单据和材料，骆大明看了一眼已经略显疲惫的两位同志，语气里充满了歉意和关爱。

"局长，没问题，关键时刻，我们顶得住！"伍为民看了一眼小丁。

"我也没问题,我是典型的一个人吃饱全家不饿!"平时并不善言谈的丁小力经过几天的接触,在骆大明面前似乎没有刚开始时那般拘谨了。

"哦,对了,光顾着工作了,要不小力你先去搞点儿吃的,我和局长先理一理这些材料!"伍为民推了推那副戴了多年一直没有换过的黑框眼镜慢条斯理地说道。

"主任,您OUT(过时)了吧,现在吃饭根本就不用亲自跑了,有这个就行,想吃啥一会儿就能送到,又快捷又方便,而且还不贵!"丁小力说着掏出手机左点一下右点一下,不一会儿就搞定了。

"那你就看着弄吧,回头我给你现金!"伍为民似乎对这些新鲜事物并不感兴趣,在他的眼里,桌子上的这些材料才是他所关心的。

事实上,会议桌上的这些拆迁补偿协议和村委会的账目拿来得并不容易。虽然他们的这次突然造访令村委会的主要干部们有些抵触,但在公安部门的介入下,他们最终还是乖乖交出了这些原始的凭证。最后经过多方协调,骆大明他们才将这些凭证带回局里调查。

"骆局,您看,这份拆迁补偿协议的内容和我们在紫金藤集团看到的区政府给出的上访材料的办理报告有很多不一致的地方!"伍为民的发现让骆大明的心头一震。

"小力,你把首批同意放弃宅基地和自留地补偿的29户村民，特别是罗金贵的补偿明细找出来！"

"好的，骆局！"丁小力的回答干脆里带着一丝兴奋，仿佛在漆黑的夜里看到了黎明前的曙光。

厚厚的卷宗，摞成小山似的凭证……三个人在骆大明的指挥下分头忙碌着，以至兰玺光和办公室主任黄远辉什么时候进入的会议室，大家竟浑然不知。

"大明啊，你们不用这么拼吧！工作再重要，也一定要保重身体啊！"兰玺光的突然出现让大家感到了一丝意外。

"玺光局长，这么晚了您还没下班？"骆大明见状连忙放下手中的材料站起身来。

"刚参加完一个会，见会议室灯还亮着就上来看一下，果然是你在加班啊。远辉，我说得没错吧！"

"那是必须的，要不您怎么是领导呢，神机妙算！"黄远辉满脸堆笑，附和的同时也不忘拍一下马屁。

"骆局，以后您如果再加班，您就直接和我说，我安排食堂给你们准备好夜宵，外卖卫生不能保证！"黄远辉扫了一眼会议桌边上的几个快餐盒，一副不落忍的样子。

"就是，连大明的后勤工作都保证不了，你这个办公室主任不合格！"兰玺光说完意味深长地看了黄远辉一眼。

"玺光局长，您就不要冤枉远辉了，平时远辉他们保障全局的后勤工作很不容易，我们几个刚从外面回来，这么晚了没必要给他们添麻烦，自己能解决的就自行解决了。"办公室毕竟是骆大明分管的，于是赶紧打了个圆场。

"对了大明,关于'9·28'事件专案,既然省纪委和公安厅有了调子,而且他们是主导部门,我们也不必太牵扯精力……"

送走兰玺光回到办公室,骆大明细细品味着刚才在一楼门口兰玺光和他说的几句悄悄话,心里隐隐泛起一丝焦虑,毕竟兰玺光是局里的一把手,处理与维护好和他的关系还是非常必要的。

(二)

10月9日,农历八月初四,寒露。

史书记载:"斗指寒甲为寒露,斯时露寒而冷,将欲凝结,故名寒露。""露气寒冷,将凝结也。"由于寒露的到来,气候由热转寒,万物随寒气增长,逐渐萧落,这是热与冷交替的季节。在自然界中,阴阳之气开始转变,阳气渐退,阴气渐生,我们人体的生理活动也要适应自然界的变化,以确保体内的生理(阴阳)平衡。

古代把露作为天气转凉变冷的表征。仲秋白露节气"露凝而白",至季秋寒露节气时已是"露气寒冷,将凝结为霜"了。

这时,我国南方大部分地区气温继续下降。华南日平均气温大多不到20℃,即使在长江沿岸地区,水银柱也很难升到30℃以上,而最低气温却可降至10℃以下。西北高原除了少数河谷低地以外，候（5天）平均气温普遍低于10℃，用气候学划分四季的标准衡量，已是冬季了。千里霜铺，万里雪飘，与华南秋色迥然不同。

铺满鹅卵石的小路，如一条前行的蛇，蜿蜒着穿梭在翠绿依旧的竹林里。霭霭的雾气弥漫开来，远处传来隐约的古琴声，时而如涓涓的细流，时而如汩汩的泉水，令人如痴如醉。循着琴声前行，竹林的尽头是依着山势而建的一个古式院落。

抬眼望去，门楼的匾额上是四个遒劲的大字"舜华日及"，骆大明思忖良久，也没有理解其中的含义。恍惚中拾级而上，映入眼帘的是一个白色的影壁墙，无字无画，质朴简约。绕过影壁，又是一条弯弯的小路，穿过一个青瓦白墙的月亮门，琴声渐近。忽见绿树掩映下一楼隐于其中，一袭白衣的女子端坐于一把古琴前，灵动飘逸，如一幅长卷的中国画。

骆大明正听得入神，忽然间琴声戛然而止，把他从遥远的思绪中拉了回来。古琴前却早已不见了那位女子的身影。移步室内，琴的后方挂着一幅仕女图，风姿绰约的仕女正坐在花丛中纤指抚琴。左上角题有一诗：与君相向转相亲，与君双栖共一身。愿作贞松千岁古，谁论芳槿一朝新。

画中人明眸皓齿，体态婀娜，栩栩如生，仿佛在哪儿见过，却一时也想不起来。突然一阵异香沁入心脾，循着氤氲的香气，隔着薄薄的窗纱，内室有一女子正在沐浴，鲜艳的花瓣伴着阵阵的流水正从木桶中溢出。

"您来了,我早已恭候多时……"只见沐浴中的女子披了一件如蝉翼般的白纱轻盈地来到了面前。高耸的双峰,如雪的肌肤,在一阵奇香的环绕下恍如隔世。

顿时骆大明感到喉咙发干,想说话,嗓子却像被什么堵住一样发不出声。他忽地从床上坐起,浑身早已被汗湿透,原来是南柯一梦。

骆大明摸出手机看了看时间,已是凌晨三点。手机上的日历显示:10月9日,寒露,吴州,阴,最高温度22℃,最低温度17℃。起身上了个厕所,再无睡意,于是来到窗前,这座城市已经进入沉沉的梦境,一阵风从半掩的窗户中钻了进来,让他不禁打了一个冷战。离周五汇报的日子还有四天,从目前掌握的情况来看,"9·28"事件已经有了基本的头绪,查个水落石出并不难,难的是这起案子的幕后,以及办案过程中遇到的明暗两股巨大的阻力让他有些难以把握。

点燃一支烟,他转身来到客厅,餐桌上是他昨晚还在研究的一份当初由开发区信访联席会议出具的报告。报告上显示:吴州市东江区堤岭村属开发区辖区内的城中村,工农杂居。早在两年前吴州市东江开发区按照规划改造期间,该村村民频繁上访,要求动迁。由于该村29户村民不在改造范围内,东江开发区政府提出如29户村民自愿放弃宅基地补偿,可按照国有工矿棚户区改造政策予以动迁安置。

但动迁结束后,以罗金贵父子等为首的20户村民,为争取更多的个人利益,否认当时的承诺,开始频繁上访,反映宅基地没有补偿等 13 条诉求问题。后经有关部门反复讲解相关政策，现该群体已放弃大部分诉求，但仍对部分诉求保留意见。

事实上，针对这份报告，伍为民和丁小力前天晚上已经对照相关凭证找出了相应的疑点，现在最令他头疼的是周五的专项会，作为副组长的他如何来向任长河进行汇报。本不怎么吸烟的骆大明已经点燃了第四支烟。窗外的天已经渐渐放亮，透出一丝黎明前微弱的鱼肚白。换上运动衣和一双老式的双星运动鞋，他轻轻地出了房门。

每天晨跑是他多年养成的习惯。出了局机关宿舍大院，骆大明沿着滨江路的林荫道一直跑，绕过五星广场，再经天衢路返回，正好是一个椭圆形的路径。最后在距机关宿舍不远处光明街的路口，在一家叫作"胖姐"的早点铺来一碗豆花和半笼灌汤包，外加一份小咸菜，这是他到吴州以来慢慢养成的一个新习惯。

不到六点的吴州市，大部分人还在睡梦之中，但这座典型的江南都市依旧不乏早起锻炼的人群。或晨跑，或打太极，早早地就唤醒了这座像是上了发条一般忙碌的城市。

像往常一样，沿着熟悉的线路，半小时后，骆大明坐进了胖姐早点的一个靠窗角落。熟悉的客户、熟悉的老板、熟悉的老三样伴随着憨厚老板娘的招呼声，让骆大明很享受每天清晨这样短暂的时光。

"哟，这不是骆局吗？没想到您也会来这种小店吃饭，太巧了!"

  一个不算熟悉但有些亲切的声音打断了骆大明的思绪,他匆忙咽下刚刚吃了一半的包子,把目光从餐桌转向声音的来源,只见蒋一曼竟穿着一身精致的阿玛尼运动服,光彩照人地站在了他的桌边。

(三)

  晚上七点,当骆大明赶到"幸福公社"的时候,江小鸥已经坐在"五大队"的包厢里等他了,两个人常吃的几样菜已经摆在了小方桌上,而且还放了一瓶他们小时只有见到长辈们过年时才能喝的"五粮液"。

  "这么早就到了,我还以为你会比我晚呢!"骆大明放下公文包,脱了鞋,盘腿就上了炕。

  "守时是一个人最基本的品德,就这一点来讲,你还得向我学习!"江小鸥抬起手腕看了看表,一本正经的样子让骆大明有些忍俊不禁。

  "得得得,今天确实是我迟到了,我不找理由,向你道歉!"骆大明一边说一边把手伸向那盘"大丰收"中的秋黄瓜,没想到手还没到,就被江小鸥抢先一步把菜挪了个位置。

  "咋了,不就迟到了十几分钟吗,不至于连根黄瓜也不让吃吧!"江小鸥的举动让骆大明有些不解。

  "没错,迟到了就得接受惩罚,你先把那瓶五粮液给我干

第三章 邂逅初恋

江南山水三　刘明杰绘

喽!"江小鸥挑衅地看了一眼骆大明。

"今天我约你来是说正事的,真的不喝酒,这瓶酒你先给我留着,肯定剩不下!"骆大明说完,手又向江小鸥面前的黄瓜伸去。

"我说你猴急个啥,人还没到全你就下手抓,也忒不讲究了!"

听江小鸥这么一说,骆大明才发现,小方桌上确实是摆着三套餐具。

"怎么,你还叫了谁?我不和你说了吗,今天咱俩是谈正事,不喝闲酒!"骆大明见江小鸥没经他同意还叫了别人,突然有些生气。

"你先别急,人来了你就知道了,恐怕到时你还得感谢我!"江小鸥说完从盘中捏起一根黄瓜,嘎巴嘎巴地嚼了起来,差点儿没把骆大明鼻子给气歪。

正要发作之际,门帘一挑,进来一位中年女子,她和骆大明对视了一眼,目光又迅速转向江小鸥。

"沐月,你可来了啊,快坐快坐!"江小鸥一骨碌从炕上跳了下来,鞋也顾不上穿就一把接过对方的包,硬拉着对方坐在了外侧的炕沿上。

此刻的骆大明满脸通红,一时不知所措,他做梦也没想到江小鸥今天请来的居然是江沐月。尽管岁月已经在她的脸上和身上抹去了多年前青春的印记,但是她弯月般的眼睛、微翘的鼻子以及轻轻上扬的嘴角,曾经在中学时代给骆大明留下过一段刻骨铭心的回忆。

　　中学时代的江沐月和江小鸥在同一个村，属于本姓家族，和骆大明所在的骆家湾只隔了一条河。中学时代的江沐月无论是相貌还是气质都不亚于城里的女孩，因此在那个年代，与众不同的她自然就成为众多男生心目中的女神。三人邻村又同年，初中三年三个人就结伴上学，虽然高中时江沐月去了文科班，骆大明和江小鸥在理科班，但三个人的友情却一直没有变。

　　如果当时不是那个年代，以及和江沐月家相去甚远的家境，如果不是江沐月父母的极力反对，也许他们早就走到了一起。虽然大学毕业后两个人再没有联系过，但在骆大明的心里，江沐月始终占有一个非常重要的位置。即使在二十年后的今天，站在眼前的江沐月依然衣着得体，散发着一种成熟女人的气质和魅力。

　　"大明，发什么呆呀，不认识了吗？"江小鸥使劲拍了一下正在发怔的骆大明，把他从遥远的回忆里拉回到现实。

　　"沐月，你好，好久不见，还好吗？"骆大明显然有些紧张，不过还是主动伸出了手。

　　"挺好的，你呢？"江沐月没有同他握手，只是脸微微一红，冲骆大明友好地笑了笑。

　　"我还那样，不不不，不好也不坏！"江沐月的突然到来让骆大明一时竟语无伦次，本来就不太会说话的他一下子结巴了起来。

"我说你们两个别在这儿玩呵呵了,都落座吧,骆大明盯着那根黄瓜都很久了!"江小鸥见场面有些尴尬,连忙打个圆场。

"大明、沐月,今天事先没通知你们,我先赔个不是,干了这碗!"说完,江小鸥打开放在桌上的那瓶酒,给自己的碗里倒了大半碗,然后一饮而尽。

"大明,你先别动,我的话还没说完!"江小鸥见骆大明想要阻拦,连忙把酒瓶拿起来放在自己的身边。

"咱们从小一起长大,虽然这些年联系得少了,但毕竟还是知根知底的朋友,今天我们三个人再次聚在一起,一是为了叙叙旧,其实更重要的还是为了大明。沐月,大明刚刚调来吴州,在省信访局担任副局长,吴州的情况比较复杂,现在的工作环境对他很不利。而你又是刚刚从中纪委下派来的挂职干部,希望你能在工作层面上帮帮他,不要让他轻易涉险……"

江小鸥的一番话让骆大明的心里突然升起一股暖流,瞬间就传遍了全身。骆大明拿起放在面前的粗瓷大碗,示意他把酒斟上。

"你呢,沐月?"江小鸥看了一眼江沐月。

江沐月没有回答,稍微迟疑了一下,也把碗推向了江小鸥。

砰砰砰,三只粗瓷大碗,时隔二十几年,再次碰在了一起。声音并不清脆甚至有些低沉,但在每个人的心里,仿佛又回到了曾经青葱的少年时代。

正如电影《匆匆那年》里的主题曲中唱的那样：

匆匆那年
我们见过太少世面
只爱看同一张脸
那么莫名其妙
那么讨人欢喜
闹起来又太讨厌
相爱那年活该匆匆
因为我们不懂
顽固的诺言
只是分手的前言
不怪那天太冷
泪滴水成冰
春风也一样
没吹进凝固的照片
…………

事实上，骆大明当年写给江沐月高中毕业时一句未曾表白的情诗，今日又重新激起了骆大明的回忆：我的心，如同十八层塔檐上的风铃，叮叮咚咚，在敲叩着一个人的名字，遥远的沐月，你是否可以听见……

（四）

三个人吃完饭，都有了些醉意，骆大明趁去厕所的时候想要把单买了，却被告知已被一位女士买过。

"大明、沐月，我请你们去喝杯茶解解酒吧，离这儿不远正好有一个茶馆是我一个朋友开的！"本来是江小鸥做东，没想到晚到的江沐月却抢先一步悄悄把单买了，这让他感到非常不好意思，于是提出了喝茶的邀请。骆大明和江沐月对视了一眼都没有反对，于是三个人就并排沿着江边的林荫道穿过一座跨江大桥，向江对岸走去。

一段不到十分钟的路，三个人走了近半小时。他们时走时停，一边欣赏美丽的江景夜色，一边追忆校园时光里的快乐和青涩。一路上，江沐月的心就像一条小河，平静了十几年后，因为这次意外挂职和骆大明的再次相遇，再一次掀起了小小的波澜，就像春天里湖面上微风吹起的涟漪，一点一点地在她心头荡漾开来。不过这些微妙的变化躲进夜幕里，月色掩盖了她羞涩的脸庞。这是掩映在江边马路对面的一处庭院，从外表上看是传统的仿古建筑，白墙青瓦，雕梁画栋，门前立有一块嶙峋、玲珑的太湖石，两个红色的宫灯映出匾额上的几个字——"三四五茶舍"。

骆大明暗暗发笑，心想：从茶馆的名字来看，主人应该没有太多的文化，不然怎么会取这样一个俗气的名字。

进了门厅，首先是一个设计精巧的水系，一条仿真的江南特有的乌篷船泊于黄金分割线上，船头放了一把古筝。大家正在暗自赞叹设计者的别具匠心时，一位颇具仙风道骨的老者迎了出来。

三人被直接让进乌篷船的内舱，骆大明发现这里巧妙地被主人设计成一个最多可以容纳六个人的茶室，透过打开的舷窗，既可以看到外面的风景，又可独享一片安静的天空。这样精巧的设计不禁让人由衷赞叹设计者的用心和主人的情调。四个人先后落座，老者拍了拍手，随后进来一个身着旗袍的服务员，微笑着说："陈老，给客人上什么茶？"

"把我珍藏的那份陈年普洱给客人泡上！"

"好的，请稍等！"服务员应了一声然后退了出去。

"陈老，我先给您介绍一下，这两位是我的发小儿：骆大明，刚调来吴州，在省信访局工作；江沐月，在中央纪委工作，也是刚刚到吴州的挂职干部，比大明要早半年。大明、沐月，这位是陈老，亦师亦友的忘年交，书法界和收藏界的前辈！"江小鸥似乎在这位陈老面前显得异常谦卑，介绍完骆大明和江沐月，然后又郑重地介绍了眼前这位身着白色亚麻衣料唐装的老者。

骆大明和江沐月都礼貌地和陈老握了握手，不一会儿，服务员就端着一壶茶走了进来，然后用夹子钳着四个茶杯，烧开一壶水，在金丝楠木的茶海里烫了烫，洗完茶杯然后轻轻地斟满了四个杯子，专业而轻盈地放在了每个人的面前。

"好的，陈老，我这就去！"陈老在服务员耳边耳语了几句，服务员转身就出去了。

骆大明端起茶杯，轻轻抿了一口。些许的苦涩，伴随着淡淡的幽香，由喉咙滑向胃里，又从胃里舒缓悠长地返回到口中。

"好茶！"骆大明放下茶杯由衷赞道。

"那是当然，陈老这儿哪有差东西！对吧陈老！"江小鸥说完看了一眼老者。

"贵客临门，当以好茶相待！"说完陈老端起茶壶，又给众人斟上。

"陈老，您也喜欢下棋？"骆大明问。

"偶尔附庸风雅而已，阁下……"陈老怔了一下，有些惊讶地看着骆大明。

骆大明见陈老有些不解，指了指放在茶室一角的一个榧木棋盘。其实骆大明从一进船舱就注意到那个棋盘了，只有对围棋极其讲究的人才会用如此高档的棋具。

"哈哈哈，大明，你不说我还想不起来，以前下棋你总欺负我，遇到陈老，估计能授你三子，大明要不要试试？"江小鸥见骆大明说起棋，一时来了兴致。

"如果陈老同意，我当然愿意学习一下！"在这样的环境下品茶下棋，何其不是人生中的一件幸事。

"小鸥，你不要给我灌迷魂药了，以往每次对弈都是你有心承让，我虽然老了，难道你真的认为我糊涂得连这都看不出了？"陈老掂了掂手中的折扇，轻轻地在江小鸥的头上敲了一下。

"如果骆先生有兴致，我们随时可以切磋！"陈老谦逊地看了一眼骆大明。

"那就择日不如撞日，今天我就借着酒劲儿，斗胆向陈老学习一盘吧！"骆大明或许是受到环境的影响，突然来了兴致。

"太好了，我来伺候！"江小鸥起身去拿棋具，刚刚摆好，只见刚才那位服务员带着一个人一前一后进入了茶室。

"这位是我的孙女默涵，初入此门，咱们品茶，让她给咱们献献丑、助助兴吧！"

听到陈老介绍，骆大明把目光从棋盘转向眼前的女孩，四目相对的一瞬，他的脑袋嗡的一下，目光迅速地从女孩身上移开，心想：天下怎会有如此巧合之事。

女孩没有说话，冲大家微微一笑，双手交叉，身体稍稍前倾了一下，转身走向了船头。

"秋风清，秋月明。落叶聚还散，寒鸦栖复惊。相思相见知何月，此时此夜难为情。"

透过茶室的舷窗，可以隐约看到皎洁的月光如水般倾泻下来。船头坐着一位青丝如黛的女子，一袭白色的旗袍，十根纤细的手指在琴弦上跳跃，时而凝重有力，时而淡如清风。骆大明听得入了神，女孩演奏的正是经典的《汉宫秋月》。

（五）

距上次任长河要求的汇报会还有半天时间。周四下午，骆大明一个人坐在办公室里准备汇报材料，烟灰缸里已经堆满了烟头，可骆大明依然对汇报材料的分寸拿不定主意。

马上就要到中秋节了，整座城市正沉浸在节日前夕的气氛中。昨天晚上回到家后，妻子温晓燕还在电话中询问中秋节能不能回去，可是在这个节骨眼儿上，他怎么可能回得去呢？一想到和妻儿虽然相距不远却不能团聚的现实，骆大明的心里就充满了歉疚。小家不能团聚算不了什么，但是一想到"9·28"事件还没有给省委、省政府一个满意的交代，更让他心急如焚。

踌躇不定的他在办公室里踱来踱去，突然，书柜中一本书的名字让他想起了昨晚的棋局。那是二十世纪七八十年代日本一位著名棋手石田芳夫先生所著的一本关于围棋的书，叫作《先急所后大场》。这本书从大学时代就一直伴随着他，虽然他的棋力不高，但是对于骆大明而言，他能从围棋的对弈中去感悟一些工作的方法和做人的道理，这对他来说就是最大的收获。

正如昨晚的棋局，在陈老铜墙铁壁般的厚势面前，他根本就无法发力，强攻无果后，最后时刻溃不成军。其实陈老的棋力，骆大明觉得远在江小鸥的描述之上。就好像这次的"9·28"事件专案，背景的复杂程度已经超出了他的想象，从最初兰玺光安排的饭局，到纪委副书记吴有文的出现，再到后来兰玺光意味深长的话语，以及晨跑和蒋一曼的偶遇，这次专案的定性问题，如果处理不当，不但不利于问题的解决，还有可能让他自己陷入困境。既然强攻不行，那不如学学围棋中的缠绕攻击呢？想到这儿，骆大明的心里似乎有了新的思路。

事实上还有一个更为重要的原因，那就是江沐月的意外出现。至少在无依无靠的江北，他又多了一个可以信任的人。特别是她现在挂职的单位，正是让他感觉最为棘手的省纪委。

想到这儿，他重新坐到办公桌前，汇报材料的角度、程度和深度开始变得清晰起来。傍晚时分，材料已基本完成。作为成员之一的伍为民和丁小力也认真地把材料研读了几遍，都觉得没有问题了。

"去报兰局审一下吧。"伍为民拿着材料走后，骆大明才终于松了一口气。

在机关食堂简单地吃过晚饭，骆大明出了院子，抬手看了看表，时间还早。他不想回家，于是沿着机关大院外的马路漫无目的地走着。半个月以来，他一直在观察，上至省委、省政府的领导，下至吴州市的基层领导，被无数个大大小小的圈层环绕着，如何在这种圈层中找到一条打开工作局面的路径，一直是萦绕在骆大明心中最大的一件事。

耳边隐约传来一曲熟悉的琴声，骆大明仔细一听，是一首耳熟能详的古筝经典《春江花月夜》。循着忽远忽近的琴声，走到尽头发现不知不觉来到了"三四五茶舍"。正在门口犹豫之际，只见江小鸥陪着两个人从茶舍里走了出来，一位是陈老，另一位是衣着朴素却谈吐不俗的中年人。骆大明正要低头离去，却被江小鸥发现，连忙跑过来一把拉住了他。

"这位棋友，既然来到寒舍，为何过而不入啊？"陈老也认出了骆大明，打趣般地问道。

"陈老，幸会，您这哪是寒舍，怕是我这点儿棋力是不敢轻易造次了！"骆大明连忙握住了陈老的手，有点儿不好意思。

"不要嘲笑老朽了，快进屋吧！"陈老朝送出的客人摆摆手，然后不容分辩地把骆大明请了进去。

"既然这样，那就恭敬不如从命，我就讨杯茶喝喽！"骆大明正好有些口渴，在这样的茶舍品一杯香茗可以适当放松一下连日来疲惫的身心。

三人再次到乌篷船里坐定，不一会儿，服务员端上茶来，没有酒精麻醉下的味蕾再一次体会到了中国茶道的独特与魅力。骆大明扭头看了一眼船头，让他一直好奇的女孩不在，一把古香古色的古筝静静地摆在那里，蓦然间有一种此处无声胜有声的感觉，如同一泓心音，如天籁般在心间缓缓流淌。

"陈老，请恕我无知啊，其实上一次我就想问，贵茶馆的名字我一直不得其解，还望能指点迷津！"骆大明轻轻品了一口茶，抬头看了看眼前这位高深莫测的老者。

"哈哈哈，问得好！其实这个问题很多人都问过，我都没有回答，既然今天骆局有这个兴致，我就斗胆卖弄一下！"陈老爽朗一笑，随手从茶桌上摸出一本书。

"骆局，这本书可有研究？"

"陈老见笑了，像《易经》这样的书，怕是在全中国能读懂的人也不多啊！"骆大明见陈老手里拿着一本旧版的老书，但书上那两个篆书小字他还能认得。读大学时曾经读过，但研究了一段时间依然没有进展后就放弃了。

"骆局过谦，这本书其实老朽也是窥豹一斑，但我从书中悟出了三个字……"陈老说到这儿，也端起茶杯，轻轻吹了口气，小呷了一口。

"那就请陈老不吝赐教了！"骆大明见他卖了个关子，连忙起身，恭恭敬敬地起身给他把杯中的茶续上。

"哈，赐教谈不上，既然骆局有兴趣，我们就一起探讨一下。人的一生说长不长，说短不短，但这一生如何来活，则充满了玄机和变化，我悟出的第一个字很简单，是一个'上'字。'上'这个字看似简单，实则并不简单，我们中国的文字，最早的应用是上梁，指的是老百姓盖房子最重要的一个结构主体。现代社会，这个'上'字，我们可以理解为上级、上司，如果一个人在社会中不懂得'上'的道理，那……"

说到这儿，陈老并没有接着说下去，只是哈哈一笑。

"我懂了，不懂得'上'的道理，按现在的社会来说，就是不讲政治。"江小鸥突然插了一句，陈老沉思了一下，接着看了一下骆大明，于是大家又是一阵爽朗的笑声。

"那另外两个字是什么？"江小鸥问道。

"今天不宜说太多，咱们还是接着喝茶吧！"陈老突然话题一转，大家也不好强求。

回家的路上，骆大明不禁又想起来江北任职前和市委书记田正良的那次谈话。那次田书记也不止一次地提到了在中国的官场，"上"字是一门极其深厚的学问。

第四章　再次设局

（一）

沸沸扬扬的"9·28"事件经过专案组近一个月的调查，终于有了一个初步的处理结果：

吴州市东江开发区副区长刘伟免职，留党察看一年；

吴州市东江开发区城关镇党委书记刘娟免去一切党政职务，并由市检察机关立案侦查；

吴州市东江开发区信访局局长林小明记大过一次；

吴州市紫金藤房地产开发有限公司公关部经理赵青涉嫌行贿，交由检察机关立案侦查；

吴州市东江开发区城关镇堤岭村村委会党支部书记、村主任肖明洋撤销职务，并移交检察机关立案侦查。

对于这个处理结果，省纪委副书记吴有文已经初步定了调子，如果继续深挖下去，一是怕短期内无法给省委一个交代，更无法给江州的百姓一个交代；二是这个案子幕后有更大的利益群体，势必会受到各种势力的阻挠。于是任长河果断决定先暂时同意"9·28"事件专项调查组给出的处理结果,由他向省长于小林同志直接汇报。

从任长河的办公室出来,骆大明长长地舒了一口气,对于这个结果,他虽然不是太满意,但是从目前的形势来分析,达到这样的结果已经很不容易了。对这个结果心存不满的有省纪委副书记吴有文,还有他的直接上司兰玺光。这一点从散会后他们的眼神里骆大明已经有所察觉。当然,这并非骆大明考虑得太多,凭他在官场上这些年的经验,这是一场暗中较量,这一回合并没有分出胜负,只是以信访局的调查结果为主导的这一方略占了上风。

他心里清楚,更为艰苦的对决还在后面,好在副省长任长河的话从某种程度上给了他一些信心,因为从这一段时间的相处判断,任长河确实是一位值得尊重的高级领导干部。

骆大明的直觉很快就得到了验证。

"9·28"事件后全局召开了一次总结大会,兰玺光同志虽然首先肯定了骆大明和他分管的督查室在这次专项调查中取得的成绩,但随后对局里的一些工作表达了强烈的不满,特别是对综合调研处的工作提出了严厉的批评,并责令限期拿出整改方案交局长办公会讨论。明眼人都听得出来,兰玺光虽然没有明确把矛头指向骆大明,但其实就是冲他这位初来乍到的副局长来的。骆大明对此虽然也有一些心理准备,但并未料到兰玺光的反击来得如此之快。联想到上次的那次饭局,更坚定了他最初的一些判断。

但是作为一个讲政治的领导干部，骆大明是不能有任何情绪的，更何况兰玺光的话是站在工作的角度上讲的，从官场的规则来看，他也挑不出任何毛病。但在督查室的伍为民和丁小力的眼里却是另外一个角度。他们不但替自己委屈，也替分管自己的骆局长抱不平。这一段时间，骆大明和他们处的几位同志几乎都没睡过整宿的觉，他们的调查结果，也获得了任长河的高度肯定，可是为什么到了兰玺光这里，却避重就轻，谈一些其他不相关的事情呢？

这或许应了官场里的一句话——级别不同，看问题的角度也不相同。

还没进办公室，骆大明就听到自己的手机在办公桌上发出的嗡嗡的振动声，打开一看，上面竟有五个未接来电。三个是座机打来的，两个是手机打来的，都是陌生号码。开会前骆大明有个习惯，就是把手机放在办公室以免影响开会。骆大明并没有急着回拨电话，因为现在推销的电话太多，不是卖房的、卖保险的就是贷款的，一天到晚让人不胜其烦，却又无可奈何。

往水杯里加了点儿水，骆大明起身来到窗前，那株熟悉的梧桐树叶子已经在深秋的冷风里开始变黄，偶尔有几片打着旋儿从枝头飘落，一叶落而知天下秋。秋天是一个让人容易心生惆怅的季节，更何况骆大明初来乍到不到月余，便经历了如此大的一个事件。虽然信访局在省政府的职能部门里只是一个相对弱势的部门，但这里的斗争却丝毫没有因为它的弱势而弱化。

　　手机又发出一声短暂的振动，骆大明看了看，是一条短信：大明，我是沐月，今天打了几次电话，你没有接，估计你在忙。有时间回这个手机号。骆大明看了看，正是那个并不熟悉的陌生号码，号码归属地为北京。

　　一米咖啡馆里正放着一首叫作《贝加尔湖畔》的歌，轻柔的音乐伴随着忧郁的歌声，营造的是一种现代和怀旧共存的氛围，骆大明一进来就发现了在一处角落里临窗独坐的江沐月。她穿了一件淡雅的格子套裙，正端着一杯咖啡专注地凝视着窗外的街景，齐耳的短发并未掩饰住她白皙俊美的脸庞，在灯光的映衬下泛着如白雪般的光泽，透露出一种成熟、干练的职业女性之美。

　　"沐月，看什么呢？这么专注！"

　　"啊，大明，你来了，快坐快坐！"

　　直到骆大明来到江沐月的身边，用手机轻轻敲了敲桌子，江沐月这才不好意思地回过神来。

　　"喝点儿什么？"江沐月问。

　　"我喝不惯这玩意儿，还是来杯水吧！"骆大明冲服务生摆了摆手，示意拿一杯免费的柠檬水。

　　"沐月，这么急着把我叫来，到底有什么事？"骆大明知道以江沐月的性格急着打电话叫他出来，一定是有很重要的事。

　　"大明，实不相瞒，我这次从北京到地方来挂职，一方面是组织上锻炼我，另一方面我也是带着任务来的，不过具体什么任务我不能告诉你。但我想提醒你的是，你所在的信访局内部有一些问题，你初来乍到，江北省人际关系错综复杂，依你的这种刚毅的性格，处理问题要小心谨慎，特别是在最近的'9·28'事件上，相关利益群体未必会善罢甘休……"

背景音乐里的歌声已进入尾声，而眼前的江沐月就像歌曲里唱的那样，清澈的眼神里充满了神秘：

> 多少年以后　往事随云走
> 那纷飞的冰雪　容不下那温柔
> 这一生一世　这时间太少
> 不够证明融化冰雪的深情
> 就在某一天　你忽然出现
> 你清澈又神秘　在贝加尔湖畔
> 你清澈又神秘　像贝加尔湖畔

（二）

本来骆大明要请江沐月吃个夜宵的，但被委婉地拒绝了。好在这家咖啡馆距离他们两家单位都不算远，不到晚上九点就都各自到家了。

"我的话只能说到这儿了，总之，你要处处小心……"已经进入了深夜，骆大明躺在床上无论如何也无法入睡，江沐月的话一直萦绕在他的脑海，在带给他丝丝寒意的同时，又有些莫名的感动。他原以为在这座陌生的城市里能够值得信赖的朋友只有江小鸥，江沐月的出现对他来说无疑是一个意外惊喜。

进入11月，江南也开始渐渐进入了冬季。一大早，骆大明像往常一样泡了杯绿茶，而后坐在办公桌前开始处理一天的工作。一只小鸟不知何时从窗前的梧桐树上跳下，径直进了办公室，正歪着头小心翼翼地盯着骆大明，一点儿也没有害怕的意思，倒是一只大鸟一直站在窗外的树枝上，一边叽叽喳喳地叫，一边不停地变换着树枝，一副非常焦急的样子。

骆大明被这个突如其来的小插曲给感动了，看了看办公桌右上角儿子小时候的一张小相片，又看了看窗边的这只翠绿色的小雏鸟，自然界的万物就是这样的相似，每个人都要在父母的呵护下长大，最终都要离开父母而独自寻找自己的天空。儿子的笑脸像小鸟儿一样天真而纯净，一大早让骆大明的心里充满了温暖，是的，好久没见到儿子了。除了工作，儿子成了他心里最大的牵挂。

几声轻轻的敲门声打断了骆大明的思绪，骆大明起身开门。督查室主任伍为民抱着一摞厚厚的材料走了进来。

"骆局，这些是下次我们支部会要学习的省委的几个文件和通知，要求每一个党员发言。这些是近期我们要重点督查的信访事件，从量上看，这个月的量比上个月多了近两倍，我们督查室的人手已是严重不足……"伍为民的话说到最后，有些欲言又止。

"为民，最近国家局协同多个部委，成立中央信访督查组，这对信访工作是一个重大的信号，我们要抓住这个机遇，从而有效推动地方信访工作的落实啊。虽然从工作量上是多了一点儿，但这说明从中央这个层面，是关心我们信访工作的，是心里装着百姓的。你说的困难，下次在党组会上我会专项提出来，目前我们还是要克服一下！"

"骆局，我不是抱怨，目前督查室真正能干活的就这两三个人，大家都是凭着一份良心在工作，特别是小丁，已经有两个月没有休息了，我心里很不落忍！"伍为民说完，摘下眼镜擦了擦，似乎是思想斗争了很久才来找他。

局里的情况，骆大明已经十分清楚，但目前的状况仅凭他个人也是无能为力。骆大明虽然很清楚目前的处境，但他除了安慰和鼓励这些任劳任怨的下属，又能怎么样呢？

伍为民走后，骆大明翻阅了他送来的信访卷宗。其中从国家局转来的又一起卷宗格外引人注目，因为被上访主体里再次出现了紫金藤集团的名字。

仔细阅读了卷宗，骆大明心情凝重，早上泡的茶水早已冷却，这才发现，一直忙碌着还没顾上喝口水。把杯中水倒掉一半，骆大明重新补满水，轻轻喝了一口，再次抬眼望向窗外，早上的那只小鸟早已不知去向。抬手看了看表，表针已指向中午十二点三十分，这时兰玺光推门走了进来。

"大明，我就知道你还在工作，我早就和你说过，工作固然重要，但身体更为重要，走吧，一起去食堂，我让远辉给咱俩留了菜，再不去就凉了！"

"哈哈，玺光局长批评的是，其实我这肚子也早就咕咕叫了！"骆大明连忙起身，和兰玺光一前一后出了办公室，下了楼向食堂走去。

办公室主任黄远辉早已等候在那里，给二人的托盘里备好了刚刚出锅的四种菜，两荤两素，外加一份紫菜蛋花汤。

"二位领导慢慢吃，有什么需要我马上安排，食堂的师傅们还没下班，咱自己的食堂，方便！"黄远辉拉开椅子，安排两个人落座后，站在一边笑容可掬地说道。

"远辉啊，你吃了没？没吃快坐下一起吃点儿吧！"兰玺光晃了晃微胖的秃脑袋用眼神瞄了一下黄远辉。

"我早就吃过了，您二位慢慢吃，我就守在这儿，您有事随时叫我！"黄远辉连忙回道。

"远辉，你也挺辛苦的，不用在这儿守着，快去忙吧，我和玺光秘书长一边吃一边说点儿事！"骆大明最不喜欢机关的这种唯上为尊的风气，连忙为眼前这位不容易的办公室主任打圆场。

黄远辉连忙点点头应允着，识趣地走开了。

"大明，前段时间你为'9·28'事件的案子辛苦了，作为'班长'，我心里很是过意不去啊。这样吧，晚上我个人安排你吃个便饭，你不会拒绝吧？"兰玺光夹了一口菜花，侧着脸看了一下骆大明，随后咀嚼了起来，鼓起的腮帮子发出清脆

江南山水四　刘明杰绘

的咯吱咯吱声，本来就圆乎乎的脑袋，加上鼓起的两腮，样子十分呆萌滑稽，像极了当地盛产的一种名贵物产——河豚。

"玺光局长，感谢你的关心，做好本职工作是我的责任，你总这么客气倒是让我感觉见外了，吃饭这事不是不可以，你已经破费过一次了，是不是该轮到我做一次东了？"

面对兰玺光再次发出的邀请，骆大明直接拒绝不好，直接答应也不好，没办法，他只能以这样的理由进行委婉的推辞。

"大明，作为'班长'，作为兄长，你还是别和我客气了，你一个人抛家舍业的，让你破费这不是打我的脸吗？咱俩就别在这儿互相推让了，晚上下了班，你跟我走！"

面对兰玺光的强势，骆大明的不善言辞再次让他陷入了被动。

（三）

11月9日，立冬。

"细雨生寒未有霜，庭前木叶半青黄。小春此去无多日，何处梅花一绽香。"

对于吴州而言，宋代诗人仇远的这首诗最能反映出江南的初冬。一场连绵的细雨终于洗去了这座城市近五个月的燥热。

经过改革开放四十几年的发展，吴州这座城市凭借优越的区域优势和良好的投资环境发展非常迅速,但同时也不可避免地带来了一些社会矛盾。这些矛盾有些是发展中难以回避的,但有些却是一些利益集团过于贪婪而引发的。

正如天胜广场对面的阳光花园小区,自建成以后,就一直有居民在不断地上访,特别是在《物权法》颁布实施以后,中国老百姓的维权意识终于被唤醒。

江小鸥是接到新闻线索后第一个到达现场的媒体记者,现场已经有警察拉起了警戒线,内侧是一群全副武装的保安在和群众对峙。江小鸥的身材并没有优势,凭借多年在一线的经验,经过一番左钻右突,终于满头大汗地挤了进去。

天胜广场的门前拉起了一条巨大的横幅,上面写道:擅自加盖,给个说法,还我采光权!

江小鸥习惯性地举起了相机,却一下子被边上的保安擒住了手腕。

"你是哪儿的?干什么的?"和身材壮硕的保安相比,江小鸥就像老鹰面前一只弱不禁风的小鸡。

"我是晚报记者,这是我的记者证!"江小鸥熟练地从上衣胸兜里掏出证件晃了晃!

"我不管你是哪儿的记者,没有我们领导的同意,不能拍就是不能拍!"保安一副气势汹汹的样子,江小鸥手中的证件他压根儿连看也没看。

正在双方僵持不下的时候,急匆匆地来了一位穿青色西装的中年男子,戴了副金线边眼镜,从穿着判断至少是一个有级别的管理人员。

"快放开快放开,不好意思啊小江记者,来晚一步,别和这帮粗人一般见识!"西装男子一边呵斥保安,一边满脸堆笑地向江小鸥道歉,随后递上一张名片。

"小江记者可能不认识我,但我可是久仰您的大名了。我是紫金藤集团的副总经理张然,这是我的名片,以后欢迎小江记者多来指导我们的工作!"

江小鸥在吴州也算是小有名气,但遇到蛮横的保安却也没有更好的办法,好在这位突然出现的"西装男"及时替他解了围,不然他还真是和这些五大三粗的保安掰扯不清。

与此同时,另一拨儿上访人群也把横幅拉到了省信访局的门口对面,引起了不少过路群众的围观。

"马上通知市公安局,把这些人抓紧清走,像什么话!"兰玺光正在办公室里对黄远辉大发雷霆,伍为民本想去送个报批件,见状连忙退了回来,转身又回到骆大明的办公室。

"门口上访的群众什么情况了?"骆大明问。

"办公室正在协调处置,刚才我给兰局送文件,发现他正在和远辉发火,就没送……"伍为民看了看手中的文件,面露难色。

"没关系,回头再找合适的机会送吧,你回头安排督查室的同志去市局复核一下富丽小区集体上访的受理情况,尽快给我一个回复。"骆大明知道这件事再次涉及紫金藤集团,让他一时陷入了两难。

从上访材料看，这件事并不复杂，真正复杂的是紫金藤集团身后的背景，他有些不敢贸然做出决定。

正如昨晚的饭局，本来兰玺光说好的就是他们单独的一个小聚，但到场后却发现原来蒋一曼早已等候在那里。对于这样的安排，骆大明心里尽管一万个不情愿，但鉴于兰玺光在场，也不便说什么。尽管在这场如同嚼蜡的饭局上兰玺光只字未提紫金藤集团被集体上访的事，但聪明人都看得出来，这是向他暗示他们之间非同一般的关系。

蒋一曼显然更是职场上的老手，席间不只是察言观色，不失时机地敬酒，更是把她和骆大明第一次在火车上的巧遇不时地挂在嘴边。随后居然还引用仓央嘉措的诗来把"缘分"这个词大加渲染。如果说，在火车上骆大明对她还有一些好感的话，那么通过这几次饭局，好感已被消耗得荡然无存。

江沐月的提醒也给骆大明造成了很大的困扰，事实上，关于紫金藤集团的一些问题，"9·28"事件就已初露端倪，但从省纪委、公安部门到局内部的态度来看，明显有一股暗流在保护他们。这些都让初来乍到的骆大明感到十分棘手。

从督查室报来的材料看，上访材料从区信访局到市信访局的流程都在，但在处理上却是一直拖而不决。事实上，这种情况在地方信访部门已是大家心照不宣的一种处理方式，除去外部力量干扰的因素，对于相对弱势的信访部门来说，这种处理方式也是不得已而为之，如果事情可能不了了之，自然也就过去了。即便是上面把责任追查下来，也可以和有关部门形成默契,就像打太极一样,把问题推来推去,你推给我,我推给你。总之明知有问题,但追究起主体责任来,却很难找到一个具体的部门。所谓的"官官相护",大概就是这么一个道理。

虽然紫金藤集团在政府部门具有通天的本领,但对于江小鸥这样的媒体记者却是不敢得罪,因此他被当作上宾请进了天胜广场的会客室,并且得到了上宾一样的接待:先是有人端上了热气腾腾的茶水,后又有人送来新鲜的果盘。

副总经理张然对身边的一个工作人员耳语了一番,不一会儿来了一男三女,也同样穿着西装,依次过来和江小鸥打招呼。从名片来看,这几个人来自天胜广场的企业文化部,负责对外宣传和企业文化建设工作。

(四)

对江小鸥这样的老记者来说,这样的场合自然见得不少。特别是涉及负面报道的主体一般都会以各种形式拉拢记者,有些禁不起诱惑的记者被其收买,或被其抓住把柄遭其威胁甚至丢了饭碗的事,身边也曾发生过。

他知道在这个会议室里是得不到任何有价值的新闻线索的,所以他首先考虑的是要脱身。借口上厕所之际,江小鸥转身奔向电梯口,而有所准备的张然早已候在了那里。

"怎么这就走了?饭点马上就到了,小江记者如果瞧得起我们,就留下吃个饭吧!"

"刚接到报社电话，我们还有一个报道任务，所以不好意思啊！"江小鸥见躲不掉，干脆随口编了个理由。

"既然小江记者有重要任务在身，我也不便强留，这个请您收下，舟车劳顿，您也不容易！"张然说完递上一个信封。

在报社工作多年的江小鸥自然明白，这种东西说好听点儿是车马费，说不好听点儿就是受访单位给记者的红包。对于车马费的管理每个单位都有着不一样的标准，党报党刊相对管理比较严格，从原则上讲是禁止记者们收受的。但对于一些社会媒体或自媒体而言，因为受预算等影响，主管部门也就睁一只眼闭一只眼，把它看作记者们的一项"变相收入"，既节约了自身的成本，也算是记者这个行业的一项"潜规则"福利。

在电梯门关上的一瞬，江小鸥把信封扔了出来，本以为搞定了的张然没想到江小鸥会来这么一手，有些气恼地骂了一句粗话。

兰玺光办公室，骆大明正在向他汇报关于国家局督查室转来的关于天胜广场群体性上访的督办件。兰玺光只是草草扫了一眼，淡淡地说："大明，这件事你就交督查室让伍为民具体负责吧，局里的事还有很多，你要多抓点儿大事啊！"

"可这毕竟是国家局转办的重点督办案子，我们必须高度重视啊！"骆大明已经预感到兰玺光的态度，但没想到这件事被他一句话给转移了。

"大明，我说过不重视了吗？"兰玺光歪着头用他那一条缝似的眼睛看着骆大明。

"玺光局长，瞧您说的，我不是这个意思，我是说这件事要不我来抓，然后再向您汇报！"骆大明意识到刚才的话说得不太合适，连忙解释。

"这件事你就不用具体参与了，你把上次省委下发的那个关于做好网上信访的专项调研去抓一下，这件事我亲自来抓！"

兰玺光作为一把手，这种强势的工作作风已经让两位副手相继离开，这些骆大明早有耳闻，直到今天，骆大明才终于有了比较深刻的体会。

回到办公室，骆大明叫来了伍为民和丁小力，虽然这事兰玺光表示要亲自抓，但作为分管领导，他还是要嘱咐一番。

伍为民和丁小力的能力他十分放心。一位是年富力强的中青干部，一位是有热情、有冲劲儿的年轻人，他深知由他们二人负责这件案子，就算他不亲自参与，两个人也能把它处理妥当。看来兰玺光不让他来负责，还是对上次那件事的处理有看法。

送走二人，骆大明感觉胃隐隐作痛，一阵风吹来不禁打了个冷战，起身索性把窗户全关掉。近一段时间以来，或许是工作强度太大了，"9·28"事件以来，他几乎没睡过几个完整的觉，骆大明有一种前所未有的疲惫感，于是他靠在椅背上闭上眼睛,想要休息一会儿,不想却迷迷糊糊地睡着了。

睡梦中,他梦见了妻子温晓燕一只手牵着儿子,另一只手拎了一个大大的包正在过马路,一辆厢式货车疾驶而来,骆大明拼了命地呼喊着让他们停下来,却发现嗓子说不出话。蒙眬中,他感觉有一只冰凉的小手贴在他的额头上,是那样熟悉和舒适……

"骆局,骆局!"睡梦中他仿佛听到有人在呼唤他的名字,像是伍为民,又像是黄远辉,可是他努了努力,仍无法睁开双眼。

"让他再睡会儿吧,不要吵醒他!"这明明就是妻子温晓燕的声音呀!骆大明一下子清醒过来,睁眼一看,的确是妻子温晓燕站在自己的身边,他的身上还披着妻子常穿的那件灰白色的风衣。

"你怎么来了,怎么也不提前说一下!"温晓燕的突然到来一下子让骆大明不知所措,愣了半天才回过神来,连忙张罗着请她坐下,找了个杯子倒了一杯开水。

"大明,你有点儿低烧,先别忙了,我正好这次给你带了一些常备的药,你先把药吃了!"温晓燕把骆大明按在座位上,打开行李箱,拿出了一个简易的家庭小药箱。

站在一边的黄远辉有些尴尬,说了几句客套话就悄悄退了出去。

温晓燕的这次突然到访是正好在吴州参加一个医疗系统的研讨交流会,再加上天气突然降温,顺便给丈夫带了几件换洗的衣服,他们夫妻虽然平时聚少离多,但她深知丈夫生活上的将就和对自己身体的不负责任。

就在刚才,当她看到自己的丈夫发着低烧,头枕着办公椅睡着的样子时,眼窝一热——眼前这个她深爱着的男人,因为工作的原因不得不做出牺牲,着实令人心疼。她是一个坚强的人,即使这样,她也从没有在丈夫面前表现出一个小女人的依赖和黏人。事实上,这一切骆大明何尝不懂,只是两个人都是那种把爱藏在心里不肯轻易表达的人,他们用理解和支持表达着相互的尊重和爱意。

"大明,过冬的衣服我给你带来了,平时常用的一些药我也给你带来了,你的胃不好,天凉了要记得不要喝冷水。我一会儿还要赶回省院和同事会合,晚上返回东港……"温晓燕一边把带来的东西挨个检查了一遍,一边又像叮嘱小孩子一样嘱咐骆大明。

"怎么这么急,不住一晚吗?"突如其来的惊喜瞬间又化成了一个泡沫,一下子就破灭了。

"是的,这次来交流本来也是临时安排的,明天我还要值早班,没人替我!"事实上温晓燕也渴望能够留下来,哪怕只是短短一晚的相聚,可是事实就是这么残酷,她只能在丈夫的办公室里和他匆匆见上一面。

温晓燕离开省信访局大门的时候,没有回头,她生怕自己一回头就会哭出来,只能咬着牙向前走。她婉拒了黄远辉安排的车,坚持自己叫出租车,她明白作为一名公务人员的妻子，特别是骆大明的妻子，她不能给丈夫添任何的麻烦。

骆大明一直注视着妻子的背影，直到她上了车，消失在路口的转弯处。这位一米八几的硬汉子，鼻子一酸，眼泪悄悄地落了下来。

（五）

自从上次和兰玺光、蒋一曼吃了顿各怀心思的饭后，骆大明的手机每天都会接到蒋一曼的微信问候，有时是一句话，有时是一个动画表情，有时会分享一篇正能量的鸡汤。骆大明心里明白，这是一种拉拢式示好，对此最好的回应就是不回应。

但蒋一曼并没有因为骆大明的不回应适可而止，每天依旧按照她的节奏发送。虽然骆大明非常厌恶这样的方式，但也实在没有更好的处理方法，他唯一能做的，就是按照原则、按照程序来处理他和蒋一曼之间的关系。

一大早，骆大明刚坐在办公室不久，丁小力就匆匆过来汇报工作。

"骆局，这几天按照您和伍主任的安排，我分别跑了市住建局、市规划局、省设计院，走访了阳光花园的一些上访群众。我们发现天胜广场的施工方案和原设计方案确实不一致，基本可以确认天胜广场存在擅自更改设计方案的行为！"随后丁小力递上一份刚刚拟完的调查报告。

"为民呢？"丁小力的汇报没有出乎他的意料，反而更加坚定了他此前的一些判断。

"伍主任说他身体有点儿不太舒服，说过会儿和您请假，他让我来先行汇报！"丁小力经过"9·28"事件的历练后，和骆大明说话不再像以前那样缩手缩脚了，相反，倒是感觉比和伍为民说话还要轻松。

话正说着，骆大明的手机就响了起来，人真是禁不起念叨，来电的正是伍为民。

"骆局，不好意思，最近一直感觉胸闷、头晕，今天和您请天假，我去医院检查下血糖，之前一直有这个老毛病，怕是又犯了……"

"为民，快去吧，身体要紧，关于天胜广场的群访事件，小丁正在向我汇报，单位上的事你先放放！"

骆大明电话还没挂，办公室主任黄远辉急匆匆地走了进来。

"小丁，不好意思啊，有个急件，我先向骆局汇报一下啊！"黄远辉见骆大明办公室的门是敞开的，没有敲门就直接闯了进来。

"骆局，玺光局长去省里开会，昨晚他已圈阅，让我今天一早就转给您看下这个！"黄远辉急匆匆地递给骆大明一份文件。文件是由省政府办公厅转来的，任长河批示：转交省信访局，请玺光同志高度重视，做好中央信访督查组来江北现场督查的工作安排，并确保各项具体工作的配合和落实。

中央信访督查组定于11月18日抵达江北，骆大明看了看日历，只有五天时间了。

"这样小丁，你马上通知督查室的全体同志，我们十分钟后开一个全体会。另外你也再通知一下伍为民，看他能不能克服一下困难，先回来工作，不过也不要过于勉强，看他的个人情况而定！"

骆大明知道这件事非同小可，这关系到整个江北省信访工作的大局，因为从名单来看，中央信访督查组的构成除了国家局相关的职能部门，还有江北省的人大代表和政协委员各一名。更大的变化是，成员的组成中还增加了两家媒体的记者，更说明这次督查并不是简单地走个形式和过场，而是要动真格的了。

督查工作本来就是骆大明分管的，对于这次中央督查组的现场督导，他心里还是比较有底的，唯一担心的就是在国家局挂了号的天胜广场的群访事件。难的不是这件事的本身，而是天胜广场背后紫金藤集团错综复杂的关系网。

会议开了一个多小时，目前首要的工作是要把全省各地市上访事件，特别是关于民生的信访事件，从流程、受理、办信到回复做一个拉网式的排查，至于那些悬而未决的老信访事件，要说得清、说得透，明确事件的主体责任。直到会议结束，督查室主任伍为民都一直没有露面，手机也关了机。

幸好督查室还有丁小力这样年轻负责任的同志，在这样的关键时刻能缓解一下骆大明的压力。

兰玺光赶回局里时已是接近下班的时间，三位副局长都已等候在小会议室。关于这次中央督查组的实地督查，他要召开党组会进行专项研究落实。会议一直持续到华灯初上，直到把用车、各处室陪同工作人员、实地督查协同部门、工作餐安排等事宜一一细化到位，党组会才算结束。

"大明，你先别走，我有个事和你商量！"骆大明已经出了会议室的门，却突然被兰玺光叫住。

兰玺光起身把会议室的门关上，拿起开水壶把骆大明刚才用过的茶杯续满水。

"大明，这次督查既事关我省的信访工作的成绩，同时也事关我省经济建设的工作大局，希望你能正确理解对待啊！"兰玺光点燃一支烟，意味深长地说。

"玺光局长，关于天胜广场的群访事件是国家局督办的案件，也是您亲自抓的，为民和督查室的同志我也去交办过，要认真彻查。如果天胜广场真有问题，建议我们还是实事求是，按照原则来办！"骆大明隐约感觉到兰玺光的话有些深意，但他是一个讲原则的人，在原则面前他是绝不会退让的。

"大明，你说得没错，但是有些事处理起来要讲究方法和角度。这样吧，工作上的事咱先不说了，为民同志今天说请假不舒服，这不刚来电话，说好多了，要不我们去看看他？"

骆大明也正担心伍为民的身体，既然兰玺光提出来，去看望一下也在情理之中。

二人一前一后下了楼，都没有再说话，办公楼前早有一辆车在等待。上了车后，骆大明才发现这辆车并不是局里的车，外观和标志看起来是一辆大众品牌，但坐进去后，却发现里面异常奢华和宽敞，他并不知道这究竟是一辆什么车，也没好意思问。

司机一路上毕恭毕敬，也不说话，载着二人三拐两拐，在滨江路路边的一处幽静的小区停了下来，穿过一片半竹林半水系装饰的鹅卵石小路，一栋独栋的三层别墅就隐藏在水景之中。

"伍为民怎么住得起这么高档的小区！"正在骆大明狐疑的时候，伍为民已站在门口迎接了。

从伍为民的气色来看，丝毫看不出身体不适的样子，这让骆大明更加不解，他无心留意这座装修豪华的别墅，当他在伍为民的指引下走进一楼的餐厅时，一个熟悉的身影正系着围裙端着一只大龙虾走过来。

"我说兰秘书长，还是您面子大，我百般请不动的骆大局长您还真给我请来了！"随着一阵如银铃般爽朗和娇嗔的笑声，骆大明终于认出眼前这位正是让他避之不及的蒋一曼，他转头看了一眼身旁的伍为民。

伍为民却慌忙低下了头，不敢回应骆大明的眼神。

第五章　陷入圈套

（一）

一阵急促的电话铃声把骆大明从睡梦中惊醒，手机的屏幕在黑夜里闪烁着淡绿色的光。他的头昏沉沉的，仿佛睡了很久。拿过手机一看，未接的几个来电都是妻子温晓燕打来的。

是不是有什么急事？骆大明潜意识里突然就醒了过来，忽地一下子从床上坐起，环顾一下四周，才发现自己并不在机关宿舍里。

很显然，他所在的地方是一个酒店的客房，对着床的是一个打开的液晶电视，茶几上有一瓶打开的矿泉水，沙发上则凌乱地堆放着他的裤子、衬衣和一件长款大衣……

他的头嗡的一下似乎明白了什么，随后额头开始冒出一排细密的冷汗，他用手重重地拍了下脑袋，仔细回忆在此之前究竟发生了些什么，却如何也想不起来。留在他记忆里的最后一刻是他被兰玺光带到蒋一曼的家里吃饭，以及和伍为民喝掉的最后一杯酒……

匆匆穿好衣服，还好随身戴的手表以及他那个用了多年都有点儿褪色的公文包都整齐地放在床头的小柜上，拿起表看了看时间，指针指向了清晨的四点十分。走到窗前拉开窗帘，黎明还没有到来，这座城市依然还沉睡在微凉的夜色里。

"怎么了晓燕？"

"没事，就是做了个噩梦，梦到你出了危险！"

"我没事，放心吧。"

"嗯，没事就好，再睡会儿吧！"

怀着极其复杂的心情给妻子回了个电话，骆大明只想迅速离开这个地方。拿起大衣正要离开，却发现有一张字条飘落，他迟疑了一下，捡了起来。

"你是一个好人，他们拉你下水不成，接下来要害你了，虽然我不想害人，但也是迫不得已，以后要小心这些人，他们都不是好人！"

来不及多想，将字条折了一下放进大衣的口袋里，骆大明匆匆下了楼，幸好酒店门口一直有夜间的出租车在候客，他回头看了看酒店的名字，心情复杂地上了车。

凌晨的吴州交通通畅，不到十分钟骆大明就回到了他居住的小区。上了楼，他呆坐在客厅的沙发上许久，仍无法回忆起昨晚到底发生了什么，而口袋里的这张字条，更是让他感觉到这件事情的严重性。

如果说是喝多了酒,那为何他现在头并不痛,只是有些晕,和以往喝多后的感觉又完全不一样?如果说没有喝多,但为什么会对昨晚发生的一切完全失忆?

直到天色渐渐放亮,骆大明依然没有理出一个头绪,困意早就没有了,这个时候他需要用晨跑的方式释放一下,于是换了运动装和鞋子下了楼,沿着固定的路线,由小区出门,绕行滨江路大半圈再回到机关宿舍大院。

初冬的吴州,已经有了些许的寒意,但没有阻挡这座城市的人们锻炼的步伐,特别是滨江路的两边,晨跑的人们已经形成一道独特的风景。骆大明自从到了吴州以后,几乎每天早上都沿着这熟悉的道路中速跑十公里,然后在小区拐角的一处小饭馆吃早点,回家换套衣服上班,时间刚好。

但今天的十公里他跑得有些吃力,似乎整个身体不是他的一样,有些头重脚轻的感觉。跑了不到三公里,他就感觉有些体力不支。

"加油啊,大明哥!"

就在骆大明要停下来的时候,有个人从后面追了上来,和骆大明并肩跑在了一起。一身白色的阿玛尼运动衣,脖子上系了一条淡蓝色的毛巾,一股淡雅的香水味随着声音一并飘了过来,来者正是蒋一曼。

尽管骆大明很想问她关于昨晚的事,但蒋一曼看上去却是一副什么都没发生过的样子,只是咯咯地笑着陪他匀速地往前跑。

"大明哥,以后咱就是一家人了,以后有什么用得着小妹的尽管吩咐哦!"蒋一曼狡黠地冲骆大明一笑,随后加快步伐跑远了。

　　回到办公室,蒋一曼的话还一直萦绕在他的耳边,让他对昨晚发生的事更加担忧。事实上这份担忧并不多余,他很想给江小鸥打个电话商量一下,却又不知怎么说出口。

　　离中央督查组到江北的时间只有两天了,当骆大明再次召集督查室的同志开会时,却得到了伍为民再次请了病假的消息。这不得不让他联想起别墅的那次饭局,以及现场一直躲避他的眼神的督查室主任。

　　"骆局,天胜广场的群访情况有了一个新的突破,这个项目初始获批建设的容积率为2.4,后来调到了2.8,这样将原来报批的12层的建筑加盖到了19层,这个情况相关责任单位希望我们能内部协调一下,就不要惊动督查组了,您看……"

　　"小力,这事你怎么看?"骆大明没有回应他,而是把球又踢给了他。

　　"局长,群众利益无小事,一枝一叶总关情,这是总书记的嘱托和要求啊!既然中央督查组把它列为重点督查案例,我们总不能欺骗上级吧?"

　　丁小力的一番话让骆大明心里感到一丝羞愧,事实上对于昨晚的情况他是有一些担心的,甚至在他的心里曾经想到过妥协。

骆大明也终于明白伍为民此刻请病假的原因了,他是在这个时候不愿意得罪人,于是选择了逃避,而眼前这个年轻人的目光里却透露出对正义的一份渴望,以及对他的一份信任。

面对这份期待,骆大明却不知如何来回答眼前这个血气方刚的年轻人。这种坚毅、执着和正义的眼神多像年轻时的自己啊。对比伍为民的临阵脱逃,丁小力的迎难而上让骆大明一下子有些感动。

办公室的门被轻轻敲了一下,办公室秘书刘丽拿着一个公文夹走了进来。

"骆局,十分钟后局党组召开会议,请您参加!"

骆大明在通知上签下名字,他心里清楚,这次党组会的内容肯定是关于天胜广场的。

此刻的紫金藤集团,也正忙作一团,蒋一曼的办公室门外已经有三四个部门负责人在等待召见。

而坐在豪华办公室的蒋一曼,则把真皮的老板椅转向了内侧,手中拿着手机不停地摁着。放下电话,蒋一曼长长地出了一口气,妩媚的嘴角露出一丝得意的微笑。

她信步走到办公桌对面的大落地窗下,看着窗外鳞次栉比的高楼大厦,轻轻啜了一口助理早上给她泡好的咖啡。初冬的阳光暖暖地照了进来,透过她脖颈上的宝格丽钻石吊坠,正闪着五彩斑斓的光。

（二）

省信访局五楼小会议室，兰玺光正在主持召开党组会，副局长彭江虹在省党校学习，因此参加这次党组会的实际上只有骆大明和汪明哲、黄远辉三个人，但办公室主任黄远辉尚未正式进入党组，只是按照要求列席会议。

党组会讨论的议题共有三个：第一，关于如何贯彻落实认真组织学习《习近平总书记系列重要讲话读本》的通知事宜；第二，关于局机关食堂的改造事宜；第三，研究天胜广场群访事件的处置意见。

前两项议题过得很快，棘手的是第三个议题。骆大明作为分管副局长，把督查室的调查结果首先进行了简短的汇报。

"大家都说说吧！"兰玺光皱着眉头，用他那一贯深邃的目光扫了一遍在座的每个人。汪明哲很快就看明白了兰玺光的意图，尽管他这个分管信息化的副局长在党组里排名最后，但他显然并不甘心当前的位置。

按照惯例应该是由骆大明先发言的，但这毕竟是他分管的处室，所以他看了看身边的汪明哲。

"明哲，你先说说吧！"兰玺光发了话。

"好吧，那我就说说我的看法，从大明同志刚刚介绍的情况来看，中央督查组此次来到我省，对我省几起群访案件进行专项督查，这体现了中央和国家局对我省信访工作的高度重视。对此,省委省政府也指示我们要把这几个案子妥善处置,既给中央一个交代,也给百姓一个交代。"

汪明哲说到一半,抬头看了看兰玺光,兰玺光阴着脸,并没有回应他的目光,而是将身子往后靠了靠,摘下眼镜揉了揉眼睛。

"我的意见是要稳妥,既要把这几个案子处理好,也不要影响我省的经济和发展大局。局里能协调处置的,尽量不给省委、省政府添乱,特别是涉及紫金藤集团这样的企业,这是我省重点扶植的地产企业,同时也是我市的纳税大户,处理起来还是要稳妥、慎重!"

汪明哲前一半说的都是些不痛不痒的话,他之所以小心翼翼地看了看兰玺光,是在暗地里揣摩他的态度。和兰玺光共事多年的汪明哲,显然已经从兰玺光的神态里读出了深意,因此话锋一转。

"大明,你的意见呢?"兰玺光没有抬头,一边低头在本子上写着什么,一边把球抛向了骆大明。

"关于中央督查组重点督办的几个案子,是我分管的。从程序上看,我们各级信访部门履行了相关的程序,但在督办环节上做得还不够。因为我们做得不够,所以这些问题才反映到了国家局。我作为分管领导,首先做出检讨!

"其次,关于明哲提到的天胜广场的开发商紫金藤集团,我的意见是借中央督查组现场督查的机会,把一些历史遗留问题一揽子解决掉,这样既能给上访群众一个交代,也可以体现中央督查组的权威。至于是否影响到我省的经济发展大局，我个人认为没有明哲同志说得那么严重。无论是政府部门，还是企业，哪个环节出了问题，我们都要勇于面对和改正，如果把这些问题同我省的经济发展大局绑架在一起刻意隐瞒或不愿意面对，我想也不是省委、省政府的初衷！"

"大明，别戴什么高帽，有什么具体的意见你就直接说！"兰玺光的脸阴得更加难看了，抬起头看了看骆大明，打断了他的话，这在局党组会上还是第一次。

"刚才玺光局长的批评我接受，关于天胜广场群访事件的调查结果，我的个人意见是实事求是地向中央督查组反馈，该整改的整改，该问责的问责，包括我作为分管领导的领导责任……"

骆大明没有再看兰玺光，一字一句地把话说完。会议室里一下子静了下来，沉寂得有些让人透不过气。

一直在记录的黄远辉做了这么多年的办公室主任，今天这种情况，他还是第一次遇到，一时竟捏着笔呆在了那里。

党组会就这样不欢而散了，最终也没有给出一个明确的意见。

中央信访督查组一行八人，分为两组在江北进行现场督查。出乎所有人的意料，他们并没有接受省里的统一安排，而是轻车简从，从住宿到就餐，都没有接受省局的任何安排，而是严格遵守督查组的纪律自行安排。

兰玺光原本以为督查组只是象征性地客气一下，没想到事先安排的由省领导出席的宴请和各个组的工作对接,以及服务保障全部没有派上用场。督查组只是在需要局里督查室配合的时候才会提前通知,其他情况一律自行安排,这些情况是兰玺光始料不及的。

督查组的组长似乎对丁小力表现出极大的信任,关于天胜广场的群访案子无论是实地走访,还是约谈相关部门,丁小力都是全程参与。与此形成反差的是,局领导只是象征性地在他们到达的第一天出席了动员会。这让兰玺光既感到没有面子,同时心中又多了一份忐忑和恼怒。

事实上,他的这份担忧并不多余,督查组的工作效率出奇的高,五天以后,他就接到了关于督查情况通报会的通知。

督查组组长许登代表中央信访督查组做了关于江北省天胜广场等三起群访事件的调查结果通报。在排除了恶意非访、非正常诉求的因素外,对三起案例分别指出了在办信过程中各级信访部门存在的问题,并给出了整改的具体建议。

任长河一边听一边记,面色凝重,偶尔会向兰玺光和骆大明这边看上一眼。兰玺光只能低着头佯装认真记录,其实他的本子上并没有记些什么实质性的东西,倒是有一个词反反复复用力写了很多遍:不识时务!

而此刻骆大明的心情反倒有一丝轻松和欣慰。虽然受到中央督查组的点名批评,但从另一个角度看,却是引起了中央和省里领导们的重视,最终结果就是:直接推进了历史遗留问题的彻底解决。

他的判断是对的。当督查组通报完三起案件的处理意见时，任长河的表态是坚决的，而且当着督查组的面给省信访局和各级部门下了限期整改令。

最后，他还引用了总书记的话："'信访部门是党和政府联系群众的桥梁，是沟通民情的窗口。'唐朝陈子昂有一句诗：'圣人不利己，忧济在元元。'意思是说，高尚的人，不追求一己之利，他所关心、济助的是普天下的老百姓。我们共产党的干部是来自人民、为了人民的，在信访中倾听人民的呼声，了解人民的愿望，汲取改进工作和作风的营养。关心济助每一个需要关心济助的人，既是我们的责任，也是我们的义务。"

（三）

12月8日，星期四，大雪，二十四节气中第二十一个节气。

对于这样一个节气，吴州人向来是不以为然的，因为这座城市已经有很多年没下过雪了。但今年仿佛老天爷发了慈悲，一大早，一场久违的降雪悄悄光顾了这座雪迹罕至的江南城市。

大雪江南见未曾，今年方始是严凝。

巧穿帘罅如相觅，重压林梢欲不胜。

骆驼刺

　　毡幄挪卢忘夜睡，金羁立马怯晨兴。
　　此生自笑功名晚，空想黄河彻底冰。

　　这是诗人陆游几百年前下笔为江南大雪节气所作的诗，可见从古代起，下雪对江南来说就是一件奢侈的事。

　　这场初雪其实下得并不大，但足以让这座城市的人们兴奋一阵子了。这不一大早，无论是上班的、上学的，还是遛弯儿的，都驻足用手机玩起了各种各样的自拍，脸上都洋溢着一种幸福的笑容。甚至还有些成年人，也像孩子一样，用手攒起那薄薄一层的积雪，互相追逐着打起了雪仗。

　　而此刻对于位于天胜广场对面的阳光花园小区的业主们来说，让人兴奋的除了这场降雪，还有一件更加让人开心的事，那就是天胜广场的违建，今天在省市两级部门的现场监督下，正式迎来拆除的日子。

　　警戒线早已拉起，线内的武警和保安大军都已做好准备，但这并不能阻挡群众看热闹的心情。与此同时，阳光花园的业主还在小区门口拉起了横幅，上面写着：感谢政府感谢党，治治黑心开发商！

　　上午十点，随着吴州市执法局副局长常来运的一声令下，五辆挖掘机和五十名身着执法队服的城管人员浩浩荡荡地进驻现场。这种场景近年来在吴州市并不罕见，罕见的是这次拆除的主体竟然是本省大名鼎鼎的紫金藤集团旗下的天胜广场。

　　这在吴州市无疑是一个爆炸性的新闻，当然，对于这样的新闻自然是少不了江小鸥的。事实上，江小鸥早就到达了现

第五章 陷入圈套

江南山水五　刘明杰绘

场，当其他媒体同行还在端着相机到处寻找有价值的线索时，他早就完成了对小区主要业主的采访，而天胜广场，仅留一个负责人在现场，对于媒体的任何提问，都拒绝回应。

当天下午，《吴州晚报》的社会版就用一整版刊登了江小鸥的社会调查：《阳光花园无阳光，三年上访终得果》。

正在阳光花园小区的业主们放鞭炮庆祝的时候，紫金藤集团的会议室却是另一番景象。蒋一曼黑着脸一言不发，财务部和公关部的总监一边汇报着工作，一边观察蒋一曼的脸色。

"拣重点的说，少在这儿跟我啰唆没用的！"蒋一曼终于按捺不住，把手中的笔狠狠地扔在了会议桌上。

"蒋总，集团这次的直接损失是3000多万元，如果再加上公司的间接损失、股东利益和协商的赔偿金，至少还得2000多万元……"

蒋一曼揉了揉太阳穴，往椅子上一靠不再说话。会议室里的气氛一下子变得出奇的安静，财务总监有些不知所措，不知是否还要继续说下去。

"蒋总，您有电话进来！"蒋一曼的助理吴丹匆匆走了进来。

"没看见我在开会吗？平时我是怎么教你的，出去！"蒋一曼正一肚子火没处发，吴丹刚好触了她的霉头。

"是……是……是老板的电话……"吴丹被吓得有些语无伦次，但又不敢不报告，只能壮着胆再次提醒。

蒋一曼似乎意识到了什么，匆匆起身出了会议室。

省信访局的会议室，人事处正在按照程序进行对丁小力拟任督查室副调研员的民意测评。事情进展得异常顺利，共有三十个人参与了投票，赞成二十七票，反对一票，弃权两票，随后，人事处随机抽取了十一个处级以上干部进行了谈话，全部是赞成票，而且都给予了高度评价。

这个结果没有出乎骆大明的意料，他很欣慰在督查室用人之际能有这样敢于担当、不怕吃苦、不畏权势的年轻干部顶上来。他随即在拟任文件上签了字，报玺光同志审示，如果不出意外，兰玺光圈阅后就可以进行公示了。

雪后初晴，人事处的同志走后，骆大明起身来到窗前，伸了个懒腰。窗前的那棵老梧桐树的叶子早已落光，光秃秃的枝丫上还残存着些许斑驳的积雪，在阳光的照射下闪着点点银光。

这样温暖的一个上午对于他来说很是难得。突然一阵鞭炮声打破了这种宁静，一只乌鸦啊的一声从树上惊起，飞向了空中。

手机突然响起，骆大明回到办公桌前一看，原来是江小鸥。

"晚上有时间吗，一起吃个饭？"电话那头江小鸥的声音略显疲惫。

"晚上倒是没有什么特别的安排，怎么了，你的大作我可是看了，不愧是江南名记啊，大手笔！"很少开玩笑的骆大明调侃了下江小鸥。

"行了大明，晚上六点半老地方见吧，我现在没心情和你斗嘴！"不等骆大明回应，电话那头就挂断了。

这对骆大明来说还是第一次，他无奈地摇了下头。对于他的这位发小儿，他既喜欢却又没有办法，江小鸥做事就是这样我行我素。

晚上六点半，骆大明赶到的时候江小鸥已经点好了菜，正在自斟自饮，脸上已泛起了微红。

不等他招呼，骆大明脱了鞋盘腿上炕，随手拿起一颗花生，剥了皮扔进了嘴里。

江小鸥没有说话，又倒了一杯啤酒，一仰脖又喝了下去。骆大明这才意识到今天江小鸥的状态有些不太对。

"小鸥，这是咋了？"骆大明拿起酒瓶给江小鸥又满上了一杯。

"我被停职了。"江小鸥盯着骆大明看了半天，才慢吞吞地说出了五个字。

骆大明的酒瓶停在半空良久才放下来，这个消息对他来说太突然了。

"是因为天胜广场的事吗？"骆大明隐约感觉到事情并没有那么简单。

"嗯！"江小鸥愤怒地点了点头。

（四）

一上班信访局的门口就聚集了十几位群众，他们手里拿着锦旗,正在传达室的门口焦急地等待,因为不是非访人员,保卫处的同志也只能好言劝阻。当兰玺光的车子到达门口的时候,群众呼啦一下围了过来。

"这车上一定是领导!"

"对,没错,一看这车牌号就是!"

人群里有两个年长的老者似乎是这群人的组织者,二人会意地点点头,一起拦住了车的去路。

兰玺光有些恼火,但也只能无奈地打开车门下了车。

"您就是骆局长吧,我们是阳光花园的业主,感谢您帮我们解决了大问题!"

一胖一瘦的两位长者一边说,一边打开一面锦旗,上面写着:人民好干部,百姓贴心人,赠江北省信访局。落款是阳光花园全体业主。

兰玺光额头上的血管突突地跳了几下,血压一下子蹿了上来,微秃的脑袋上开始冒起了冷汗。他还是第一次遇到这样尴尬的场面,而且正在他窝了一肚子火的时候,眼前的群众无疑在他心头的这把火上浇了一把油,更可气的是他却不能发作。

"感谢大家,感谢大家,这不是骆副局长,这是我们的兰局长,兰局身体不太好,还请大家谅解,散了吧,散了吧!"

黄远辉不知从哪儿突然冒了出来,一边呼哧呼哧地喘着气,一边上气不接下气地替兰玺光解围。

"对,这个人好像不是骆局长,骆局长我见过,根本不像个领导,这个人一看就是个大官样……"

"那请你们一定把我们的谢意转达给骆局长啊!"围观的群众似乎有些失望,但也不得不在黄远辉的劝说下四散而去。

兰玺光黑着脸,冷冷地看了黄远辉一眼,径直进了机关大楼。

此刻的骆大明,正在任长河办公室边上的小会客厅里焦急地等待。一大早接到任长河秘书的电话,说是领导要见他,当他来到省政府大院的时候,却得知任长河临时加了一个会,秘书给他倒了一杯茶,无奈地让他坐在这儿接着等。

在骆大明的心里,任长河一方面是他十分尊敬的领导,另一方面也是他在江北工作以来接触的唯一的省领导,他的勤勉、智慧以及对待下属的谦和深深地感染了他。

"是不是近期的工作哪里出了问题?还是因为天胜广场的事情给省里惹了麻烦?"正在骆大明心怀忐忑的时候,他听到了任长河充满磁性的声音和略显急促的脚步声。

"不好意思啊大明,临时有个会,让你久等了!"转眼的工夫任长河就进了小会客厅,见骆大明恭恭敬敬地站在那里,连忙示意他坐下。

"省长您说哪儿去了,您忙的都是大事,我在这儿等会儿也是应该的!"骆大明搓了搓手,手心里已满是汗水。

"大明,你不用紧张,这次叫你来也没有特别的事,就是你来江北工作近半年了,省政府的班子刚刚开完组织生活会,要求班子成员对各自分管的下级单位的主要负责人进行谈话谈心,了解你们的一些思想动态,当然还有一些工作上、生活上的实际困难。我作为信访局的分管领导,平时对你关心不够,我先做个检讨。"

任长河说完,爽朗地笑了起来,这一下子让骆大明更加不知所措,腾地又从沙发上站了起来,脸涨得通红。

"大明,快坐快坐,我说了,你不用紧张,今天咱们就是谈谈心啊。本来我应该是去你们局里的,但最近确实手头的工作太多,所以只能请你骆大局长到我这儿来了!"

"大明,你一个人在吴州工作不容易,你家里的情况组织也有考虑,关于你爱人调入省人民医院的事,组织上已经讨论过了,现在征求你个人的意见,如果有需要,组织上可以协助你解决!"

"抽烟吗?"任长河从茶几上拿起一盒烟,抽出一支,向骆大明示意了一下。

"谢谢省长,我不吸烟!"骆大明连忙摆了摆手,其实他是吸烟的,但在省领导的办公室里,他哪有这个胆量。

"哦,好习惯,你不介意我抽一支吧?"任长河看了一眼骆大明,呵呵笑了一下。

"不介意,不介意!"任长河的平易近人让骆大明更加的钦佩。

任长河点上一支烟,深深吸了一口,淡蓝色的烟雾伴随着一股淡淡烟草味在会客厅里弥漫开来。

"任省长,首先感谢组织和您个人对我的关爱。我刚来江北不久,业务上还没有完全熟悉,工作局面也没有完全打开,关于我爱人工作调动的事,我想还是等一等。还有,我爱人本人估计和我的想法也是一样,组织上对我们的关怀,我非常感动,我会把这份温暖回头转达给我爱人!"

骆大明深知他刚来江北不久,脚跟尚未站稳,还不是考虑家庭的时候。再说,妻子温晓燕的性格脾气他是了解的,就目前来讲,调入吴州的事,她肯定不会同意的。

"大明,我就知道你会拒绝,你这个人呀,不是我批评你,脑子里不能光想着工作,工作干好了,家庭不幸福也不是我党合格的干部呀!"

秘书小高敲了敲门,小心翼翼地走了进来,低头在任长河边上耳语了一番。

"大明,我一会儿还有一个会,今天我们就聊到这儿吧!"任长河起身向骆大明伸出手,用力握了一下。

"那就谢谢省长的关心,我就不打扰您了!"骆大明知道眼前这位副省长的时间相当宝贵,一刻也闲不下来。

"大明,你稍等一下!"骆大明刚走到门口,任长河似乎想起了什么,喊住了他。

"大明,还有一句话刚才我没说,就是你的工作省里是看得见、听得到的,你要放开手脚大胆去干,既不要畏首畏尾,也要讲究方式方法。总书记不是讲过吗,小事靠勤勉,大事靠担当,难事靠智慧!以后遇到什么困难,欢迎随时来找我!"

会客厅门口,任长河拍了拍骆大明的肩膀,目送他离开。

(五)

"大明,晚上别安排事了,今天冬至,我叫了小鸥一家,在我那儿包饺子吃!"挂了江沐月的电话,骆大明才想起今天冬至,抬手看了看表,正好到了起床晨跑的时间。

和往常一样,换好鞋子和运动装,出了小区门右转,不一会儿就上了滨江路。虽然吴州已入冬,但这丝毫没有减弱吴州人晨跑的热情。除了越来越多的年轻人更注重身材和健康,近期也有不少退休的大爷和大妈加入了晨跑的大军。

早上七点,天才完全放亮,东方一片金黄的鱼鳞云映照在江面上,一艘拉沙的船驶过,留下一条深深的人字形波痕,在江面上洒下星星点点的光。江边的垂柳只剩下纤细的枝条,正在微风下如少女的腰肢一般轻轻飘摇。

江南的冬天就是这样,没有北方冷得那么彻底,温和得就像南方人的性格。

> 黄钟应律好风催,阴伏阳升淑气回。
> 葵影便移长至日,梅花先趁小寒开。

骆驼刺

> 八神表日占和岁，六管飞葭动细灰。
> 已有岸旁迎腊柳，参差又欲领春来。

宋代诗人朱淑真曾写过一首冬至时节的诗，大概就是吴州现在这个样子。骆大明一路跑，直到出了一身微汗，听到身后有人喊他才停住脚步，他没想到，喊他的人竟然是伍为民。

开完党组会，骆大明回到办公室回想起早上遇到伍为民的情形，心中有种无名的愤怒一直无法发作。明明丁小力的考察程序方方面面都是严格按照程序执行的，但由于兰玺光的一句话，就把这件事给搁置了，而理由也仅是他还年轻，有人反映他处理问题还不成熟。

让他更加不解的是，在这件事情上他发现伍为民的态度完全变了。至于兰玺光在这件事情上有没有授意，他虽然不能下定论，但这件事一定和他有关系，特别是近一段时间伍为民的种种变化越来越印证了他的猜测。

机关的事就是这样，一把手如果对一件事定了调子，其他副手就算是有不同意见，也不敢轻易反对，这就是中国官场自古以来的"潜规则"。其他两位副局长很显然一个唯兰玺光意见是从，另一个则是聪明的中立派，既在表面上尊重一把手的意见，也不会成为深得一把手信赖的人。这种人的聪明之处就在于虽然一把手如果将来升到一定位置，没有他的好处，但至少如果一把手出了问题，自己也不会被牵连进去。

第五章 陷入圈套

但骆大明通过紫金藤集团的事件之后，显然在局里的位置变得更加不利。如今既惹怒了兰玺光，同时也给排名靠后的其他副局长提供了机会。

骆大明是怀着一种比较复杂的心情来到江沐月家的，当然，对于初次登门的他来说，必要的礼节他还是懂的。江沐月从上学的时候就喜欢百合花，但在那个年月，普通人家的孩子吃饭都是问题，更别说有闲钱买花了。他还清楚地记得，他们在上高二那年，有个高年级的领导家的孩子，为了追求江沐月，在学校门口当着同学们的面送了她99朵玫瑰。而对于情窦初开的江沐月来说，她心目中的人自然不是那个高干子弟，她当然不会接受，反而像受了侮辱一样捂着脸哭着跑开了……

幸好江沐月居住的小区离骆大明的小区不算远，只隔了两条街。其中一条街的中间刚好有一个花店，花店里的小姑娘跑前跑后，熟练地帮骆大明精心挑选了一束由粉色和白色组成的双色百合，小心翼翼地用玻璃纸包好，并配了一条五彩的丝带作为装饰。

一进门，江沐月先是一愣，然后脸颊微微一红，接过了花，轻轻说了一声："谢谢你这么多年还记得！"

"那必须记得啊，当年的江大美女可是我们县中学的校花，只有这样的百合才配得上你呀！"江小鸥听到敲门声就知道是骆大明到了，连忙出来插科打诨。

"你这张嘴能不能少说几句，别人不会当你是哑巴！来，大明别在门口愣着了,快进来坐!"江小鸥的妻子方亚明和骆大明并不陌生,也跑出来和骆大明打招呼。

"亚明,小鸥这嘴,也就你能镇得住他!看来最近你们家家教又松了!"骆大明进了客厅,一边爽朗地哈哈笑着,一边坐在了江小鸥的边上。

"你们先喝点儿茶,吃点儿水果,饺子早就包好,就等大明来了下锅了!"江沐月围着一个淡雅的青花围裙从厨房里出来,看了一眼沙发上的骆大明,又看了看桌子上的花,感觉到一种久违的温暖。

"小鸥,报社那边给你恢复工作了吗?"骆大明见江小鸥的情绪比上次好了很多,不失时机地问了一句。

"恢复是恢复了,但把我调离了社会热点版,现在在新闻部那边混日子,不过无所谓,我现在也想开了,是福不是祸,是祸躲不过!"江小鸥跷着二郎腿,啪的一声清脆地嗑开一枚瓜子,悠闲地咀嚼起来,像是一个玩世不恭的浪荡公子。

"大明,别光说我了,你那边怎么样?其实不用说我也能猜到,你最近的日子肯定也好过不了。以紫金藤集团的实力吃了这么一个哑巴亏,肯定不会善罢甘休的!"江小鸥似乎一下子意识到了什么,连忙恢复了正形,脸色凝重地看了看骆大明。

"我说你们俩别聊了,开饭开饭!"方亚明从厨房里跑出来,喊他俩上桌。

江沐月的家是一个标准的两室两厅一厨一卫的格局。餐厅在挨着厨房的一个角落里,放着一张标准的四人方桌,正好容纳四个人。

一碟花生米,一盘酱爆蛳螺,一碟炸河虾,一盘清炒菜心,六只通红的河蟹,外加一条清蒸银鱼,然后就是四盘热气腾腾的三鲜小饺,桌子上还放了两瓶古越龙川的黄酒,一下子勾起了骆大明儿时的记忆。在他年少的记忆里,这些菜都是在过年的时候才能吃上的,如今生活好了起来,却再也找不回当年那个记忆里的味道了。

"今天的菜多亏了亚明,主要是她掌勺,饺子是我弄的,大家好久没聚了,借冬至这个机会,我们难得相聚在一起,为了儿时的情谊,我们喝一杯吧!"江沐月端起杯,脸色微红,一副女主人的样子。

"你看沐月总是这么客气,如果这菜不好吃,请大家多担待。来,咱们今天晚上难得相聚,得好好喝几杯!"方亚明是吴州交通台的一个节目主持人,说话干脆利落,快人快语,也端起杯子和每个人碰了一下,然后爽快地一饮而尽。

骆大明夹起一只满身通红的炸河虾,一股久违的清香在嘴里仿佛唤醒了沉睡已久的味蕾,伴随着一丝淡淡的乡愁和久别重逢的喜悦,同样还有一份离家已久的伤感。他的眼窝一热,他使劲瞪了瞪眼睛,他知道不能失态,尤其是在这样的一个场合。

客厅的玻璃花瓶里的百合,正散发着淡淡的花香,而客厅的电视里,正在播放着一首熟悉的歌——朴树的《那些

骆驼刺　　花儿》：

那片笑声让我想起我的那些花儿
在我生命每个角落静静为我开着
我曾以为我会永远守在她身旁
今天我们已经离去在人海茫茫
她们都老了吧
她们在哪里呀
幸运的是我曾陪她们开放
啦……　想她
啦……　她还在开吗
啦……　去呀
她们已经被风吹走散落在天涯
…………

第六章　一丘之貉

（一）

"给你报告一个好消息，那个事搞定了，过一会儿省招标网上就会公示结果！"

"太好了，谢谢啦，亲爱的！"蒋一曼一边坐在真皮老板椅上悠闲地转着圈儿，一边在电话里撒着娇。

"这下满意了吧，说，怎么感谢我？"

"讨厌，明知故问！"

"我一会儿还有个会！"

"亲爱的，晚上见！"蒋一曼放下电话，把头往座椅上一靠，情不自禁地转了几圈儿，然后点燃一支纤细的香烟，深深地吸了一口，鼓起性感的小嘴，朝天花板吐了三个烟圈。烟圈慢慢地变大，缓缓地升起，直至消失在装饰豪华的办公室天花板上。

好半天，她似乎想起了什么，直起腰来摁了下呼叫铃。

"蒋总，您叫我？"助理吴丹敲了下门，轻轻地走了进来。

"打电话给会所那边,我晚上有个安排!"

"好的,蒋总,都通知谁参加,几点?"小助理小心翼翼地问。

"客人有三位左右,务必交代一下,今天是个好日子,一定要安排好!"

"好的,蒋总!"助理好久没有见蒋一曼有这样的好情绪了,一颗揪着的心也放了下来。

"如果没有别的事我就去安排了。"吴丹给蒋一曼的茶杯里续了杯开水,毕恭毕敬地站在一边。

蒋一曼摆了摆手,示意她出去。随后她打开省招标网的网站,刷新了一下,公告果然有更新。第一条就是吴州市江北区小南门城中村的改造项目中标结果公示,中标单位"紫金藤集团"几个字赫然在目。她习惯性地打了一个响指,然后起身打开酒柜,拿出上次打开的半瓶 Romanee-Conti(罗曼尼康帝),在杯子里倒了四分之一,轻轻晃了几下,踏着一个优雅的舞步轻盈地走到窗前,眺望了一眼远处的城中村,随后轻轻抿了一口,脸上露出得意的微笑。

自从冬至那次相聚后,江沐月心里不时地会回忆起中学时代和骆大明相处的时光,似乎埋藏已久的一份情愫又悄悄地在她的内心复苏,就像一颗种子,一个偶然的机会,一次不经意的相遇,就又开始悄悄地发芽了……这样的情形让她自己也感觉有些难为情,每当这个时候,她总会让自己变得忙碌起来，以压抑住这种不经意间就会闪现的一份思念。

当然，骆大明也有这样的感觉，但是毕竟他和江沐月都人到中年，再说那个年代的少男少女大部分还是十分保守，特别是骆大明这样地道的农民的儿子，就算心中再喜欢，也不敢表露出来，生怕别人会笑他癞蛤蟆想吃天鹅肉。对于江沐月这种出身的女孩，在那个年代他能做的，只有深深地掩藏这份情感，唯一能改变他命运的，就是好好读书，踏实做人。正是秉承着这份信念，他才凭借自己的努力和奋斗日益成熟，没有任何背景的他，逐渐成长为一名组织上重点培养的中青年干部。

周五的晚上，对于江沐月和骆大明这样异地任职或挂职的干部来说无疑是有点儿可怜的。这座城市的社交文化是周一至周四都愿意在外面应酬，但对于周末来说，则是属于家人的，于是这座城市就出现了和北京、上海这样的一线城市迥然不同的文化。对于北上广深这样的大都市来讲，周五的夜晚无论是餐饮行业还是娱乐场所都是人满为患，而吴州则恰恰相反，周五的夜晚，大部分餐饮和娱乐场所都生意冷淡。

凡事总有例外。对于紫金藤集团的职工培训中心来说，则是另一番景象。

水晶肴肉、开阳蒲菜、澳龙刺身、蓝鳍金枪鱼刺身、佛跳墙、软兜长鱼、三套鸭、文思豆腐……单看这些菜，就能看出主人是下了功夫的，不仅有粤菜菜系的高端菜品，还有淮扬菜系的精品。而坐在桌上主位的，正是省纪委副书记吴有文，分列他左右的，分别是吴州市分管基建的常务副市长杨健，省政府副秘书长兰玺光。当然，这样的场合自然少不了省公安厅刑警大队的副大队长胡新标。而蒋一曼，则一袭黑色的旗袍，笑容可掬地端坐在吴有文的正对面。

"今天没有美女吗？"胡新标看了看两边还有空座位，小声猥琐地问了一下边上的蒋一曼。

"瞧你猴急的样子，你能不能有点儿出息！"蒋一曼白了一眼胡新标，不忘批评他两句。

"一曼说得对，我说新标，你以后做事得低调些，凡事得多走走脑子！"吴有文眯着小眼不满地看了看胡新标。

"是，舅舅，不对，是书记！"胡新标从座位上站起来，敬了一个军礼，微微隆起的肚子顶着红木餐桌差点儿让他站立不稳，一下子惹得大家忍不住哈哈笑出声来。

服务员在工作台上打开两瓶15年茅台，给每个人面前的分酒器斟满。蒋一曼示意了一下，服务员知趣地退了出去，轻轻地关上了门。

"各位，今天借一曼这个地方，咱们小范围聚一下，一是庆祝紫金藤集团顺利中标，二是感谢各位的鼎力相助，三是大家好久没聚了，今天是星期五，大家轻松过个周末！"吴有文端起酒杯起身，和兰玺光、杨健分别碰了一下，胡新标则快速走到近前，弯下腰和吴有文也轻轻碰了一下。

"干！"吴有文端起酒杯一饮而尽。大家见状也不敢多说，跟着一饮而尽。

"书记，我能不能请示一下，给每个人单独敬上一杯？"三杯酒过后，蒋一曼端起一杯红酒站了起来。

"一曼，我知道红酒是你的强项，你若有这个心，我当然支持了，但你得和我们一样倒上白的吧！"吴有文示意服务员给蒋一曼换酒，服务员面露难色地看着蒋一曼。

"怎么，我说话不管用吗？"吴有文看了一眼服务员，面露不悦。

"哈哈，怎么可能，这里的一切都是书记的，书记的话自然是算数的！赶紧，给我把酒换喽！"蒋一曼熟练地接过服务员递来的分酒器，并没有倒入小杯，而是径直走到了吴有文的身边。

"书记，我都好久没有这样开心过了，谢谢您的关爱！"蒋一曼眼角轻轻上扬，给了吴有文一个摄人心魄的眼神，而后将分酒器中的白酒一饮而尽。

"哈哈，一曼这是将我啊！既然你喝了，我如果不喝，恐怕你的嘴是得理不饶人啊！"吴有文也眯着小眼睛，回了蒋一曼一个暧昧的眼神，将杯中酒仰脖倒入口中。

"百闻不如一见，早就听书记说起过蒋总海量，今天我算是见识了，我主动敬一下传说中的蒋大美女！"未等蒋一曼主动敬酒，副市长杨健主动端起了酒杯。

"那可不敢，这次多亏您关照，我们才得以顺利中标，必须我来敬领导！"蒋一曼连忙抢先走到杨健面前，把手中的分酒器谦恭地降到比对方低一大截，然后恭恭敬敬地碰了一下。

和吴有文、杨健分别敬过之后，兰玺光知道下一个该轮到他了。蒋一曼和吴有文的关系他最清楚，所以没等她过来，早已斟满一杯酒主动等着了。

"哟，兰大秘书长，您这酒杯是不是小了点儿！"蒋一曼同样端着一个酒杯走到近前，嗲声嗲气地把嘴一嘟。

"我说一曼，我这人老了，酒量不行了，你就放我一马吧！"兰玺光估计是近期应酬太多，看了看酒杯，皱了皱眉头，显得非常为难的样子。

"那可不成，这杯酒必须喝个满的，不然，我在你的一亩三分地上受了欺负找谁给我做主！"蒋一曼一边说一边给兰玺光的酒杯倒满酒，给他端了起来。

"玺光，喝了吧，难得一曼今天高兴！"吴有文在一旁发了话。

"既然书记发了话，那我还说啥，必须喝啊！"兰玺光说完，端起壶一饮而尽。

（二）

江北省现任纪委书记杨昊已经在中央党校学习半年了，这显然是一个被提拔的信号。江北省纪委书记的位置，很多人都盯得眼睛发热，但又不敢有太多想法。根据民间的传言，主持工作的常务副书记吴有文呼声最高，但至今也没有正式的任命下来。虽然吴有文在江北公检法系统深耕多年,但其口碑并不怎么好。

中国的官场有时很难让人看懂,有些不被看好的人却能屡屡被提拔重用。

吴有文就是这样一个例子,坊间传言他是某个大领导的女婿,也有人说他是省委某领导的儿子。总之民间永远都有一个组织部,热衷于对领导干部的前途甚至出身进行各种提前的任命和猜测。

不管怎么说,吴有文在当地绝对是个传奇的人物,早些年从一个片区民警做起,用了十年时间,就做到了省公安厅正厅级副厅长,而且长期在吴州公安系统担任主要负责人。在改革开放的年代,可谓是"要风得风,要雨得雨"的风云人物。

江沐月自然知道吴有文这些辉煌的过去,虽然她只是一个挂职干部,平时也注意刻意保持和这位领导的距离。这已经是吴有文第三次邀请她吃饭了,她想如果再断然拒绝,恐怕会让这位"大人物"下不了台,因此也就只好答应了。但她提了一个要求,就是可以喝茶,饭局就免了。

让她没有想到的是,吴有文安排的地方竟是"三四五茶舍"。

门口一个迎宾的小姑娘引着她三拐两拐进了一个小包厢,吴有文早已等候在那里,她一眼就认出来陪在他一边的,是茶馆的主人陈老。

骆驼刺

"小江同志，我这是三顾茅庐啊，请你可真是太不容易了！"吴有文见江沐月进了屋，连忙起身和她轻轻握了下手。

"书记，您真是说笑了，我这何德何能，可不敢再这样开我玩笑了！"江沐月小心翼翼地回应着。

"沐月，我就不和你客套了，以后你也别叫我书记，我也不叫你江处长。你愿意称我一声'哥哥'呢，我很荣幸；如果你嫌弃呢，叫我一声老吴也没这样拘谨。对吧？"吴有文眯着小眼握住江沐月的手一直晃着。

"那怎么敢，那显得我太不懂事了！"江沐月红着脸用力抽回了手，心里尽管非常厌恶，但表面上却不能表露出来。

"啊，对了，沐月，这位是这里的老板，你叫陈老就好了！"吴有文也感觉到了江沐月的不悦，连忙转移话题。

"陈老好！"江沐月礼貌地伸出手，和陈老轻轻握了一下，想要说些什么，却发现陈老的眼神中隐约闪过一个摇头的暗示。以江沐月的聪明伶俐，知道这是对方有意不愿意让吴有文知道他们曾经见过面。

一阵寒暄过后，三人落座。一位身着青花小衫的服务员熟练地布着茶，程序复杂得有些让人眼花缭乱。

"来，二位请品尝一下老朽珍藏的正岩肉桂！"服务员几次洗茶过后，给每个人的茶盏里浅浅地斟上半杯。

酒要满，茶要浅，这是茶道的讲究，江沐月出生在江南，对于茶，她还是略懂一些的。但见琥珀色的茶汤散发着淡淡的香气,她轻轻抿上一口。茶如人生,第一道茶苦如生命,第二道茶香如爱情,第三道茶淡如清风,一杯清茶,三昧人生,这可能就是人们所说的茶禅三昧。

"果然是好茶!"吴有文品了一口,放下茶杯,然后就开始赞不绝口。

"我先失陪一会儿,外面还有个客人我去招呼一下,我安排了点儿水果和茶点,一会儿就上来!"陈老说完起身离开了,这让江沐月内心更加不安,她真的想不明白这位纪委副书记单独请她的真实意图。

"沐月啊,别这么拘束嘛!来,吃点儿水果!"吴有文将一只香蕉剥开皮,殷勤地递了过来。江沐月迟疑了一下,说了声谢谢,接过来放在了桌上。

"小江同志,你别老这么绷着好不好,香蕉不吃,那来个橘子吧!"说完又递过来一个橘子。

"谢谢书记,我这个人性格就是这样,您千万别见怪,您有什么工作只管交代我去做就好!"江沐月实在不想在这儿浪费时间,所以她选择了直截了当。

"哈哈,小江啊,瞧你。第一,今天是周末;第二,你都来江北一年多了,我作为'班长'加老大哥对你关心不够,是我工作做得不到位啊;第三,你也别多想,今天是作为朋友,私下喝喝茶、聊聊天,和工作无关,本想请你品尝一下吴州的特色菜,但请你可是不太好请啊,毕竟你是京官嘛!"吴有文一边呵呵笑着,一边客套地试探江沐月的反应。

"书记您别吓唬我,再这样我可真坐不住了!"江沐月说着就要起身。

"哈哈,好好好,咱不说这个了。话说你可真不像咱江北出来的女子,到底是京城部委里待过的!"吴有文起身想要按住江沐月的肩膀,江沐月巧妙地躲闪,坐到了更加远离他的位置。

吴有文有些失望,也有些气恼。以他的位置,他看上的女人通常情况下都会乖乖就范,但没想到江沐月是如此"不识趣"。

事实上,对于江沐月,他一直都通过眼线暗中观察,他到现在还不能确定江沐月对他来说是敌还是友。就目前这种严峻的形势,要想顺利地坐上纪委书记的位置,他得对这个人格外小心。他最大的担心并不是江沐月这种软硬不吃的性格,而是他还没有弄明白上面派她来江北挂职的真正意图,所以他观察了一年后,决定亲自出马进行拉拢,即使成不了朋友,至少也别成为自己的对立面。

其实他早已安排人摸过江沐月的底,知道她是土生土长的南方人,从小生长在一个小康之家,是高考考到北京,毕业后进入国家机关工作的。他原以为这样的女同志用职务或者金钱就能轻易搞定,但等他真正接触以后,才发现眼前这位干练的女处长似乎没想象中那么简单。

此刻的江沐月正愁没有一个好的理由可以借机离开,正好手机响了起来。

第六章 一丘之貉

江南山水六　刘明杰绘

"不好意思，我接个电话！"江沐月向吴有文示意了一下，然后起身出了房间。

"沐月，在哪儿呢？"

"大明，我在'三四五茶舍'，你还记得吗，上次小鸥带我们来的那家，就在江边上……"江沐月听到骆大明的电话，像是不会游泳的她突然掉进河里，在绝望的时候抓住了一根救命稻草。

"啊，这么巧，我也在！"骆大明在电话那头也有些吃惊。

"那你在哪儿？我去找你？"

"我的包厢名为'不净'，进门右手第三个房间！"

当江沐月在服务生的引领下进入房间的时候，发现骆大明和陈老正坐在一张围棋桌前沉思。

"呀，抱歉沐月！"见江沐月进来，骆大明赶紧把注意力从围棋桌前离开，不好意思地摸了摸后脑勺。

陈老见状也跟着起身呵呵笑了起来。

"你怎么也在这儿？"骆大明好奇地问。

"唉，一下也说不清楚，吴有文吴书记约了好多次，不来也实在不好推辞，咱回头细说！"江沐月不好意思地看了看陈老。

"世界真是小，不好意思呀，江处长，我本来要过去陪书记和你的，这不这位小棋友一来，我就给忘了，失礼失礼！"陈老说完，不好意思地抱了抱拳。

"要不要我去给你们引见一下？"陈老看了看骆大明。

"感谢陈老好意,我看这就不必了。我这个人不善言辞,最怕见领导!"

"晓得了,世界之大,有缘人早晚会相见,无缘人对面不相识,你看咱这棋……"

"哈哈,我这棋败势已定,不再负隅顽抗了!"骆大明说完,将一颗黑子直接投在了棋盘上。

"小友承让了!"陈老又抱了抱拳。

(三)

周一上午九点,是紫金藤集团召开例行的总经理办公会的时间,会议室的挂钟已指向九点半,正襟危坐的中层干部都已坐不住了,有的在看表,有的在窃窃私语,甚至有人玩起了手机。这时走廊里传来熟悉的高跟鞋踩在地板上发出的有节奏的嗒嗒声,会议室里瞬间就安静了下来,人们都坐得笔直,认真地打开文件夹,像是小学混乱的课堂里突然听到班主任的咳嗽声。

蒋一曼看起来有些疲惫,淡淡的彩妆并没有完全掩饰住略显苍白的脸。助理吴丹给她递过来一份会议的主要议程,她瞄了一眼,轻轻说了声:"那就按顺序开始吧!"

各部门按照顺序依次汇报各自的工作进展情况。蒋一曼右手托着腮,眯着眼,像是休息,又仿佛是在思考,并没有像往常那样听到不满意的地方就劈头盖脸一通批评。

当项目总监汇报到城中村改造工程要追加3000万元的成本投入时,蒋一曼突然坐直了身体,眼睛一下子眯了起来。

"什么情况?"

"蒋总,因外界传言万达广场将挨着我们的项目拿下C区地块,再加上我市房价近期的普遍上涨,导致拆迁户集体提高了预期,原计划的搬迁补偿款已无法满足他们现在提出的新要求……"项目总监王胜一边汇报一边观察蒋一曼的脸色。

"好,我知道了!散了会你到我办公室来一趟!"出人意料的是蒋一曼并没有大发雷霆,而是淡淡地看了王胜一眼,示意继续。

项目总监王胜从蒋一曼办公室出来的时候已近中午,他看了看表,连饭也没顾上吃,就急匆匆地驾车出了公司。

当中国的房地产大潮席卷全国的时候,吴州这座省会城市自然也将房价不断地从一个高潮推向另一个高潮。短短的几年,这座城市商品房的均价已从几千元上涨到两万元左右,虽然房价已经大大超出了老百姓的实际收入,但看起来依然没有减弱的势头。

紫金藤集团就是在这样的市场大环境下突然崛起的一个公司,坊间传言该公司有着不小的来头和想象不到的后台也并非无实据。因为他们如果想在江北拿下任何一个和地产相关的项目,只要参与投标,就基本都是十拿九稳。就拿这次吴州市城中村的改造项目来说,他们就轻松击败了某大型央企和本省有着政府背景的城建集团中标,难怪有些企业但凡听到紫金藤集团参与本地的竞标工程，通常的选择都是主动放弃。

午后的阳光透过大大的玻璃窗照进了蒋一曼的办公室。沐浴着暖暖的冬阳，蒋一曼一身黑色的紧身运动衣，坐在窗前的瑜伽垫上，正在做一个难度极其夸张的动作：一只脚放在头上，另一只脚放在大腿上，然后身体倒立，身体保持着平衡，双腿自然弯曲，然后抬起头平视着窗外这座繁华的都市。

此刻的蒋一曼，如一个华丽到极致的芭比娃娃，惊艳无比。乌黑油亮的头发，瀑布一般滑过娇艳的脸颊，虽然略显疲惫，却每个毛孔都流露出让男人无法抗拒的致命吸引力。

"胡队，您不能进，要不您先到会客厅稍坐一会儿，我去向蒋总报告一下！"办公室门外传来助理吴丹略带焦急明显又无可奈何的劝说声。

"我说小姑娘，你既然认识我，就应该知道我和你们蒋总的关系，我去她的办公室还要请示吗？"门口传来胡新标近乎斥责的嚷嚷声，一听就带有七分的醉意。

蒋一曼收了动作，还没来得及做个恢复性的拉伸，胡新标已经摇晃着推门走了进来。看到这身装束的蒋一曼，他眼珠子差点儿没掉出来，半天才抹了抹嘴角的口水，一屁股坐在了外厅的沙发上。

"蒋总，我……"助理吴丹小跑着追了进来，弱小的身躯在胡新标面前显得那样纤小。

"你先出去吧！"蒋一曼知道这事怪不得助理。

"我说胡新标，你小子喝多了居然跑我这儿来耍酒疯，是不是要我给你舅舅打个电话让你清醒清醒?"蒋一曼脸上露出一份不悦的神色,但对眼前的这位大队长还是保留了一份克制。

"我说蒋总,您可千万别,我就是有一万个胆也不敢来您这儿闹事啊。这不中午你们王总来找我吗,我是特地向您来汇报一下工作的,您放心,您交代的事我立马就落实!"胡新标的酒似乎一下子清醒了许多,眼神也不敢再瞄向蒋一曼高耸的胸部。

"我看你真是喝多了,王胜和你说的事别来和我说,你能不能长点儿脑子,以后少来我办公室!"蒋一曼瞅着眼前这位谨慎不足、鲁莽有余的吴书记的外甥就气不打一处来。

"小舅妈教训得是,你说我怎么喝点儿酒就不长记性呢!"胡新标又忍不住瞄了眼蒋一曼的胸部,拍了下自己的脑门。

蒋一曼见胡新标竟然对自己起了色心,眉毛一立,杏眼立刻瞪得圆圆的。

胡新标见自己失了态,起身跌跌撞撞逃一般地离开了蒋一曼的办公室。

省政府第四会议室内,副省长任长河正在听取相关部门关于全省"两会"期间的安全生产工作的汇报。作为信访部门的一把手,兰玺光最后一个汇报对全省的信访形势的预判、分析和工作部署。

任长河紧锁着眉头,一边倾听一边记录,不时地抬手看看手表,有几次想要打断,却都欲言又止。等到兰玺光汇报完，他只是做了简单的总结，提了几条具体的要求，便结束了会议。

秘书康楠早已等候在会议室门口，省委书记这会儿急着要见他肯定是有特别重要的事。二人上了车，车子直奔省委大院，任长河打开车窗，一股冷风瞬间进入了车子，长时间的会议和工作让这位马上就到花甲之年的老人有些疲惫，让冷风吹一下有助于缓解当前的缺氧状态。

"省长，关上吧，您感冒还没完全好！"秘书在副驾驶的位置上小心翼翼地提醒。

"小康啊，不用担心，在会议室里闷了一下午了，也让我透透气嘛！"任长河笑呵呵地调节着车里的气氛，他心里清楚，眼前的这个秘书在自己身边工作三年了，十分辛苦。眼瞅着其他领导的秘书一个一个地都解决了实职，只有自己的这位秘书还一直任劳任怨地工作在自己的身边，一想到这儿，他心中就会有一丝愧疚。

任长河离开省委大院的时候，已是晚上十点。萧瑟的寒风掠过肃穆、静谧的省委大院，寒风里这位在江北工作了大半生的老人心情凝重，抬头看了看天空，一弯上弦月已经从东方升起，冷冷地照着大地。

"省长，我们去哪儿？"上了车，康楠小声问道。

"回办公室吧！"任长河把头靠在车子后座上，似乎非常疲倦。

"对了，你通知一下从北京来挂职的江沐月同志，让她来我办公室一下。对了，要交代一下注意组织纪律！"任长河似乎想起了什么，一下子坐直了身子，往康楠的位置靠了靠，生怕他听不清楚。

"好的，省长，我这就通知！您晚饭还没吃，而且中午也没吃多少，要不要通知食堂给您备点儿饭？"

"我现在还不饿，先回办公室吧！"任长河摆了摆手，重新靠在了后座上。

（四）

12月29日星期五，这一天，全国人民都沉浸在小长假的喜悦中，因为元旦正好是星期一，不用借班就可以连休三天了。如果不是任长河带有命令式的关怀，骆大明还是不想主动回到云港的。这并不是因为他不想家，而是因为年底了，局里有太多的工作要处理，特别是全省的"两会"召开在即，加上春节前的各种总结，以及接访和维稳任务，已经让他感到有些力不从心了。

晚上八点，当他提着简单的行李出现在家门口时，儿子先是愣了一下，然后使劲揉了揉眼，随后高兴地一跃而起，直接双手挎住骆大明的脖子，双腿夹在爸爸的腰上，久久不肯下来。

"怎么回来也不说一声，骆峰快下来，看你们爷儿俩像个什么样子！"妻子温晓燕听到声音系着围裙从厨房里走出来，虽然话语冷冷的,但脸上明显闪过一道绯红,骆大明一把把妻子拉过来,三个人紧紧抱在了一起。

"好了好了,都多大的人了,当着孩子注意点儿!"妻子温晓燕脸通红,羞涩地推开了骆大明。

"你看人家外国电影里,一家人就是这样的,对吧骆峰,你妈妈这个年龄就OUT(过时)了!"骆大明用手刮了一下儿子的鼻子,眨了眨眼。

"是呀,妈妈,今天晚上我自己睡,你和爸爸好好过一下二人世界!"懂事的儿子似乎猜到了骆大明的心思,也冲爸爸挤了挤眼睛。

骆大明和妻子一下子被儿子的"懂事"给惊呆了,一时不知如何接话。

"爸爸,你答应我的那双耐克鞋买了吗?"还是懂事的儿子转移话题,打破了二人暂时的尴尬。

"爸爸明天陪你去买!"

"还没吃晚饭吧?"妻子温晓燕看了看有些消瘦的骆大明,眼神里流露出一个妻子的温柔与关爱,这恐怕是任何一个离家男子到家的那一刻听到的最为温暖的话。

"是呀,晓燕,我最爱吃啥不用我说了吧!"骆大明不好意思地呵呵了两声,摸了摸后脑勺。

"先简单吃一口吧,明天我再给你们爷儿俩做顿好吃的!"不一会儿,温晓燕就从厨房里端出一碗热气腾腾的鲜虾鸡蛋面。

骆大明确实有些饿了，三下五除二地扫光碗里的面后，把剩下的半碗汤也喝了个底朝天，然后心满意足地拍了拍肚皮，向妻子伸出了大拇指。

"此面只应天上有，唯有食者得其福呀！"

"行了，别贫嘴了，陪孩子玩会儿吧，我收拾一下厨房！"妻子温晓燕是个闲不住的人，三室一厅的房子被她收拾得一尘不染，这让多年漂泊在外邋遢惯了的骆大明多少有些不大适应。

一阵熟悉的手机铃声把骆大明从睡梦中惊醒，儿子骆峰从客厅拿着手机跑了进来。骆大明睁开眼，抬头看了看卧室侧墙上的挂钟，居然一觉睡到了上午九点半。很久没有这样好好地睡个懒觉了，或许是他最近太累了，或许是昨晚久别胜新婚，和妻子温晓燕的两度温存，让他一觉睡到了这么晚。

"骆局，您在哪儿呢？"手机那头是丁小力焦急的声音。

"我在云港，昨晚刚回来的，有什么事吗？"骆大明心头一紧，他知道若非紧急事情，丁小力是不会在休息时间打扰他的。

"骆局，是这样的，今天我在局里值班，城中村十几户拆迁居民把市政府的门给堵了，现在省领导要求我们协助公安部门妥善处置，今天的值班领导本应是明哲局长，可是我一直联系不上，伍主任手机也关机了……"

"小力，别急，我马上就往回赶，你再联系下汪局，把情况汇报一下，我这边也同时联系着……"

越是节假日就越容易出问题，骆大明来不及多想，迅速起床穿衣。

"爸爸，是不是我们今天去不了耐克专卖店了？"儿子骆峰看上去有些沮丧。

骆大明看了一眼可怜巴巴的儿子，鼻子一酸，不知如何回答。

"骆峰，爸爸有重要的工作要处理，今天妈妈陪你去好不好？"妻子温晓燕听到动静，从厨房里过来替丈夫解围，这不是她第一次碰到这样的情况了，她心里清楚丈夫是怎样的一个人，如果可以挽留住，她又何尝不想呢！

"吃完早饭再走吧！"妻子温晓燕没有再多说话，默默转身去了厨房。

"爸爸，你说话不算数，这已经不是第一次了！"儿子骆峰还是没有放弃希望，希望能挽留住这个屡次说话不算数的爸爸。

骆大明心里非常清楚他亏欠妻子和儿子太多，但是他也没有更好的解决办法，只是希望能把眼前的工作处理好，等一切都稳定下来，再加倍补偿他们。

"骆峰，你是男子汉，爸爸说过的话你先给爸爸记账好不好，将来爸爸一定会双倍兑现的，爸爸的工作真的很忙，你能答应爸爸一件事吗？"

"什么事呀？"

"替爸爸照顾好妈妈！"

"好的，我答应你！"

"成交！"骆大明伸出右手，和儿子轻轻击了三下手掌。在目前这个情形下，他只能通过转移话题来化解作为一个大人在孩子面前失信带来的尴尬。

他硬着头皮把温晓燕准备的早餐全部吃完才下楼。事实上他并没有胃口，甚至有点儿吃不下，但他明白，只要他剩下，妻子和儿子会更加难过，为了不让他们难过，他就算再没胃口也要把它吃完。

拎着简单的行李，骆大明下了楼，他能感觉到妻子和儿子站在阳台上送他离去的目光，他不敢回头，生怕一回头，泪水会不由自主地流下来。

骆大明出了小区的门，提前叫好的出租车已在等候，他拉开车门，想要回一下头，但最终一狠心拉开车门坐了进去。

坐进车里，车子启动的那一刻，他似乎听到了儿子微微的啜泣声，透过车窗，眼前这个被称为"家"的小区正在渐行渐远，眼眶一热，泪水再也无法控制，夺眶而出。

漂泊无期，相思无岸。在无岸的相思里无期地漂泊，在无期的漂泊里无岸地相思，或许本来就是生命的注定。

（五）

正如骆大明预料的那样，越是到年底的时候，信访的事件就会越集中，就越容易出大事。这些年，尽管信访部门是政府各职能部门中最为弱势的一个部门，但也是最为忙碌的一个部门。

越是基层的老百姓，就越信访不信法。这首先源于法律意识的淡薄，其次是他们也根本不知道应该去找哪个部门解决问题。一来二去，上访成了他们解决现实问题的唯一途径。

事实上，吴州城中村的拆迁项目，主体在政府，而真正的实施主体则是紫金藤集团，由紫金藤集团以土地出让金的形式先行垫付一部分拆迁款给政府，剩余部分再由政府向银行贷款。但随着房价的不断攀升，拆迁补偿款也跟着水涨船高。企业总是希望钱花得越少越好，而老百姓当然期待一份满意的补偿，矛盾由此产生。

当丁小力把城中村上访件连同一封举报信递到骆大明的手中时，骆大明才意识到问题的复杂性和严重性。很显然，这个上访群众背后有"明白人"在指点，因为在举报信中详细描述了关于小南门城中村改造项目招标过程中的违规违纪过程，以及利益关联人非同寻常的关系。不但如此，举报信中还附上了几个关键人物在一起亲密聚会的照片，更让骆大明倒吸一口凉气的是，这里面居然还有他的顶头上司兰玺光……

尽管骆大明知道兰玺光和蒋一曼的关系非同寻常，但毕竟这件事超越了他的职责范围。况且举报人明确指出，吴州和江北的纪委都不可信，唯一可以信赖的就是省信访局了，希望他们这一把没有赌错，可以通过信访这个渠道把这件事情反映到省里的主要领导那里。

其实骆大明的私人电子邮箱里也在几天前收到过同样的内容，但由于这件事事关重大，又不在他的职责范围内，他就将它搁置了，没想到今天又是通过这样一个渠道到了他的手里。看着丁小力期待和善良的目光，让他一时难以抉择。

"小力，此事事关重大，你先不要声张，更不要向任何人说起。你目前唯一可以做的，就是按照相应办信程序进行督办受理，不要有任何超越职权的行为。对于举报信中的内容，你可以悄悄进行调查，千万不要打草惊蛇。这件事你只对我负责，也只向我一个人汇报，你懂我的意思吗？"骆大明一字一顿地叮嘱眼前这位还不谙世事的年轻人。

"好的，骆局，明白，我有个发小儿就住在小南门城中村，他对这里面的事非常熟悉。另外，从举报信中的内容看，里面涉及更复杂的利益关系，这只是我的初步判断，毕竟光凭一封举报信也不能说明什么问题！"丁小力凭他的直觉判断，现在局里唯一可以信任的人就是骆大明了。

"小力，按照我说的做，要切记，最最重要的是保护好自己，这是第一位的！"

送走丁小力，骆大明隐隐感觉到了一份担心。因为，在这封举报信中，有一个人的身份非常特殊，那就是省公安厅刑警大队的副大队长胡新标。

"沐月，晚上有时间吗？我想找你聊点儿工作上的事。"

"大明，这么巧，我也正好有事找你。"

"那晚上咱们找个地方见吧。"

"好的，你说地方，到时我去找你。"

"'幸福公社'如何？和小鸥咱们三个第一次见面的地方。"

"好的，晚上七点如何？"

"好的，那就七点，我定好房间告诉你！"

"好的大明，晚上见！"

这是骆大明加了江沐月的微信后，两个人第一次在微信上交流，没想到江沐月竟然很快就回复了。这种沟通确实在很大程度上替代了电话，特别是在无处不在的网络环境下。

"幸福公社"的"五大队"是一个最多可以坐四人的小卡座，骆大明进屋的时候江沐月已经提前到了，并点好了菜，见骆大明进来，关切地给他重新换上一杯新茶。

"不好意思呀，沐月，临时加了个支部学习，所以迟到了，抱歉抱歉！"骆大明接过茶，咕咚咕咚地一口气喝到底。

"大明，慢点儿慢点儿，别烫着！"江沐月伸手想拦一下，无意中碰到骆大明的手，脸一红，连忙把手缩了回来。

不一会儿，服务员端上两个凉菜两个热菜。盐水鸭、清水蚕豆、煮干丝、炒河虾，都是他们聚会必点的菜。

"大明，今天我想和你聊点儿公事，所以没叫小鸥，咱们就一边吃一边说吧！"江沐月端起茶杯和骆大明轻轻碰了一下。

"沐月，你就别和我客气了，有什么事你就直说吧，你知道我这个人最不会拐弯抹角,喜欢直来直去!"骆大明夹了一颗蚕豆,放进了嘴里,慢慢咀嚼了起来,虽然已经过了最好的季节,但依然能嚼出小时候的那股清香。

"那我就不绕弯子了,中央纪委接到关于江北的一些举报线索,直接转到了省里,省里慎重考虑,让我参与其中。因为可能会涉及你们单位,所以有些情况我需要从你这里了解,在江北这个地方,特别是你们信访局系统,你是我唯一可以相信的人。"

江沐月的话着实让骆大明吃了一惊,他来之前设想了一千条江沐月找他聊的工作内容,唯独没有想到的就是这一条。

"沐月,你放心,既然是组织交办的事,我一定会全力配合,而且我也一定会按照组织的规定保守秘密!"骆大明放下筷子,郑重地向江沐月表态。

"哎呀,大明,瞧你!首先,我还不能代表组织;其次,这又不是让你宣读入党誓词,你别搞得这么严肃好不好!"江沐月说完忍俊不禁,用手捂了捂嘴。

骆大明也意识到有些过于庄重,连忙夹了一只河虾放进嘴里。

"沐月,其实今天我找你也是有件比较重要的事,我想和你商量一下怎么办。"骆大明看了一眼江沐月,发现江沐月也在注视着他,目光里充满了一种女人特有的柔情。

"什么事?"江沐月似乎也意识到了自己的失态,怔了一下，身体稍微向后倾了一下。

"我们在受理来访时，收到一封举报信，事关重大，且举报人称吴州纪委和江北纪委已经无法信任，因这件事超越了我们的职责范围，所以不知如何处理……"

二人离开"幸福公社"的时候，正赶上一年一度的跨年夜，江边最高的建筑国际大厦正在上演着五彩斑斓的灯光秀，年轻的人们三个一群、五个一伙地聚在江边等待跨年的那一刻。有一个年轻人在江边点燃了摆成心形的上百根蜡烛，正在向他的女朋友求婚，惹得路边的人纷纷围观和助威。二人看了后，都发出一声时过境迁的感叹，不由自主地念起了当年读书时叶赛宁的一句诗：金黄的落叶堆满我心间，我已经再不是青春少年。

心中有一份莫名的淡淡的感伤，二人都没有说话，默默沿江边走到了滨江路的中段，这个地点，往东是江沐月住的小区，往西是骆大明住的小区。

"沐月，我送你到楼下吧！"

"不用了大明，早点儿回去休息吧。"

"嗯，你也回去休息吧，到家报平安！"二人互相挥手道别。

晚上十一点五十九分，国际大厦顶楼时钟的倒计时开始响起。随着人们的欢呼声，一团团巨大的烟花升上了天空，在江面上映出炫目的七彩世界。年轻的情侣们挥手向新的一年致意，每个人脸上都洋溢着满满的幸福，他们都齐声大喊着：新

骆驼刺

年快乐!

是的,新的一年到来了,新年快乐。

第七章　危机重重

（一）

"大明，你交来的这封举报信非常重要，也正是中央有关部门所关注的。记住，这件事中你们这条线有什么进展，只向我一个人汇报就可以了，你明白这里面的利害关系，我就不多说了，要注意工作方式和方法，不要轻易涉险……"

从任长河办公室出来，一种无形的压力让骆大明有些透不过气来。省政府大楼前那枚巨大的国徽在阳光的照射下闪着庄严的光辉，顿时让他的内心充满了力量。

就在骆大明去省政府大院的同时，兰玺光也在办公室里同伍为民谈话。自从天胜广场的事件以后，给督查室所有同志的感觉是督查室的业务本来是骆大明在分管，但兰玺光却会经常过问，特别是伍为民，隔三岔五就会被局长叫去汇报工作，这种微妙的变化也在影响着这个部门里的每一个人。唯有丁小力从不介入这些是非的讨论，依然默默地做着自己的本职工作。

出乎丁小力意料的是，小南门城中村改造中的几十家拆迁上访户，经过一个元旦假期，就突然都消失了，这样的现象在他的眼里简直不可思议。他决定到访户家里走访一下，按照流程他需要向伍为民请示。

伍为民内心是不希望丁小力去的，但他实在没有反对的理由，只好答应下来。但他同时指派了处里的另一位同事葛如海同行，并悄悄交代葛如海要把掌握的情况及时向他汇报。丁小力虽然对近期伍为民的种种行为感到不解，但他从内心里还是比较感谢伍为民的。因为从他到局里工作以来，伍为民在工作上曾经给过他很大的帮助。

帝豪国际会所是吴州最负盛名的娱乐会所，主业是KTV，但四楼有一个不对外的豪华餐厅。中午时分，王胜正带着几个女同事轮番给胡新标敬酒。

"标哥，还是您面子大，这么难的事，您一发话，就统统不叫事了！"

"是呀是呀，标哥就是标哥，在吴州这个地盘上，还能有标哥摆不平的事儿吗！"

"哈哈哈，你们这几个小美女，嘴巴倒是挺甜，看来是你们蒋总调教得好！来，你们全喝光，我喝一半！"

"不嘛，不嘛，标哥你欺负人……"

胡新标已经有了些酒意，一只手端着杯子，另一只手已经悄悄地放在离他最近的一个女孩的屁股上。女孩并没有闪躲，反倒是把屁股扭动了一下，一下子把胡新标撩拨得春心荡漾。

就在这个时候,王胜的手机突然响了起来。

"王胜,你在哪儿呢?"

"在帝豪国际请胡队吃饭呢,蒋总有何吩咐?"王胜吓得连忙把手放在嘴边,冲大家做了一个嘘的手势,拿着手机进了卫生间。

"上次让你办的那个事怎么样了?"蒋一曼冷冷地问。

"蒋总,您放心,全部搞定了!"王胜有些得意地说。

"我告诉你王胜,你可别得意,你可别给我搞出事来,如果真的出了什么意外,可别怪我保不了你!"蒋一曼一听王胜有些醉意,于是就提醒了一句,生怕他得意忘形。

"您放心吧,出了问题是我王胜的,和集团没关系,更和您没关系!"王胜拍着胸脯表态。

"那你们好好玩,把胡新标陪好,交代那个女孩要长点儿心!"说完就挂了电话。

晚上九点,丁小力拖着疲惫的身子回到了家里。

"小力,还没吃饭吧!"母亲打开门,见到儿子满满的倦容有些心疼。

"嗯。"丁小力换了拖鞋,一屁股就瘫坐在客厅的沙发里。

"妈给你留了饭,我去给你热热吧!"说完扭身去了厨房。

等小力妈妈把饭菜端上桌子的时候,丁小力已经发出了轻微的鼾声。妈妈叹了一口气,进屋拿了一条毯子,轻轻地搭在了丁小力的身上,然后悄悄地坐在了沙发的另一面,一脸慈爱地看着眼前的儿子。

丁小力出生于江北省一个偏远的农村,父亲是村里的民办老师,母亲就是一个地道的农民,文化程度不高。他对父亲的记忆只是模糊地停留在小学二年级,那一年,父亲死于一场意外的车祸。坚强的母亲并没有改嫁,而是靠着当年那笔并不多的赔偿金和自己勤劳的双手独自把丁小力拉扯大。好在儿子争气,从小学到大学,一直成绩出色,大学毕业后参加了全省公务员的考试并成功被录取。工作稳定后,孝顺的他就把母亲接到了自己的身边。

"妈,我怎么睡着了!"丁小力一骨碌从沙发上坐了起来,十分抱歉地看着妈妈。

"小力,你最近是不是太累了,工作再忙,也要注意自己的身体啊!"妈妈一边说,一边把刚刚扣好的饭菜重新打开。

"妈,你吃过了吗,要不要再一起吃点儿?"丁小力看了眼鬓角斑白的母亲,心里感到一阵阵发酸。

"快吃吧,我早就吃过了!"母亲一边说,一边又把本来就离丁小力很近的盘子往前推了推。

丁小力往嘴里扒了口饭,又夹了一块狮子头,这是他从小最爱吃的一道菜。小时候家里条件不好,妈妈就会把不多的肉配上豆制品和蔬菜,一起做成狮子头,既能解馋,还有营养。虽然他是在单亲家庭长大，但母亲给他的爱让他从来都很知足。

"小力，你还和小时候一样。吃饭慢一点儿，别噎着！"母亲说完又给儿子递上一杯水。

"妈，您的手艺可以开个饭馆了，我保证天天都会爆满！"丁小力说完又夹了一大口塞进了嘴里。

"小力，妈和你说件事！"母亲捋了下额前的头发，拽了下衣角，又正了正身子，不太好意思地看了看丁小力。

"妈，您这是怎么了啊？有什么话是您和儿子还不能直说的啊！"丁小力又往嘴里扒了口饭。

"小力，妈觉得总是这样闲着不是那么回事，咱们村的赵阿姨不是也在吴州做工吗，前阵我托她帮我介绍个活，她帮我找好了……在一个有钱人家里做点儿家务，也不累，一个月还有4000块钱的收入，虽然帮不了你太多，多少也能给你减轻点儿负担，你说是不是……"

"妈，我不同意，我说过多少次了，我能养您，您为我操劳了一辈子，该享享清福了！"丁小力把碗往桌上一放。

很明显，母亲的话刺激了他。

"小力，我知道你的孝心，不过这次妈妈想好了，我也答应了人家，明天我就上工，如果你再反对，我就回老家养我的猪去……"母亲似乎下定了决心，语气异常坚定。

丁小力内心非常痛苦，他知道母亲的心意，虽然她没有文化，但她决定的事肯定是九头牛也拉不回来的。眼前的事实也确实如此,虽然他有一份体面的工作,但在吴州,一个外地考来的公务员,如果不是单位给分配了一个小两居室的廉租房,真的是连生存都是个问题,更别说买车买房娶妻生子了。

他不能表现出来,这会让母亲更加担心,他默默起身,把桌上的碗筷拿到厨房洗干净、归置好,稍稍平复了一下心情。

"妈,这次我可以不拦您,但您一定不要太累,如果做得不开心咱就不做了,这您能答应我吗?"丁小力走到母亲坐的沙发后,轻轻地在她的肩膀上揉了起来。

"好孩子,妈妈答应你!"母亲终于如释重负,眼角的鱼尾纹也舒展开来,看到长大成人的孩子终于懂得体贴自己了,辛劳了大半辈子的她终于露出了发自内心的笑容。

(二)

丁小力来信访局工作已经三年了,至今没有谈女朋友。倒不是没有热心人介绍,而是丁小力自己不想谈,他心里清楚,他既没房又没车,更没钱,他不想耽误人家。所以三年来,他把所有的精力全扑在了工作上,对于没有任何家庭背景的他来说,只有努力奋斗才是他唯一的选择。

其实,丁小力有一个特别聊得来的异性网友,他们是在"吴州在线"的论坛上相识并慢慢熟悉的,后来彼此有好感,就互加了微信。但他们从来没见过面,好像双方谁也不好意思捅破这层窗户纸,这样的关系维持了一年,二人还是停留在虚拟的世界里。

倒不是丁小力不想表白,只是他还没有足够的自信,至少他目前感觉还没有一定的经济能力支撑起一段恋情。他能感觉到对方并不是一个物质的女孩,但对方不在乎并不意味着他不在乎,所以他们都在小心翼翼地维系着目前的一种状态,似乎一旦打破了,就不会再找到这种微妙的感觉了。

东港市人民医院的年终表彰大会上,护士长温晓燕再次被评为"先进工作者",这也是她连续第九年获此殊荣。

从院礼堂回到住院部,一路上都是同事各种恭维的声音和艳羡的目光。其实温晓燕并不在乎这些荣誉,她从前年开始就和分管的副院长表示,如果她再次当选,愿意把这些荣誉让出来,鼓励那些年轻人,但都遭到了院长的拒绝。分管副院长表示,这是大家公开推选的结果,院领导必须尊重民意,也必须把这份荣誉颁给值得拥有它的优秀医务工作者。

"护士长,这花好漂亮,您真是我们的骄傲……"回到护士中心,一群当班的年轻小护士围了过来,叽叽喳喳地说个不停。

"把这些花拆成单支的,放到病房里去吧,你们都乖乖地去工作,明年这个荣誉就是你们的了……"温晓燕板起脸佯装生气,大家都知道护士长的为人,便嘻嘻哈哈地挑选了花散去了。

骆驼刺

下了中班回到家的时候，已是晚上十二点。温晓燕拖着疲惫的身躯悄悄进了家门，蹑手蹑脚地走到儿子房间，儿子已经睡下了，发出均匀的呼吸声。她轻轻给儿子掩了掩被角，又轻轻退出了房间。

"燕子，吃过饭了吗？饿不饿，要不要给你做点儿东西吃？"年迈的婆婆听到声音，披着一件外衣从另一间卧室走出来。

"妈，不好意思吵到您了。我在医院吃过了，不饿，您早点儿休息吧！"每当温晓燕上中班或夜班的时候，骆峰的奶奶或姥姥都会轮流过来帮她照顾孩子。因骆大明常年不在家，这也成了她上中班或夜班时的最大顾虑，好在姥姥或婆婆都生活在云港，且离得也不算远，照顾起来也比较方便。

"晓燕，餐桌上有你的一份快递，我先睡了，你也早点儿休息吧！"婆婆叮嘱了一声，转身回了屋。

温晓燕是个有洁癖的人，从医院回到家第一件事就是把衣服先换掉，然后冲个热水澡。因为这个习惯，骆大明曾和她开玩笑地说，家里的水费一大半都是温晓燕一个人用掉的。

洗漱完毕，温晓燕换了睡衣，用毛巾裹着头，突然想起餐桌上的快递。她是一个几乎不网购的人，而骆大明如果给家里寄什么东西也会提前和她说，而且骆大明也刚刚回来过，谁会往家里寄快递呢？她越想越觉得奇怪，本来想明天再打开看的，一连串的疑问突然让她改变了主意。

稍微吹了吹头发，温晓燕拿着快递回了卧室。从黑色的塑料袋外包装来看应该是文件一类的东西，寄件地是江北吴州，寄件人为李某某，她并不认识。会是什么东西呢？越是好奇就越打不开，温晓燕用手使劲撕了一下，封口的一个订书钉一下子就扎破了她纤细的手指，伴随着一阵钻心的疼痛，袋子一下子就掉在了地板上。

一滴鲜红的血滴落在洁白的地板砖上，在灯光的照射下泛着殷殷的红。温晓燕用嘴吮了下小指，突然一种不祥的预感袭上了心头。

卧室的床头柜里有把剪刀，温晓燕小心翼翼地用剪刀把文件袋剪开，里面是一个牛皮纸档案袋，袋口用一根细细的白绳一圈一圈地缠绕着，费了好半天劲才终于把袋子打开。温晓燕定了定神，把手伸进袋子，里面竟是三张七寸照片。

温晓燕的手突然抽搐了一下，而后身子突然一软便瘫坐在床上，眼神从惊慌失措慢慢变得有些呆滞。她脸色苍白，这个坚强的女人终于控制不住，双手掩面，眼泪簌簌地落了下来。

大脑一片空白地靠在床头，温晓燕一夜无眠。

直到婆婆敲门的时候，她才发现天已经亮了。搁平时，温晓燕这个点早就起来了。通常是先打发骆峰吃完早饭上学，陪婆婆吃完早饭后再帮着料理下家务，然后补上一觉，午饭后再去医院上班。让婆婆感到奇怪的是，今天的温晓燕有些反常，她一直等到上午快十点，儿媳的房间还没有动静。

"晓燕，起来吃饭吧，时间不早了！"婆婆轻轻敲了敲温晓燕的卧室门。

"妈,我今天不饿,您不用管我了,我一会儿就起。"温晓燕调整了下情绪,声音有些沙哑。

"怎么了晓燕,哪里不舒服吗?"婆婆感觉到儿媳妇声音的异常,站在门口焦急地问。

"妈,我没事,就是最近有些累,我想再躺一会儿!"温晓燕坐了一夜,这个时候才感觉到腰部的酸痛,她拉了下被角,将自己蜷缩的身子伸直,把头深深地埋进被子里。

"哦,好好好,你就再躺会儿,妈去市场买些菜,中午你想吃什么,妈给你做!"

"您看着买吧!"温晓燕尽量不让婆婆感觉到她的异样。

一阵悦耳的手机铃声响起,是她最喜欢的旋律《加州旅馆》。是骆大明的电话,这首歌是他们俩在谈恋爱时都喜欢的一首歌。后来,这首歌就设置成了骆大明来电时的唯一铃声。她的眼泪再次流了下来,静静地听着这熟悉的铃声,心却一点一点地支离破碎。

手机振动了良久,终于在梳妆台上消停了。温晓燕看了看表,已是上午十点二十分,她的世界不能崩塌,因为不管怎样,生活还得继续。

卫生间的镜子里映出她毫无血色的脸,红肿的眼睛里布满了血丝,头发蓬松地散落在肩头,眼角的鱼尾纹似乎在提醒她岁月的无情。她好久没有在镜子里这样仔细地观察过自己了,护士长的工作让她无暇关心这些,家庭的重担更让她无法顾及这些。

镜子里这个人还是当年那个年轻、自信、充满活力的自己吗？温晓燕甚至有些恍惚，她抬了抬头，将头发用力往后捋了捋。更让她难过的是，额头的发根已经出现了斑驳的白，如入冬的初霜一样醒目而刺眼。

温晓燕长长叹了一口气，摇了摇头。都说"男人四十一朵花，女人四十豆腐渣"。如今的骆大明正是事业和年龄最好的时期，而人老珠黄的自己又长期不在丈夫身边，在这个充满诱惑和功利的年代，谁又能做到出淤泥而不染呢？

就在几天前，她的闺密朱朱还在提醒她，要她看紧骆大明。言外之意就是事业、年龄和颜值正在最佳时期的男人就算自己不出轨，也会有别的女人惦记。而她当时的回答就是："我们家大明绝对不会，就算全世界的男人都出轨了，我们家骆大明也不会！"

没想到这才过去没几天，现实就给了她一记残酷的耳光。

（三）

吴州小南门城中村是吴州现存的最好的一个地段，原住民较多，面积较大，所以有很多开发商都看上了这块地。要么因为没有足够的资金，要么因为没有深厚的政府关系，所以一直没有开发，而紫金藤集团的这次出手也从某种角度上证实了坊间的传言。

王福军是小南门这一带出了名的钉子户，兄弟三人，四代人住在这里近一个世纪。兄弟三人做的是生猪生意，在案板上过活了大半辈子，是这一带出了名的"不好惹"。这一家人，也正是自政府决定拆迁以来闹得最凶的上访专业户，兄弟三人，连同他们的父母，全家出动定期到信访部门轮流上访。

让丁小力感到奇怪的是，在这次沸沸扬扬的上访风波中，这家人突然就消停了。而另一个上访户赵凤娥似乎受到了某种力量的干预，也不再上访，无论怎么问都是三缄其口。

丁小力来到王福军家的时候，他要找的这个人并不在家。这时他的家里正乱作一团，老人坐在堂屋里唉声叹气，女人们都面无表情地收拾着衣物，一副要举家搬迁的样子。

"请问，王福军在吗？"丁小力轻轻敲了敲已经开始掉漆的破旧的门框。

"他不在，你是？"一个中年女人停下了手中的活儿，抬头看了一眼丁小力，眼神中似乎有一丝警觉，又似乎有一种恐惧。

"我是省信访局的丁小力，来做一下回访！"丁小力没有进屋，仍站在原地有礼貌地说道。

"他不在，有什么事跟我说吧，我是他老婆！"中年妇人冷冷地说。

这时坐在堂屋的老人闻声挂着拐杖走了出来，用一双浑浊的双眼盯着丁小力看了半天。

"你是来赶我们走的吗？我和你说，我就这把老骨头了，就是死也不会走，哪儿也不去。我这条老命今天就豁出去了……"说完一头就撞了过来。

幸好丁小力反应快，往前抢了一步，边闪躲边侧身扶住了老人。

"老人家，我是省信访局的，是来倾听你们的合理诉求和意见的，您别误会！"丁小力一边安抚老人，一边搀扶着他，生怕他再次做出过激行为。

"爸，您这是干什么，您不要再给我们添乱了好不好！"中年妇人生气地把丁小力往边上挤了挤，扶着老人坐在了旁边的一把椅子上。

"这是怎么了？"正当丁小力不知所措的时候，王福军进了屋，左胳膊用纱布吊在胸前，右手缠着厚厚的纱布，左手小指的位置，隐约露出一丝干涸的血迹。

"原来是丁领导来了，你看，我这儿也乱糟糟的，也没有坐的地方……"王福军看了丁小力一眼，冷冷地说。

"王哥，咱们也不是第一次打交道了，我这次是专程来回访的，不知你有没有时间，就你专程上访的相关诉求咱俩聊一聊？"

"我说小丁领导，这访我也不上了，我好好配合政府的拆迁就是，你看我不就是准备搬了吗？"王福军弯下腰，把刚刚倒在地上的方凳扶了起来，放在丁小力的面前。

"是什么原因让你放弃了呢?"丁小力总感觉有什么地方不对劲。

"小丁领导,你别怪我说话不好听,我知道你是个好人,和他们不是一伙的,但这件事……就凭你,还真管不了!"

"王哥,我这次回访,是受局领导委托专程过来的。你的意思我明白,小丁我是能力有限,但也请你相信党和政府,所以有什么问题不妨直说。"丁小力听出了王福军话里有话,于是解释了一下此次来的目的。

"小丁领导,党和政府我不是不信,是我不相信党和政府里的那些坏人!"王福军似乎想说,可欲言又止。

"孩他爹,你能不能别说了!让他走吧,你掉一根手指头还不够吗?难道你还想掉条腿吗!"中年妇人明显有些不耐烦,但她的话让丁小力一愣,加上刚才看到的王福军的左手,他似乎明白了些什么。

"你当真是代表政府来的?"坐在一边的老人一直在听着他们的对话,摇晃着从椅子上站了起来。

"是的,老人家,我是省信访局的丁小力,是专门来听听您有什么诉求的!"

"那我豁出我这条老命了,反正我这个岁数也没什么好怕的了!"老人说完竟扑通一声给丁小力跪了下来,老泪纵横。

"爸,您这是干吗呀!"王福军拉了半天,老人死活不肯起来,王福军也扑通一声跪在了父亲的对面。

第七章　危机重重

江南山水七　刘明杰绘

"有话起来说,有话起来说!"突然发生的一幕让丁小力一下子陷入非常尴尬的境地,一时竟然不知如何是好。

"福军,你说不说,你要不说我就不起来!"老人看了看跪在面前的儿子,显然是铁了心。

"好,我说!"王福军一咬牙从地上站了起来,搀起老人重新坐到椅子上。

"小丁领导,我们家的情况你也看到了,十几口子人,上有老,下有小,就政府给的那点儿拆迁补偿金,根本就满足不了我们家的需要啊。再说,补偿金的标准是参照去年周边的商品房价来定的,可如今的房价恨不能一天一个价,这是把我们家往死路上逼呀!"王福军,一个中年的汉子,常年在案板上动刀挂钩的,竟然往地上一蹲,头一抱,呜呜地哭了起来。

"这种情况您不是反映了吗,我们也找了相关部门正在协调解决您家的实际问题啊!"丁小力没想到一向非常强硬的王福军会用哭这样的方式来表达他的诉求。

"小丁领导,我王福军也是条汉子,也不怕丢人,你自己看一下吧!"说完,他用右手一把撕开左手上的纱布。

(四)

回到局里,丁小力呆坐在办公室里半天,下午发生的一幕似乎只有在电影里才能见到,他真的很难想象这样的事情竟然会发生在他的身边。

几个黑衣人趁着天黑闯了进来，当着家人的面，把一把锋利的匕首甩在桌子上。在寂静的夜里，匕首和桌子发出嗡嗡的共振声。突如其来的几个大汉吓坏了王福军一家，为首的一个操着东北口音的彪形大汉只说了一句话："识时务的，限你半个月内搬家，不识抬举的可以试试后果……"

王福军似乎明白了什么，跑进厨房拿了把刀出来，还没站稳就被两个黑衣人摁在了堂屋的桌子上。

"想跟我玩狠是不是？"为首的黑衣人拔开匕首，在王福军的脸上拍了拍。

"有种放开我，咱俩单挑！"王福军头被侧摁在桌面上，活像一只待宰的羔羊，无论如何努力，也无法挣脱。

"你小子还挺有种，还想和我单挑，既然这么硬气，我就给你留点儿念想……"为首的黑衣人给两个同伴示意了一下。

又上来一个人，熟练地把王福军的右手抽了出来，用力摁在桌面上，随后手起刀落，半截小指瞬间就被切了下来。

室内发出一声凄厉的惨叫，一家人全都吓得脸色苍白，像被定格了一般，一时间竟都呆在原地，一动也不敢动。

"报警随便报，考虑下你的家人，记住，我只给你半个月的时间，这些钱够你看手了！"为首的黑衣人说完扔下一沓人民币，然后扬长而去。

同样的一幕发生在另一个上访户赵凤娥的家里，虽然那几个黑衣人没用暴力对待她，但她的独女的信息却被这些人掌握得一清二楚。赵凤娥寡居多年，只有一个女儿和她相依为命，女儿还有一年就大学毕业，是她唯一的牵挂，如果有个三长两短，她也就失去了活在世上的意义……

这些人似乎抓住了每一个人的要害，总是能找到他们最痛的点，一击而中。

丁小力意识到问题的严重性，但这已明显超出了他的职责范围。而这些上访群众，尽管面对信访部门时表现出极强的抗争精神和维权意识，但是一旦面对这些黑恶势力，却又集体失声。这正是丁小力所焦虑的，就目前的这种状况来说，他唯一能做的，就是尽快把这件事情反映给骆大明。

而此刻的骆大明，正陷入深深的痛苦中。他不晓得为什么在这个时候温晓燕会提出协议离婚，电话不接，信息也不回。当丁小力和他汇报这些情况的时候，他似乎有些心不在焉，没有完全听进去。

骆大明的一反常态让丁小力也感到奇怪，他从来没有见过骆大明在工作中这样不在状态，直到他反复清了清嗓子，才把骆大明从游离的状态拉了回来。

"抱歉啊小力，你刚才说到哪儿来着，刚才我走神儿了，你接着说！"骆大明有些不好意思地冲丁小力笑了笑。

丁小力意识到骆大明可能有其他更重要的事，就把他了解的情况和一些推断拣重要的又给骆大明重复了一遍。

"小力，你反映的这个情况非常重要，但我们不是公安机关，也没有权力调查，更没有证据，现在最为关键的是让上访人站出来，这样才能让相关的部门介入，从而推动问题的解决。"

"骆局，您说得没错。但是，目前的难点在于：第一，上访人不敢站出来说话，显然是被相关的黑恶势力胁迫了；第二，我担心有些执法部门是他们的保护伞，通过正常的渠道不但不利于问题的解决，反而会让他们受到二次伤害……"丁小力犹豫了一下，说出了自己的顾虑。

"嗯，你说的这个情况我也担心，这样吧，你先再去做做他们的工作，我再想一想有没有更加周全的方法。"骆大明的脑子很乱，一时也不能给出更好的解决方案，只能先把眼前的问题放一放。

送走丁小力，骆大明拿起手机拨打温晓燕的电话，但电话一接通，对方立即就给挂断，反复多次，仍是不肯接听。

事实上，电话另一端的温晓燕更加痛苦，她实在无法想象照片中自己的丈夫竟然赤裸着身子，边上躺着同样赤身裸体的年轻女子。他们从相识、相恋一直到结婚生子，她对丈夫的品行从来都没有怀疑过。虽然自从孩子上了幼儿园后，骆大明因为工作调动和援疆工作与自己两地分居多年，但她仍然相信在别的男人身上发生的事，绝对不会发生在丈夫的身上。就是这突如其来的三张照片，一下子击垮了她曾经无比强大的信任，让她甚至都没有勇气接听丈夫的电话，生怕这件事如果从骆大明的嘴中亲口说出来，她不知如何来接受这个现实。

骆大明赶到云港人民医院的时候，已是晚上十点。温晓燕正躺在病床上休息，在旁边看护的是他的岳母，看到骆大明进来，岳母在嘴边做了一个"不要出声"的动作，然后拉着骆大明出了病房。

"妈，晓燕怎么了？"骆大明已是心急如焚。

"大明，先别急，燕子没什么大事，可能最近太累了，连续上了几个夜班，又替了同事几个夜班，加上心脏遗传她爸有点儿先天缺血。不过现在已经没事了，你别上火……"岳母是个十分通情达理的人，她虽然对骆大明和自己的女儿长期两地分居有些意见，但仍是尊重了他们的选择。

"妈，一会儿我先进去看看，然后叫个车送您回家，晚上由我来陪护吧！"大明看到年迈的岳母心里一酸，不知如何表达他内心的那份愧疚。

"也好，晓燕刚睡着，这病房也是她平时工作的地方，好在这里的人都熟。本不想叫你回来的，我想今天正好是周末，也想让你们一家三口团聚一下，所以就给你打了电话，你不会怪妈多事吧！"

"妈，瞧您说哪儿去了，是我做得不好，没有在身边照顾好晓燕，让您跟着辛苦了！"骆大明说完朝岳母深深鞠了一躬。

"好了，你这孩子，一家人不说两家话，你先进去看看吧，我自己走就行，打车什么的我都会，你就别管我了！"岳母一再坚持自己回家。骆大明没有办法，刚送到电梯口就被推了回来。

骆大明轻轻推开病房的门，蹑手蹑脚地走了进来。这是

第七章 危机重重

一个双人病房，温晓燕静静地躺在靠窗的一张病床上，刚好旁边的床位上没有人，被褥整齐地摆放在床头一侧。窗帘已经放了下来，灯光也微微调暗。床头柜上摆了一束鲜花、一套饭盒以及一个装了半杯水的保温杯，杯盖上是儿子骆峰一周岁的全家福，他一眼就认出了这个杯子，是儿子周岁纪念拍照时的赠品，他也有一个一样的，已跟随他十年了。

病床前有一把方凳，应该是岳母之前坐过的，骆大明轻轻地坐了下来，双手托着腮，凝视着熟睡中的妻子。温晓燕侧卧在病床上，脸朝窗户一边，一只胳膊从身体一侧耷拉下来，手上贴着一条白色的胶布。很显然，她打完点滴没有多久。

妻子的脸色苍白，消瘦得都有了尖下巴，发根和两鬓已经出现了斑驳的白。骆大明还记得十几年前和温晓燕刚认识的时候，妻子还是一张圆圆的脸，加上一双杏眼和微微上扬的眉毛，有一股军人般的英气。这才十几年的光景，岁月就在她的脸上无情地拿走了她的青春。

骆大明仍然不知妻子为什么会在这个时候提出要和自己离婚，难道是她有了外遇？但他马上就打消了这个念头，以他对温晓燕的了解，她是绝不可能做出这样的事情的。难道是两地分居的原因？好像这个理由也不太成立，对于他的工作妻子一向是支持和理解的。那到底是什么原因呢？骆大明看着眼前的妻子，想起这些年对她和对孩子的一次次没有兑现的承诺，叹了一口气，竟又再次落下泪来。

回到家的时候已是凌晨两点，骆大明轻轻打开房门，蹑手蹑脚地进了客厅,他没有开灯,生怕惊动年迈的岳父母。但岳母还是听见声音披着一件衣服走了出来。

"大明,饿不饿?要不要我去给你煮碗面?"

"妈,不用,我不饿,我拿件衣服,稍微休息一会儿就回医院!这么晚了,您快回屋休息吧!"说完转身进了他和温晓燕的卧室。

打开灯,屋里一切如故,整洁而又简单,床头上是他们一家三口的合影,梳妆台前则是儿子骆峰小时候的一张照片,憨憨地对着他笑。骆大明叹了口气,在梳妆台前坐了下来,拿着照片端详了半天,好半天才不舍地放回原处。

正要起身,他发现梳妆台的一个抽屉似乎没有关好,一个信封的一角恰好卡住了边缘。

骆大明下意识地推了一下,却没有推动,打开抽屉,竟是一只大大的牛皮纸信封。好奇心驱使着他拿出信封,想要看看里面究竟是什么东西,却没想到里面竟然是三张让他五雷轰顶的照片。

不管怎么说,骆大明还是一个比较单纯的人,从来不会把社会想得那么坏。更让他想不到的是,他的噩梦才刚刚开始。

(五)

回到吴州的时候已是周日的下午,这一天是二十四个节气中最后一个——大寒。

宋代诗人邵雍有诗云：

> 旧雪未及消，新雪又拥户。
> 阶前冻银床，檐头冰钟乳。
> 清日无光辉，烈风正号怒。
> 人口各有舌，言语不能吐。

大寒一过，新一年的节气就又来了，正所谓冬去春来。大寒虽然寒冷，但因为已近春天，所以不会像大雪到冬至期间那样酷寒。这时节，人们开始忙着除旧饰新、腌制年肴、准备年货和各种祭祀供品、扫尘洁物，因为中国人最重要的节日春节就要到了。

骆大明此刻的心情和大寒的节气一样，凉到了极点。

"小鸥，在吴州吗？"

"大明，我在，今儿个怎么想起给我打电话了，我的局长大人？"

"别贫，晚上有时间吗？"

"别人不一定有，但是你骆大明约则必须有！"

"那就晚上七点，'幸福公社'，不见不散！"

挂了电话，骆大明心里仍是空落落的。这个寒冷的季节，这座陌生的城市，当心中有烦恼的时候，能想起来的可以倾诉的人，除了江小鸥他再也想不到第二个人了。

骆驼刺

江小鸥显然是"幸福公社"的常客。他一进来,服务员就热情地跟他打招呼,老板也不知从哪儿得来的消息,知道他是晚报的记者后,特地给了他一张可以享受全单8.8折的VIP(贵宾)卡,这让江小鸥多少有些得意。倒不是他贪图这点儿小便宜,而是他觉得这是对他个人的一种认可。

按照老规矩,他点了两个凉菜和两个热菜,烫了一壶花雕,然后一边玩着手机一边等待骆大明的到来。

一向准时的骆大明迟到了,当江小鸥七点二十仍没有等到骆大明时,实在忍不住打了个电话,差点儿把他鼻子气歪的是,骆大明接电话的时候居然在睡觉。

本来江小鸥想要好好损一损他的这位发小的,但他见到骆大明的那一刻明显感觉到一种从未见过的异常。

骆大明一脸的倦容,眼睛中布满了血丝,头发也打着绺儿贴在了额头上,一看就是好多天没洗过头了。

江小鸥知道骆大明的脾性,所以也没多问,让服务员把两个热菜端下去重新热了一下,给他倒了大半杯黄酒。

骆大明端起杯子,也没有像往常一样和江小鸥碰一下,就径直一仰脖一口喝干了。

不等江小鸥倒酒,骆大明给自己又满上一杯,又仰脖一饮而尽。一连三杯,当骆大明想要倒第四杯的时候,江小鸥一把按住了他的手。

"大明,我知道你一定是遇到什么事了,你不说我绝对不问,你不是喊我来陪你喝酒的吗?你这样一个人喝有意思吗？"说完江小鸥给骆大明斟了大半杯，自己也倒了满满一杯。二人双目一对，杯子一碰，然后像往常一样，喝完以后杯口朝下，谁滴酒谁罚酒。

两个人就这样你一杯我一杯。不一会儿，菜还没有吃几口，桌子上已经堆了四个空瓶子。服务员进来送热菜的时候，看到桌上的瓶子吓了一跳，没敢说话，悄悄地退了出去。

"小鸥，之前我刚来吴州的时候，你和我说这里的水很深，我当时还不以为然。直到今天，我才明白，你说的是对的。来，我敬你一杯！"喝了半天闷酒的骆大明终于开了口。

凭江小鸥多年的职业经验，他猜到骆大明一定是在工作中遇到了麻烦，但他实在想不通，如果只是工作上的麻烦，不会让骆大明这样的人要借酒来消愁。

江小鸥喝到这个份儿上，感觉有些眩晕，但他心里明白，一定要坚持到最后，照骆大明这样的状态，肯定是要往醉里喝的。

"大明，咱们从小一起光屁股长大，我知道你有心事，如果你相信我，把我当兄弟，就和我说说。能不能帮你解决我不敢说，但至少能有个人帮你出出主意、想想办法啊！"江小鸥看到骆大明的这副样子，有些着急，也有些心疼。

"小鸥，晓燕要跟我离婚！"骆大明说完，双手捂着脸，又深深地扎进头发里。

"啊……"江小鸥张大了嘴，半天没有合上，他设想了一千条骆大明可能在单位遇到的状况，却独独没有往这方面想。

"到底什么情况？"江小鸥意识到了事情的严重性。

"小鸥，我做了对不起晓燕的事，但是我是被人陷害的，你相信我吗？"骆大明红着眼盯着江小鸥。

"大明，这么多年了，你是什么样的人，别人不知道，我还不知道？"江小鸥歪着头看了看骆大明。

"小鸥，你相信我没用，可是晓燕她不相信我呀！"骆大明说完又用双手捂住了脸，痛苦地仰天叹了口气。

正在江小鸥不知如何安慰骆大明的时候，骆大明的手机响了起来。他本不想接，但一看来电，人一下子仿佛清醒了过来。

"喂，大明吗？"

"是我，田书记，有事您指示！"

"哈哈，现在我也不是你的'班长'了，谈不上指示，这个点打电话没打扰到你吧？"

"田书记，瞧您说的，您永远都是我的老领导、老班长，您什么时候指示都方便！"

"嚯，我说大明，这刚到江北还不到一年，说话水平有了明显的提高啊！"

"田书记，您别笑话我了，我骆大明是出了名的嘴笨不会说话，您这是变相地批评我嘛！"

"哈哈哈，大明，我下周要到吴州参加一个会议，方便的话我们见一见！"

"好的，田书记，随时等您电话！"

突来的电话一下子把骆大明从痛苦中拉了出来，来电的正是云港市委书记田正良，他来江北前的顶头上司。

（六）

腊月的吴州，年意渐浓。

各大商场都开始了年货的促销大战，而街头巷尾的小商小贩们则不时地和城管打着游击，贩卖着春联、灯笼、福字、剪纸窗贴，以及各式各样和春节相关的小玩意儿。放了寒假的孩子们则三五成群地或围在摊前挑选着自己喜欢的东西，或在大街上追逐嬉戏，释放着孩童年代特有的童真。

骆大明穿过熟悉的滨江路，步行来到"三四五茶舍"，让他想不到的是田正良书记约他见面的地方竟然会是这儿。

他看了看表，下午六点四十五分，离和田正良约定的时间还差十五分钟。他知道田书记是非常守时的一个人，所以他也养成了一个宁可提前也绝不迟到的习惯。

服务员将他引到包房门口，门口正上方有一个扇形的门匾，上面用行草写了"不铮"二字。这个包厢他来过，正是陈老经常约他对弈的地方。服务员轻轻叩了一下门，然后拉开门，身体微微一躬，示意骆大明进去。

"陈老，说曹操曹操就到，哈哈，我说得没错吧，都说山东人怕念叨,我们云港人也一样哦!"骆大明刚一进屋,就听到田正良和陈老一阵爽朗的笑声。

"田书记,真不好意思,让您先到了!"骆大明站在原地,有些不好意思。

"大明,这不怪你,是我提前了,和陈老约了盘棋!"说完用手指了一下茶案上的棋盘,显然已进入最后的收官阶段,黑白子已密密麻麻布满了整个棋盘。

"田书记,您和陈老……"骆大明有些疑惑,看了看田正良,又看了看陈老。

"哈哈哈,大明,我和陈老是多年的老朋友了,刚才还聊起你,聊起了你的棋!"田正良指了指边上的空座,示意骆大明坐下。

陈老熟练地在茶案上用木夹夹起一个杯子,用开水泡了泡,然后洗了又洗,放在骆大明面前,用滤网滤过茶叶后,透明的壶里是晶莹剔透的茶汤,泛着微微的琥珀色。

"小友,请!"陈老给骆大明斟上一杯茶。

"陈老,愧不敢当,愧不敢当!"骆大明起身向陈老抱了抱拳,以示尊敬。

"你们二位先聊着,我出去安排点儿餐食,失陪一会儿!"陈老说完出了包房。

"田书记,您看您好不容易来一次,于公于私我都应该好好地尽一下地主之谊,您选这么一个地方,让我感觉有些无地自容啊……"骆大明给田正良的杯子里添了些茶,而后端正地坐在椅子上，有些歉意，又有些紧张。

"大明，咱们都是党员干部，不讲那些形式主义，在这茶馆喝喝茶，随便吃点儿茶点，既有利于健康，又不会铺张浪费，有什么不好嘛！"

"书记说的道理我懂，就是心里实在有些过意不去！"

"好了，大明，咱别光在这儿客套了，说说你，在这工作得怎么样？"田正良端起杯子，轻轻呷了一口茶。

"不瞒老领导说，不太好！"骆大明迟疑了一下，欲言又止。

"说下去！"田正良看着骆大明，目光里充满了真诚。

"老书记，说心里话，云港工作的那几年，我在您身上学到了很多，从为人到为官到做事，我始终坚守一个共产党员的本色，从不敢懈怠，更不会忘记当初入党时的那份初心和誓词，全心全意地去工作。可是，我发现在吴州这个地方，我还是无法适应所处的环境，或许是我没有足够的政治智慧，或许是我的能力还无法胜任组织赋予的这个岗位、这份责任……总之，我感觉身心疲惫，和在云港时的状态完全不同……"

"你现在的状态瞒不过我，一定是发生了什么事。如果你还信得过我这个曾经的老大哥，不妨和我说一说！"田正良看着眼前的骆大明，目光如炬。

"老班长，其实除了工作上的问题，还有家里的事，家属这个时候提出要和我离婚！"骆大明说完后，痛苦地用一双大手捂住了脸颊。

骆驼刺

"大明，总书记说过，小事靠勤勉，大事靠担当，难事靠智慧。官场也一样。一个水塘，如果死成千上万条鱼，那是水的问题；如果死了几条甚至几十条鱼，那就不是水的问题，一定是鱼的问题。所以，你不用纠结，你我这条鱼还不是都活着吗！这么多年，以我对你的了解，我相信你一定能处理好工作上的事。还有就是家庭关系，你要弄清楚问题到底出在哪里，别光一门心思扑在工作上，你我都上有老下有小，为人子，为人夫，为人父，总要抽出时间关心一下他们！"

"老书记，我明白了，我来吴州后，遇到了一些人，经历了一些事，让我感到有些失望，一旦权势站在高处，所有真理可能都会沉默。假如一切为了利益，人们或许就会失去灵魂，人生就会失去方向，生活就会失去底线，行为就会失去约束，做人就会失去尊严，道德就会苍白无力，法律就会流于形式……"骆大明见了田正良有些激动，把所有的委屈一股脑儿地给倒了出来。

"大明，有一句话你一定听说过，就是'接受你不能改变的，然后再去改变你不能接受的'。中国还有一个词叫'曲线救国'，当实力不允许的时候，要学会迂回，万万不可强攻，这就是我们中国人常说的'度'，有些时候要学会适可而止……"

"哈哈，你们聊什么聊得这么投入，都饿了吧，我安排了一些素食，我们边吃边聊如何？"陈老换了身深色唐装走了进来，越发显得鹤发童颜。

"我说怎么感觉肚子咕咕叫了呢,这一聊起来就忘记时间了。陈老,那就客随主便,我们俩今天就在您这儿蹭一顿了!"田正良说完又爽快地笑了起来,让骆大明也突然有了一种豁然开朗的感觉。

"陈老,上次来喝茶,记得讲起您这茶舍名字的含义,您还没讲完,今天能不能继续?"骆大明看到茶案下层的那本《易经》,突然想起了那次喝茶留下的疑问。

"小友记性真好,不说我都忘了,当着田书记的面,我也不敢卖弄,那我说说我的理解,不对的地方还请指教。"陈老的仙风道骨里,处处透露着一种哲人的深刻。

"上一次讲到'上'字,'上'字上面加一个竖,就是一个'止'字,'止'字正好有四笔。所谓'止',就是适可而止,任何事情在求上进的过程中,都要适可而止。这个'止'非常重要,因为止不住冲过头,就会导致无法挽回的后果。古人讲:'为人君,止于仁;为人臣,止于敬;为人子,止于孝;为人父,止于慈;与国人交,止于信。'"

陈老的解释正好和田正良的观点不谋而合,让骆大明陷入了深深的思索。

"陈老,还有些时间,不知可不可以再请教一局?"简单地用完餐,田正良看了看表,又看了看边上的棋枰,有些意犹未尽的感觉。

"荣幸之至!"陈老拍了拍手,进来一个服务员,很快就撤下了餐具,重新摆好了棋。

骆驼刺

  骆大明也算得上业余围棋高手，但从田正良和陈老的对局来看，二人的水平显然是伯仲之间旗鼓相当的。

  骆大明看着看着就入了棋，茶舍大厅里传来一阵熟悉的曲子《青海湖》，曲调时而舒缓，时而急促，时而如潺潺的流水，时而如战场上的厮杀。正如唐朝诗人杜甫的诗所写：

    清江一曲抱村流，长夏江村事事幽。
    自去自来堂上燕，相亲相近水中鸥。
    老妻画纸为棋局，稚子敲针作钓钩。
    但有故人供禄米，微躯此外更何求。

第八章　神秘人物

（一）

像往常一样，丁小力回到家中已是晚上八点。没有了母亲的照顾，他还得自己弄吃的，好在他对吃没有什么要求，对于从小家境不太好的他来说，能吃饱就已经很满足了。一包方便面，一个荷包蛋，加上几根油菜叶，对他来说，就是一种难得的美味。

端着一碗热气腾腾的煮方便面，坐在电脑前，一边吃一边上论坛成了他打发晚上时光最好的方式。吴州贴吧上有了一条最新的动态："黑恶势力插手小南门拆迁，幕后后台竟无人敢问津。"发帖人：@愤怒的小小鸟。

在丁小力的眼里，这个"@愤怒的小小鸟"有时像一个正义的侠客，有时又像一个神秘的侦探，因为他总是能捕捉到发生在吴州的一些非正常事件，但他似乎又在刻意隐瞒着自己的身份。在这个当地的贴吧里，总是神龙见首不见尾，但是只要他一出现，一定会有重大的事情发生。

骆驼刺

在"@愤怒的小小鸟"发的这篇帖文里,不仅有着小说情节一样的描写,甚至还有一些配图。其中有一组配图就是一只少了一截指头的大手,充满了血腥和暴力。图片说明就更加吸引眼球:黑恶势力效仿当年乔四爷,一刀剁掉上访户小拇指……

丁小力看完后禁不住嘬了一下牙花子,他越发对这个"@愤怒的小小鸟"充满了好奇,到底是一个什么样的人物。把他前前后后发过的帖文梳理一下就会发现,他所有的矛头几乎都在隐隐指向紫金藤集团。

他突然有些冲动,很想打破他和这个"@愤怒的小小鸟"的网聊状态,哪怕是"见光死",他也想见他一面。恰好今天他的头像亮着,丁小力三下五除二地吃完面,把空碗往边上一推,点开了私聊的窗口:

@小小力量:神秘大侠又现身江湖了呀。

@愤怒的小小鸟:哈哈,不敢不敢!你这会儿也不忙了?

@小小力量:是呀,刚看到你发的帖文,对你的好奇又加重了一分。

@愤怒的小小鸟:呃……

@小小力量:可以知道你是做什么的吗?

@愤怒的小小鸟:无业游民,没有工作。你呢?

@小小力量:我先问的你哟!

@愤怒的小小鸟:我是女孩子嘛,你可不可以绅士一点儿?

丁小力完全没有想到这个充满正义和勇敢的"@愤怒的小小鸟"竟然是一个女孩。

@小小力量：好吧，我是一个无权、无钱、无车、无房的"四无"时代小青年。

@愤怒的小小鸟：哈哈哈，其实你不说我也知道你是做什么的！

@小小力量：我不信，那你告诉我，我是做什么的？

@愤怒的小小鸟：你是一个善良、正义、上进且有骨气的罕见"四有"优秀小小公务员……

@小小力量：……

丁小力惊得下巴差点儿掉下来，推了推眼镜，定了定神，他似乎怀疑坐在电脑另一端的是不是一个真实存在的女孩。

@小小力量：我可不可以见见你，我们都聊这么久了，既然你已经知道我了，可不可以给我一个了解你的机会？

@愤怒的小小鸟：现在还不是时候，但我可以答应你，我们一定会在现实中见面的。我还有事，我要走了，回聊。

"@愤怒的小小鸟"下线后，丁小力坐在电脑前怅然若失。拿起碗到厨房里洗干净，脑海里再次浮现"@愤怒的小小鸟"发的那张有些血腥的图片，似乎提醒了他些什么，于是他决定去王福军家看一看。

小南门城中村内一片漆黑,与周边的灯火通明形成鲜明的对比。丁小力不得不打开手机的手电功能,照着路往里走。北风从胡同的深处迎面扑来,透过脖领,冷得他忍不住打了个哆嗦。

借着微弱的光,可以隐约看到胡同两侧民房上大大的"拆"字。脚下有块砖头绊了丁小力一个趔趄,险些让他把手中的手机给扔出去。路边垃圾箱里突然蹿出一只黑猫,嗖的一声落荒而逃……

这是丁小力参加工作以后第一次走这样的夜路,这种只有在电视剧里才能见到的场景让他的心怦怦直跳。他用力往上拉了拉羽绒服的拉链,直到拉到脖子下面的最高处,仍然心有余悸,内心纠结着要不要继续往前走下去。

正在纠结的时候,他听到一阵脚步声从胡同口那边传了过来。丁小力一下子警觉起来,连忙关闭了手电功能,顺势往边上的墙角靠了靠。脚步声渐近,隐约可以听到他们说话的声音,但是说些什么无法听清,只隐约听到是那种比较浓重的东北口音,和电视里的小品的声音几乎没有区别。

几个人影渐行渐近,从脚步声判断应该是四五个人,其中有两个人已有明显的醉意。

"哥儿几个,等我一下,我放个小水!"其中一个人走到离丁小力四五米的距离,解开裤子就冲墙上哗哗地尿了起来。

第八章 神秘人物

"我说铁子,你才喝了几瓶,就憋成这个德行,肾不行了吧!"其中一个同伴拍了一下他的肩膀,有些淫荡地笑了起来。

"滚犊子,你的肾才不行了呢。"两个醉醺醺的人你一句我一句地打着嘴仗,这时旁边有个操着本地口音的人说话了。

"我说你们两个别废话了,马上过春节了,王福军一家你们到底能不能搞定?如果你们搞不定,我没法儿和老板交代,你们的年也别想好过!"丁小力看不到这个人的具体样子,只是感觉是一个非常熟悉的声音,却一时想不起来是谁。

"胡队,您放心,这点儿小事我们再搞不定,就不配吃这碗饭!上次已经教训过他了,我就不信这小子还敢跟我们拉硬!"撒尿的醉汉一边提着裤子一边表着态,从言谈里可以听出对操着本地口音的人充满了畏惧与谄媚。

"你们别光表态,这事你们要办不漂亮,可别怪我翻脸不认人!"本地口音的人话里透着一份命令式的威胁。

"胡队,您就放心吧,一会儿就看我们哥儿几个的,这一次再搞不定,我们也没脸在吴州这个地皮上混了!"另一个醉汉补充了一句。

"你俩他娘的说话注意点儿,什么胡队胡队的,这事跟胡队有什么关系?记住,这是你们的事,和胡队没关系,记住没?"人群里又传来一个人的说话声,同样操着本地人的口音。

"李哥批评的是，我们下次注意……"两个醉汉似乎清醒了一些。

"那你们快去办吧，记住，办得干净利索，别给我留擦屁股的事！"

"那是必须的，您就等我们哥儿几个的好消息吧。张龙、张虎、二疙瘩，咱们走！"说完人群中又走出两个人，四个人摇晃着向胡同深处走去。

"胡队，我先送您回去吧，这儿有我就行了，如果王福军报警，我们接警好和他们几个有个配合！"说完一个人掏出火机，给另一个人点燃了一支烟。

借着微弱的光，丁小力看清了这张似曾相识的脸，不由得倒吸了一口凉气。

（二）

自从骆大明从云港回到吴州后，妻子温晓燕仍是拒绝接听他的电话，这让他非常痛苦。他非常了解妻子温晓燕的为人，对于这样的事情她是绝对不肯原谅自己的。但那几张照片，骆大明自己也无法确定是在什么时候被人拍下的。唯一可疑的就是和兰玺光参加的那个有蒋一曼和伍为民在场的饭局。本来兰玺光说要去看生病的伍为民，结果伍为民不但没生病，反而出现在那个奇怪的饭局上，而他莫名其妙地断片儿，正说明那天晚上应该是一场早有预谋的圈套。

可是他们从哪里得到温晓燕的地址的呢？他们把这样的照片发给她又有什么真正的用意？这正是骆大明一直无法想通的。上次他叫江小鸥吃饭的时候，就想把这件事好好地分析一下，但被田正良的电话给打断了。从那以后，他再也没有勇气和江小鸥提起这事了。

距离春节还有最后的两周。又到了周末，每每这个时候都是骆大明最为难熬的时候。想回家，但又不知如何面对父母和妻儿；留在吴州，又不知如何打发这漫长的四十八小时。

或许是和江小鸥心有灵犀，当骆大明正在拿不定主意是否要给他打个电话的时候，江小鸥的电话就来了。

"大明，干吗呢？"

"刚到家，怎么了小鸥？"

"这不马上就要过年了吗，年前大家都挺忙，你和沐月离乡背井的，我这不想叫上你们年前聚一聚嘛。本来这周要出差北京的，临时改变了行程，这周如果不聚下周估计就没机会了。所以先打个电话问问你的时间，如果你可以我就问下沐月，择日不如撞日，今天如何？"江小鸥不愧是一名老记者，说话语速就像机关枪一样。

"我没问题，你问下沐月吧，如果她也有时间，就来我家吧，上次在她家，这次我来下厨吧，正好今天周末，大家可以放松一下！"骆大明一直想回请一次，正愁找不到合适的机会，江小鸥的突然来电，正好给了他一个比较充分的理由。

"就这么定了，你等我两分钟！"江小鸥快速挂了电话。

趁这个间隙，骆大明在思考如果来他这儿吃什么，冰箱里有鸡蛋和几个放了很久的西红柿，另外还有几包方便面，除此之外没有什么了。叫外卖好像显得差点儿意思，如果现采购恐怕时间来不及，这可让他真有些犯难。

正在犹豫的时候，江小鸥的电话又来了。

"大明，看来今天是个注定聚会的日子，沐月刚好也没有安排，她离你家近，估计二十分钟就能到，我预计最多四十分钟也能到。你先想想我们吃什么吧，反正我今天就当甩手掌柜了，除了一张嘴，我可什么也不带……"江小鸥奸笑着挂了电话。

江小鸥的电话刚挂，江沐月的电话就打了进来。

"大明，我猜你一个大男人家里什么也没有吧，我和江小鸥总不能陪你一起吃方便面吧！"

"沐月，你电话来得正好，你这么一说，我真的不好意思了，还真就被你说中了，我们家除了方便面真的什么也没有！"江沐月一语破的，骆大明窘得有些不知所措，但他一下子也轻松了，因为他知道江沐月既然这么讲，就一定是有了解决方案。

"大明，天冷了，我想吃火锅了，正好我家有个电磁炉，我就带上了，顺便还买了些新鲜羊肉，调料我也准备了，你就到楼下超市准备点青菜就可以了！"江沐月的提议无疑帮了骆大明一个大忙。

江小鸥进门的时候，江沐月早已帮骆大明准备完毕，系着围裙正在厨房和客厅忙得不亦乐乎。如果不知道的，还以为她和骆大明是默契的两口子。但江小鸥是不敢开这种玩笑的，因为他既知道骆大明目前的家庭危机，更知道江沐月的家庭不幸，所以他也一直没有告诉骆大明关于江沐月的一些真实情况。当然，关于骆大明最近的状况，江沐月同样一无所知。

事实上，江沐月的现实生活并不是外人看到的那么光鲜。她不仅拥有美丽的外表，让人羡慕的国家机关的工作，还有一个高富帅的老公。但二人婚后三年一直没有生育，一向大男子主义的老公开始怀疑是江沐月的问题，不但拒绝去医院检查，还逐渐开始对江沐月实施家暴。为了证明自己的清白，江沐月独自去医院做了检查，检查结果证明江沐月完全正常，有问题的是她的老公而不是她。

当江沐月拿出她的检查结果时，恼羞成怒的老公不但没有认错，反而变本加厉。为了保住两个家庭的颜面，江沐月选择了和平分手。当组织上知道她的状况时，破例安排她到江北挂职锻炼。对于江沐月这样要强的女人来说，她就是把这件事烂在肚子里，也不会主动跟别人说起。知道这个秘密的，也仅有江小鸥，因为江沐月要向家人隐瞒这件事，就必须依靠江小鸥的掩护。

三个人虽然都有各自不同的烦恼，但聚在一起还是会暂时放下那些无法回避的痛苦。人之所以需要友谊，大抵就是一种情感或心理的慰藉和需要。

清汤夹杂着葱、姜和香菇在快乐地吐着泡泡，豆腐、青菜和鱼丸等在热气腾腾的火锅里上下翻滚，整个客厅里弥漫着一种肉菜调料混杂的味道。室内外的巨大温差，在窗户上形成了一层朦胧的雾气。

　　江沐月脸色绯红，或许是不胜酒力，或许是屋里的温度太高。江小鸥和骆大明一边不时地斗斗嘴，一边不忘给江沐月的盘子里夹些涮好的豆腐，江沐月喜欢吃豆制品，江小鸥是肉食动物，骆大明则比较偏好青菜，三个人的组合依旧非常默契，一如当年年少的时候。

　　"大明，在你家里请客，酒还不管够吗？"江小鸥指了指地上的一堆空啤酒瓶。

　　"小鸥，大冬天的喝冰啤酒我可陪不了你！"骆大明感觉啤酒快要灌到嗓子眼儿了，仿佛再喝一口就要溢出来，肚皮鼓得像极了一个刚充满气的皮球。

　　"你们俩要不喝点儿黄酒吧，暖胃还养颜，冰啤酒喝着虽然痛快，但胃受不了！"江沐月示意她的黄酒还有大半瓶。

　　"得得得，你俩别说了，我自己下楼买，我自己喝总行了吧！"江小鸥似乎有什么心事，执意要继续喝啤酒。

　　"还是我去吧，不然我在你这儿又落一个话柄，说我请客不管酒！"骆大明摁住江小鸥，穿上外套下了楼。

　　"小鸥，你怎么了，干吗非要喝？"江沐月有些不解地看着江小鸥问。

　　"沐月，其实不是我真想喝，我是想让大明释放一下，最近他不仅工作上不太顺，家庭也出了点儿问题！"江小鸥说完叹了口气。

第八章　神秘人物

江南山水八　刘明杰绘

"工作上的事我知道,家庭有什么事?"江沐月焦急地把椅子往江小鸥这边拉了拉。

"最近在闹离婚呢!"江小鸥说完就意识到失言了,下意识地抽了下自己的嘴巴。

"啊,真的吗?"江沐月张大了嘴,有些不敢相信自己的耳朵,但她的心里却掀起了一个小小的波澜。

"沐月,一会儿大明回来你可千万别提这事呀,大明的性格你是知道的!"江小鸥非常后悔刚才的口无遮拦。

"嗯,我知道。"江沐月也不知内心是一种怎样复杂的情感,心里就像有一只小兔子,一直在扑通扑通跳个不停。

(三)

正当江小鸥、骆大明和江沐月三人在家吃着火锅唱着歌的时候,紫金藤集团企业文化中心四楼的包厢内,也正上演着春节前的狂欢。

兰玺光、杨健、胡新标等人各拥美女,和蒋一曼如众星捧月般围坐在吴有文的身边。桌子上的菜根本就没动几口,但从服务台上的茅台酒空瓶和众人的状态来判断,这些人已经喝到了相当亢奋的状态。

胡新标一只手搂着边上一位美女的腰肢,一只手端着酒杯送到她的嘴边。

"来,宝贝替哥喝了这一杯,有奖励哦!"

美女半推半就地抿了一口，又把酒杯推到胡新标的嘴边。

"你好坏呀，哥哥，你把妹妹灌醉了，你想干什么……"

"宝贝，我想干什么，你就让我干什么……"

"讨厌，你真坏！"姑娘佯装生气，娇嗔地推了胡新标一把。

"咳咳咳……"

吴有文放下酒杯，看了看胡新标，假装咳嗽清了清嗓子，酒桌上瞬间就安静了。他扫视了一下四周，看得大家心里发慌，然后却又表情一转，径自哈哈笑了起来，大家一下子不知发生了什么，却又不敢问。

"大家不要紧张，快过年了，我突然想起一个笑话，给大家活跃一下气氛。我讲个段子，你们如果有更好玩的，也拿出来讲讲！"吴有文放下酒杯，用香巾擦了擦额头上的汗，服务员马上把用完的香巾接了过去，随后又换了块新的。

所有人都把目光投向了吴有文，吴有文不紧不慢地用香巾擦了擦手，用那双似乎没人能看透的小眼睛警惕地环顾了一下四周，又看了看身后的两个服务员。两个服务员识趣地退出了房间，轻轻掩上了房门。

吴有文半荤半素的段子惹得众人哈哈大笑，就连蒋一曼也笑得花枝乱颤。起初坐在胡新标边上的美女似乎没有反应过来，过了好一会儿才明白过来，竟笑得扑在胡新标的身上……

在酒精的作用下，胡新标竟大胆地将手从姑娘低开胸的领口伸了进去。

这一细节并没有逃过蒋一曼的双眼，她有些鄙夷地看了胡新标一眼，端起了酒杯。

"那我也讲一个，谁笑谁喝，不笑我喝，如何？"蒋一曼说完看了看吴有文，又看了看兰玺光和杨健。

"没问题，快讲吧，我们洗耳恭听！"一瞬间，酒桌上又恢复了安静。

"话说有一个年轻貌美的女孩子，因家境不好，嫁给了一个窝囊废老公。这老公不但没有颜值，更没有能力，赚钱也没有女孩多，因此女孩一直瞧不上自己的老公，于是就和单位领导有了私情，送了老公一顶大大的'绿帽子'。时间久了，关于老婆红杏出墙的绯闻就不断地传到老公的耳朵里，老实的老公却又管不了自己的老婆，婚也不敢离……"

说到这儿，蒋一曼停了下来，也学着吴有文的样子，用香巾擦了擦手。

"接下来呢？"胡新标好奇地瞪大了眼睛问道。

"就你急，容我喝口水！"蒋一曼又慢条斯理地端起茶杯，轻轻抿了一口茶。

"这后来，老公就想了一个办法，去找老婆单位领导的老婆评评理，于是就找到了领导的老婆，就把自己老婆和她老公的事一五一十地全说了。领导的老婆听了后，半天才说：'我们都是受害者，我们得商量一个办法解决这个问题。'"

蒋一曼接着又卖了一个关子，不紧不慢地喝了一口茶。众人都竖着耳朵等着蒋一曼的下文。

"到底是什么解决方案呢？你们猜！"

"哎呀，我亲爱的蒋总，亲爱的舅妈，您就别卖关子了，快说吧！"快嘴胡新标一声"舅妈"脱口而出，突然看到吴有文冷冷的眼神，连忙捂住了嘴，不敢再作声。

"领导老婆说：'要不这样，咱们俩也出轨一次，报复他们一下如何？'男的想了想：还有这么好的事，反正自己也不吃亏，于是就答应了。随即二人宽衣解带……"

"这就完了？"不长记性的胡新标又说话了。

"当然没有，结束之后，领导老婆又和这男的商量：'我现在还不解恨，要不咱们多报复他们几次吧？'谁知男的听完后，都快哭了，然后说了一句话……"

"什么话？"大家异口同声地问。

"男的哭着说：'我现在已经不恨他们了……'"

先是一阵短暂的沉寂，随后兰玺光和杨健哈哈大笑起来，居然连眼泪都笑了出来。

"这个笑话笑点有些高，不是所有人都听得懂，二位喝酒吧！"蒋一曼端起酒杯，看了看兰玺光，又看了看杨健，直到二人将杯中的酒一饮而尽。

而这个时候，没人注意到吴有文的表情，他眼角的肌肉突然抽动一下，虽然有些不快，但他仍未动声色。

细心的兰玺光似乎觉察到了什么，连忙端起了酒杯。

"书记,我再敬您一杯,我们都期待您明年的好消息!"

"玺光,你我之间不用这么客气,那个叫骆大明的最近怎么样?我上次说的先给点儿颜色看看,你们办了没?"

"放心,书记,已经办了,先给他点儿颜色,识趣的站队过来,不识趣的……"兰玺光右手端着酒杯,左手竖起手掌,做了一个"杀"的手势。

(四)

2月2日,星期四,农历腊月二十四,传统习俗的小年。南方的小年和北方差一天,通常情况下,北方的小年比南方早一天,即腊月二十三。

《后汉书·阴识传》:"宣帝时,阴子方者,至孝有仁恩,腊日晨炊而灶神形见,子方再拜受庆。家有黄羊,因以祀之。自是已后,暴至巨富……"从此,祭灶风俗就流传下来。唐宋时改为腊月二十四祭灶,元明沿袭旧俗,清朝改为"官三民四船家五",也就是官府在腊月二十三日,一般民家在二十四日,水上人家则为二十五日举行祭灶。后来北方民间逐渐演变为二十三祭灶,南方仍沿旧习。

一大早,丁小力就接到母亲的电话,说东家提前给她放了假,问丁小力有没有时间去接她,她做家政的那个地方在近郊区,乘坐公交车不是很方便。

"妈,现在是上班的时间,不是很方便,中午可以吗?"

丁小力不想占用工作的时间，所以在电话里和母亲商量。

"可以的，可以的！以你的工作为重，妈这边不要紧，找你方便的时间！"母亲在电话那端连连嘱咐儿子，生怕给他添麻烦。

中午十一点半到下午一点半，是江北机关单位午饭和休息的时间，利用这两小时的时间去把母亲接回来，时间还是比较充裕的。丁小力提前约了辆网约车，就按照母亲提供的地址出发了。

导航显示，母亲给出的地址距省信访局33.7公里，位于吴州市东郊的东湖高档别墅区，边上就是当地赫赫有名的金澜高尔夫球场。上了车，丁小力给母亲打了电话，告诉她大概四十分钟就可以到，让她掌握好时间。

大街上的车辆明显比平时少了很多，或许是快要过年的缘故，平时经常拥堵的吴州城这几天交通出奇的顺畅。刚上车时导航上还显示一段红色，很快就变成了绿色，车子不到半小时就驶进了定位中的"金澜墅"小区。

车子到了门口，被一个保安拦了下来。

"先生要去几号楼？"保安看了看车子，虽是礼貌地问了一句，但丁小力能从他的眼神里读到一丝不屑。

"18栋，接人。"丁小力打心眼儿里非常厌恶这种势利眼的保安。

"对不起，先生，非本小区车辆不能进入。您接人要登记一下，可以步行进入。18栋离门口不远，进门右转，湖边第一栋就是。"

"师傅,您把车停在路边,稍等我一下,我很快就出来!"丁小力不想把时间浪费在这个狗眼看人低的保安身上,和司机打了个招呼,下了车,配合保安做了登记,从侧门进入了小区。

进入小区,丁小力不由得暗暗吸了口气,难怪说贫穷会限制一个人的想象。

这是一个典型的江南园林式的别墅院落,除小区一进门是联排别墅外,往里走全部是独门独院的建筑,每一个院落都有不同的设计,但整体风格都是门前翠竹掩映,门后白墙青瓦,嶙峋的太湖石在洞开的月亮门里或隐或现,移步换景中,让人感觉来到了另外一个世界。

正如保安所说,18栋院落位于湖畔最显眼的一处。宽敞的门前停了两辆车,其中一辆是白色,流线型的设计异常漂亮,但车标他并不认识,是一对展开的翅膀,中间有一个大写的字母"B"。丁小力并不懂车,除了奥迪、大众这样的品牌他知道以外,他见过的最高端的车莫过于奔驰和宝马了。眼前的这辆车他还是生平第一次见,不过他确信这辆车价格不菲。

白色的车旁边停了一辆黑色的奥迪,这个车他是认识的。无意中他看了一下车牌,感觉这个车怎么这么熟悉……

正在纳闷之际,院子的门打开了,里面先后走出了几个人。丁小力使劲瞅了瞅,以为看错了人,他摘下眼镜,又仔细看了看，吓了一跳，竟下意识地想要找个地方躲起来，幸好旁边有棵高大的桂花树，他一个转身躲在了树后。

从院里走出来的不是别人，正是兰玺光，省信访局的一把手。

跟在兰玺光身后的是蒋一曼，而后是一个管家模样的人，最后面出来的是两个衣着朴素的中老年女人，手里正提着一堆礼品盒。司机连忙从车里下来，打开后备厢，一件一件地往里装。

不一会儿，东西装好，兰玺光握了握蒋一曼的手，耳语了几句，就哈哈笑着上了车。丁小力并没有听清他们说了些什么，眼前的这一幕让他的大脑一时陷入了混乱。

当几个人进了院子，门前重新恢复安静的时候，丁小力才想起给母亲打个电话。不一会儿，母亲拎着一个手提包，急匆匆地从院子里走了出来。

"妈，这家人待你怎么样？"上了车，丁小力迫不及待地问了一句。

"小力，你不用担心我，这家人挺好的。家里女主人不是天天在，男主人好像更忙，我来半个多月了，也只见过一次。"

"那平时都做些什么活儿，累不累？"

"女主人在城里还有一栋别墅，有时也会安排我到那边收拾一下。他们不用我做饭，也不用我洗衣服，我每天的工作就是把所有房间的地面卫生搞一下，闲的时候，再帮着女主人打理一下花花草草。偶尔女主人会在家里请人吃饭，我偶尔也帮着端个盘子洗个碗什么的……"从母亲的言谈中，丁小力感觉到她似乎对这份工作非常满意。

对于丁小力的母亲来说，一个人含辛茹苦地把儿子培养成人，如今虽然她已经老了，但也算是给了九泉之下丁小力的父亲一个交代。她深知儿子一个人在城里生活得不易，尽管工作体面，人人羡慕，但是毕竟自己没有给孩子留下一份殷实的家业。对于并没有一技之长的她来说，幸亏有同乡的推荐，才能有眼前这样一份工作，而且收入也不错。在一个朴实的农村妇女眼里，这可不就是上天的眷顾吗？

但是丁小力的内心却是充满了惶恐不安，如果当初他知道母亲要去做保姆的这家的雇主是蒋一曼的话，他是说什么也不会同意的。可是这次的意外发现，他也无法和母亲说出自己的担心。

"怎么了小力？是哪儿不舒服？"

细心的母亲发现自己开心地和儿子说了半天，丁小力不但没有作声，而且还一脸的凝重。会不会是儿子心疼自己，不希望自己去做工呢？丁小力的母亲坐在车里，看着车窗外这座繁华的城市，有一种从没有过的高兴和满足。

（五）

农历腊月二十八，天空中飘着阴冷的细雨，街上大部分商铺已经停业，只有个别的小店还在营业中，显得格外冷清。

坐落在云港市中区的公务员小区，偶尔会升起一簇烟花，照亮了阴霾的天空，时不时地也会响起零星的鞭炮声。小区里除了几个贪玩的孩子，也是静悄悄的。如果不是灯光照亮的阳台上的大红灯笼及各式各样的剪纸，让人丝毫感觉不到过年的气氛。

骆大明一手拎着笨重的行李箱，一手提着给双方老人、妻子和儿子的大包小包的礼物，步履艰难地出了电梯。走到家门口，放下行李，骆大明擦了擦额头上冒出的汗珠。

门铃按了半天也没有反应，骆大明突然就有一种不好的预感，从包里翻腾了半天，幸好还有家里的钥匙。打开房门，家里黑着灯，眼前的一切说明家里已经好久没有人住过了。

他打开灯，把行李一一搬进家里。家里一切如故，熟悉的客厅，熟悉的厨房，熟悉的儿子的儿童房……当然，家里还有一间是客房，是骆峰的爷爷奶奶或者外公外婆到家里来小住时的专属房。房间里的那把老藤椅，依然静静地躺在靠窗的位置。只是在这一刻，曾经那些家庭的幸福和欢乐，被眼前的静寂所替代。

骆大明心情沉重地回到卧室，一屁股坐在床上，床头上是儿子一周岁时一家三口的合影，妻子温晓燕那时身材还没有完全恢复，有些微胖。儿子骆峰刚好是最好玩的时候，圆嘟嘟的小脸，机灵的大眼，加上白嫩得像莲藕一样的小胳膊，一只手搂着妈妈,一只手搂着骆大明,如米其林轮胎一般的双腿,像哪吒一样盘坐着,正对着他如天使一般地笑着……

骆大明叹了一口气,一个原本温馨、幸福的家庭,被突如其来的三张照片瞬间就给摧毁了。妻子直到现在都不肯接他的电话,而且在春节这样一个重要的节点,似乎并不想给他一个回家的机会。

温晓燕的电话终于接通了。

"你有什么事?我在上班呢。"妻子温晓燕在电话那头冷冷地说。

"晓燕,我刚到家,家里没有人,我给咱爸买了一件大衣,给咱妈买了双鞋,给你买了条项链,还有骆峰一直想要的平板电脑、耐克鞋……他们都在哪儿呢?"妻子突然接听了电话,让骆大明心里略感宽慰。

"大明,今年春节我带骆峰在我爸我妈那边过,爷爷奶奶那边我前天已经去过了。今年春节院里人手紧张,我要值班,我也和他们说了,你刚到江北,可能值班也回不来,所以,春节你可以不用回家……"

"晓燕,咱们夫妻这么多年,请你相信我,能不能给个机会我们谈谈,就算为了骆峰,为了双方的父母,好吗?"骆大明生怕温晓燕会随时挂断他的电话,把心中最想说的话一股脑儿地说了出来。

"大明,咱俩之间的事我会和你谈的,但不是现在。年前医院的事比较多,我也想冷静冷静,你还是先回吴州吧!我要工作了,再见!"

温晓燕说完挂了电话,骆大明握着手机呆坐了半天,卧室里静得出奇,他甚至可以听到墙上挂钟发出的嘀嗒嘀嗒的声音。

已经是晚上十点了,骆大明的肚子咕咕叫了几声,他这才意识到自己还没有吃晚饭。厨房的冰箱里已被收拾和清理得干干净净,更加表明了女主人在决定离开之时没有很快回来的打算。

他此刻很想去岳父母家里看一下,但是他又怕他们看出他和温晓燕的危机。当然,还有儿子骆峰可怜巴巴的眼神,更让他不知如何去面对。下了楼,出了小区,走在寂静的大街上,他竟有些不知何去何从。

小区南门,过了街角的转弯处有家叫作"雕刻时光"的咖啡馆,骆大明记得以前和温晓燕谈恋爱时就经常光顾这里。天空中的雨似乎小了一些,湿润的空气中带着些许咸腥的味道,没想到十几年了,这家咖啡馆竟然还开着。

走到门口,熟悉的霓虹,淡雅的音乐,一切似乎还是老样子。骆大明站在门口犹豫了一下,最终还是推开门走了进去。或许是临近春节的缘故,咖啡厅里并没有几桌客人,服务员见有客人光顾,连忙微笑着过来打招呼,并指引骆大明在一个临窗的座位坐了下来。

"先生,您先看下单子,可以扫码下单,也可以人工点单,有什么需要您随时叫我!"服务员递给骆大明一个精致的价目单，然后冲他微微一笑便走开了。

其实，骆大明并不喜欢咖啡，他也不懂咖啡，当年他们之所以经常来这家咖啡店，是因为温晓燕喜欢，而且她是一个特别喜欢安静的人。当然，还有一个重要原因是这家咖啡馆正好处在温晓燕家和她工作的医院中间的位置，一东一西，步行分别都是十五分钟左右的距离。因为温晓燕是做护士工作，经常会上中班或夜班，因此这家咖啡馆可以说见证了他们俩最初的恋情。

在所有咖啡列表里，骆大明只知道卡布奇诺和摩卡两种，因为前者是温晓燕一直钟爱的，后者是温晓燕每次给他必点的。咖啡厅另一个角落里坐了一对情侣，两个人正在窃窃私语，男孩子偶尔会轻轻地刮一下女孩的鼻子，目光里是满满的柔情蜜意。

骆大明眼窝一热，在这个寒冷的夜晚，这一幕让他一下子有了一种意外的温暖。不禁让他想起当年和温晓燕约会的那段日子：骆大明总是先在医院门口等待温晓燕下班，然后两个人坐在这里喝杯咖啡，然后聊到咖啡馆只剩他们两个人，他们才会依依不舍地离开⋯⋯

服务员端上来两杯咖啡和一小份干果，放在了骆大明的面前。

"先生，您是两位吗？"服务员看着骆大明不解地问。

"不是，就我一个！"骆大明迟疑了一下，冲服务员尴尬地笑了笑。

"好的先生,您慢用,有事请随时叫我!"服务员把账单放在了桌子上,然后礼貌地离开了,疑惑的眼神似乎在说,一个人为什么要点两杯咖啡?

一杯卡布奇诺放在他的对面,一杯摩卡放在自己这一边。

"晓燕,以前总是你请我喝咖啡,来,今天我请你!"骆大明看着空无一人的对面温柔地说,仿佛温晓燕就坐在他的面前。

这一幕,正巧被窗外的温晓燕看得一清二楚,她下班经过此地,不愿意回家的她本想进来发会儿呆,竟没想到骆大明会一个人坐在这里。

她抬头看了下阴森的天空,默默流下了两行泪水。她最终没有进去,闭上双眼,呼吸了一下冰冷的空气,然后一转身,走向了夜色的深处。

第九章　再次误会

（一）

2月8日,农历腊月三十,这是中国人一年中最为重要的一个日子,俗称"大年三十",又叫"除夕"。

除夕是除旧布新、合家团圆、祭祀祖先的日子,与清明节、中元节、重阳节一样是中国民间传统的祭祖大节。除夕在国人心中是具有特殊意义的,这个年尾最重要的日子,漂泊再远的游子也要赶着回家和家人团聚。

这一天的吴州,虽然天空有些阴霾,但一大早,无论上班还是不上班的人们,都沉浸在浓浓的节日氛围中。眼前的这一幕不禁让人联想起北宋著名文学家王安石的一首诗:"爆竹声中一岁除,春风送暖入屠苏。千门万户曈曈日,总把新桃换旧符。"平日里熙熙攘攘的大街上已是冷冷清清,但家家户户的门前则是挂灯笼的挂灯笼,贴春联的贴春联,一片喜庆热闹的样子。

骆大明没有心思感受这种假日带来的喜悦,他甚至不知道自己是怎么从家走到办公室的。坐在办公桌前,打开电脑,盯着屏幕发了半天呆,直到办公室主任黄远辉敲门他才回过神来。

"骆局,值班期间各种应急和保障工作都已安排好,今天中午食堂给职工安排的是四菜一汤,晚上安排的是年夜饭和饺子,您看还有什么要交办的,我马上安排。"黄远辉一边说,一边把两盒速冻饺子和两盒铁观音放在骆大明的桌上。

"远辉,辛苦你了,我知道你老家也不在吴州,快回家过年吧,这几天我都在,有什么事我盯着就行了!这是什么?"骆大明指着桌上的东西问。

"骆局,我知道您一个人在这儿值班不方便,我个人给您备了点儿速冻饺子和茶叶,您别嫌弃……"黄远辉生怕骆大明不肯收,连忙解释了一下。

"好吧,远辉,饺子我收下了,茶叶你拿走,回家给亲戚朋友是个心意!"黄远辉的到来让骆大明有些感动。

"骆局,您就别推辞了。自从您来咱局以后,您的人品和能力大家都有目共睹,我是心疼您,这也不是啥值钱的东西,只是我个人的一点儿心意,您如果不收下,我这年都过不好!"

"远辉,你如果是这么说,那我收下了。那你就别在我这儿耽误时间了,快回吧!"黄远辉的话说得情真意切,骆大明也不好再推辞。

省纪委的办公楼里,江沐月和骆大明一样,正一个人坐在办公室里发呆。自从她和丈夫协议离婚来到吴州后,她的生活中就没有了家。所以，节假日在别人的眼里都是非常期盼的，但对于她来说，每每节假日却是她最为难挨的时刻。似乎只有值班，才能让她暂时忘记家庭的崩塌带给她的孤独和无助。

她很想给骆大明打一个电话，但拿起手机，犹豫了半天，终究没有拨打出去。

丁小力扎着围裙，正在自己小而温馨的家里收拾着，母亲则在一边准备着年夜饭的食材。自从他到省城工作以来，母亲每年都来陪他过年，家乡的习俗一点儿也没有改变，大年三十最重要的一个环节就是祭祖。

中午时分，母亲和往年一样，毕恭毕敬地把供桌在客厅摆好，摆好祖宗牌位，在一个小茶杯里装上大半杯小米，随后在里面插上三炷香，用火柴小心翼翼地点燃。然后又用四个碗分别盛上鱼、豆腐、猪肉、米饭，三个碟里分别装上点心、橘子、苹果，最后再摆上两个杯子，分别盛了一杯茶、一杯酒。

母亲虔诚地准备完毕，面向南跪了下来，烧了几张黄表纸，磕了三个头，嘴里也不知默念着什么。丁小力虽然并不接受这些传统的风俗，但他也不反对母亲这样做，因为他知道无论怎样反对也无法改变母亲的认知，不如就依了她。就像他的一些行为母亲也无法理解一样，人总是需要精神寄托的，只不过是方式不一样罢了。

窗外开始响起噼里啪啦的鞭炮声，这些例行的规矩每年都会在他们母子俩简单而又快乐的气氛里走个过场。今年的母亲显得格外高兴，饭桌上的话似乎比其他任何一年的都要多一些。

"小力，你别嫌妈唠叨，你看你大学毕业参加工作也好几年了，咱们家的日子不和人家那些好的比，和自己比也是一天好过一天……"母亲一边说，一边给丁小力的碗里添了一个鸡翅尖。作为母亲，她是最知道自己儿子爱吃什么的。

"妈，您不用说我都知道接下来您要说什么！"丁小力有些不好意思，他心里当然清楚，母亲这几年一直惦记的就是给她找个儿媳妇带回家。

"既然你知道妈最想要的是什么，那也没见你行动呀！"母亲见丁小力有些不好意思，也不好直接点破。儿子的性格从小就是这样，腼腆得像个女孩子。

"妈，您放心就是，我将来一定给您娶一个孝顺、懂事的儿媳妇！"丁小力难得见母亲心情这么好，大过年的自然也不想扫母亲的兴，索性让她开心一下。

吃完饭，母亲开始张罗年夜饭，丁小力想要帮忙，却也插不上手，只好回到房间打开笔记本用上网打发一下难得的休闲时光。熟悉的吴州贴吧，熟悉的人恰好同时在线，这让丁小力感到格外亲切。

@小小力量：真巧，你也在啊？

@愤怒的小小鸟：是呀，新年快乐！

@小小力量：新年快乐！

@愤怒的小小鸟：过年没出去吗？

@小小力量：没有，就在吴州，你呢？

@愤怒的小小鸟：我也在吴州。

@小小力量：年三十还有时间上网的人，一定是家里最受宠的！

@愤怒的小小鸟：为什么这么说？

@小小力量：因为不用帮家人干活呀！

@愤怒的小小鸟：……过年对大多数人来说是一件值得期待的事，但对我来说却不是！

@小小力量：怎么了，是不是我说错什么话了，为什么这么说呢？

@愤怒的小小鸟：我原本有一个亲人，可是前几年突然离我而去，现在我是真正的"孤家寡人"！

@小小力量：对不起，我不是有意的！

@愤怒的小小鸟：没事，都过去好多年了，我都习惯了。

@小小力量：其实我也是单亲家庭，父亲在我很小的时候就因为意外去世了，只有母亲和我相依为命……

@愤怒的小小鸟：嗯，我知道！

@小小力量：你怎么会知道？

@愤怒的小小鸟：呃，我的意思是我知道这个世界上一定有和我同病相怜的人。

@小小力量：吓我一跳，还以为你是我现实中认识的人呢!

@愤怒的小小鸟:哈哈,或许哦!

@小小力量:哈哈,那我得见见你,请你喝咖啡?

@愤怒的小小鸟:咖啡我不喜欢,我比较喜欢喝茶!

@小小力量:年轻女孩子很少有喜欢喝茶的,你一定是个很特别的女孩!

@愤怒的小小鸟:一定会有机会的,我有事先下了,回聊,拜拜。

"@愤怒的小小鸟"下线以后,丁小力心情有些复杂,让他开心的是和这个女孩彼此的感觉仿佛更进了一步,让他失落的是这个神秘的女孩背后似乎隐藏着一个深深的秘密,让他渴望走近,却又很难靠近。他曾一度为自己的家庭感到自卑,但今天她主动敞开心扉,给一直有着强烈自卑感的他带来了一种被信任的力量。

这让丁小力突然有一种莫名的激动,他第一次有一种发自内心的感觉:过年真好!

(二)

骆大明在食堂陪所有值班人员吃过年夜饭,天色已经黑了下来。

鞭炮声夹杂着电视里春节晚会前的各种喜庆的广告,从千家万户里传出来。大街上几乎没有人，偶尔会有一辆出租车从身边驶过，估计车里坐的不是匆匆归家的路人，就是末班车收车的司机。

此刻的骆大明并不想回家，事实上，那个临时的住所也不能称为家。他就这样漫无目的地沿着滨江路往前走，不时升空的烟花把微风吹皱的江面映得五彩斑斓。他在江边驻足良久，看着这些烟花腾空而起，瞬间绽放，随后又快速消失在茫茫的夜空。

这座陌生而又熟悉的城市一时让他有种恍如隔世的感觉，他似乎听到了许多年前的一首歌在他的耳边轻轻响起：

    暧昧中透出薄雾的晨花
    无意间岁月发出的嫩芽
    浅笑里波光闪动的艳影
    惬意后醉了眉眼的旧话
    旧梦中锋利的剑与白马
    传说里等情人白了头发
    追忆间寒窗明月的红蜡
    多年后流水洗尽的铅华
    听吧！听风说话
    说谁走了谁在牵挂
    听吧！听海笑我傻
    笑我醉了醉出泪花

听吧！听风说话
说谁走了把影子留下
听吧！听海笑我傻
笑我望海望出泪花

眼前的场景把骆大明带入一种悲伤的情绪中，思绪仿佛离开了他的身体，就在江边像个孩子一般任性地游荡。他感觉似乎有人在轻轻地拍他的肩膀，亦真亦幻，亦虚亦实。他下意识地回头，思绪一下子被拉回了现实，果真有人在拍他的肩膀，这个人不是别人，正是江沐月。

"大明，你怎么会一个人在这儿？没回家过春节吗？"江沐月穿着一件白色的羽绒服，脖子上系着一条淡红色的围巾，正满面疑惑地看着他。

"沐月，你怎么……"江沐月的突然出现也让骆大明始料未及，一时不知如何问话。江沐月的情况他是知道一些的，但他的情况江沐月却知之甚少。

"今年我值班……"

"我也在值班……"

二人尴尬地相视一笑，似乎都明白了些什么，于是都不好意思再继续刚才的话题，而是把头都转向了江心。

"大明，这大过年的，咱们也别在这儿吹凉风了，要不然找个地方一起吃个年夜饭吧？"好半天，江沐月把头转过来，看了看骆大明。

"你说得是，日子再难，也要过年嘛！"好在江沐月率先打破了这种沉寂，要不然，骆大明还真不知如何摆脱这种让人两难的境地。

"那就去我那儿吧，年夜饭得提前预订，现在找饭店，肯定也找不到。我那儿正好还有些熟食，饺子也有现成的！"在这样的一个夜晚，如此孤独的时刻，两个人都有一种他乡遇故知的感觉。意外的邂逅，让两个人的心都暖暖的，就像黑夜里突然遇到了期待的灯火。

"那我就不和你客气了！"江沐月看了一眼骆大明，眼睛里闪过一丝喜悦。她和骆大明有着同病相怜的境遇，骆大明的邀请无疑是在这个寒冷的夜晚中，她听到的最暖的一句话。

女人就是女人，不到一小时的时间，骆大明冰箱里的那点儿存货就花花绿绿地上了餐桌：一碟花生米、一盘酱牛肉、一份西红柿炒鸡蛋、一碟黄瓜拌松花蛋。更有创意的是，江沐月把冰箱里的几个雪梨去了皮，然后用刀随意地切成了块，也凑成了一道菜，最后，两盘热气腾腾的三鲜馅饺子也上了桌。

"大明，巧妇难为无米之炊，冰箱里就这些东西，也只能委屈你一下了！"江沐月系着围裙，一边摆好碗筷一边招呼骆大明落座。如果是不知情的人，还以为她是这家的女主人。

"沐月，真没想到，今年的年夜饭竟然是和你一起吃，多亏遇到了你，不然我还真不知道如何打发这个夜晚。来，我敬你一杯！"骆大明拿起瓶子，给自己倒了一杯白酒，双手捧起，郑重地和江沐月碰了一下。

"等下大明，今天是大年三十，我也陪你喝点儿吧！"江沐月把玻璃杯里的水倒掉，然后也拿起酒瓶给自己斟上满满一杯。

"沐月，从来没见你喝过白酒，你行吗？"骆大明见江沐月倒上了白酒，这次破例让他感到有些吃惊，毕竟这么多年了，他还是第一次见江沐月喝白酒。

"没事，过年了嘛，我陪你喝点儿，不然一个人喝酒会很无聊！来，新年快乐，希望来年我们都好好的……"江沐月说完端起杯子和骆大明碰了一下，然后一饮而尽。

骆大明没想到江沐月会干掉，而且好像并没有什么明显的反应，端着杯子一下子愣住了。

"大明，我都喝了，你愣着干吗？"江沐月夹起一块牛肉放进骆大明的小碟里。

"不好意思，我还是第一次见你喝白酒，还以为你喝不了，看来还是我小看你了！"骆大明说完，把杯中的酒也一仰脖喝了个底朝天。

或许两个人都各有心事无法说给对方，或许谁也不想破坏两个人这样喝酒的气氛，于是二人就一边偶尔看一眼电视中的春晚，点评一下，一边回忆一下曾经的校园时光。但对于各自的家庭却都小心翼翼地回避着。

家里仅有的两瓶白酒和一瓶红酒都喝光了，特殊的夜晚、相近的心情让两个人都喝多了。江沐月是被早上的鞭炮声吵醒的，看了看不远处狼藉的餐桌，又看了看倒在沙发上依然酣睡的骆大明，她才发现自己竟然也在沙发上和衣待了一宿。

门铃似乎轻轻地响了一下，她起身想要开门，腿脚却麻木得不听使唤。门铃又轻轻地响了两声，她才确定是真的有人在敲门。

她挣扎着站了起来，踉跄着打开门，昨夜的酒似乎慢慢醒了过来。

"请问，骆大明是住这儿吗？"门口站着一个中年女子和一个十多岁的小男孩，有些疑惑地看了看江沐月，又看了看门牌号。

"哦，是的是的，您……"作为一个女人，江沐月敏感地感觉到了另外一个女人的身份。

"对不起，打扰了。走吧，骆峰！"女人礼貌地冲江沐月笑了笑，一转身领着小男孩走向了楼梯。

"妈妈，您不是带我来看爸爸的吗，咱这是去哪儿啊？"楼梯里传来小男孩近乎哭腔的声音。

"嫂子，您等等，别误会……"等江沐月终于弄明白发生了什么追出去的时候，女人带着孩子早已消失在鞭炮声隆隆的小区里。

（三）

正月初七，当全国上下都还沉浸在浓浓的节日气氛里时，吴州的政府机关及各企事业单位，当然还有那些勤快的小私营业主，都已经按部就班地开工了。

自从初一早上从骆大明那儿离开后，江沐月一直处于深深的自责中，她非常懊悔没控制好自己的情绪喝那么多酒，不然也不会引发这么大的误会。她本来想单独找个机会去一下云港，但因为顾虑太多迟迟下不了决心。至于那天早上发生的一切，江沐月更不知如何向骆大明说起。

丁小力上班后的第一件事情，是向骆大明汇报关于小南门拆迁过程中几个重点访户前后出现的重大反常变化，以及他在调查过程中发现的种种疑点。

送走丁小力，骆大明焦虑地在办公室里走来走去，因为他已经意识到了事态的严重性。此刻的他急需安静一下，以缓解一下紧张的情绪。办公桌的右上角有半盒放了很久的烟，很少吸烟的他看了看那盒烟，抽出一根放进嘴里，然后翻箱倒柜地找了半天，却没有找到火。他把烟横在上嘴唇和鼻子之间，一边摩挲一边轻轻地嗅着有着淡淡香味的烟草，脑海中满是他年前就收到的那封匿名上访信。与其说是上访信，倒不如说是一封举报信，举报的内容正好和丁小力调查的结果有着高度的相似性。

虽然各级信访部门并没有权力处理非访类的举报信，但是老百姓并不知道信访部门和其他公检法部门在行政职责上的划分。对于他们来讲，公检法部门的大门高不可攀，反倒是信访局的渠道更为直接和方便。虽然近些年国家在普法方面做了大量的工作，但依然难以改变老百姓"信访不信法"的观念和

骆驼刺

江南山水九　刘明杰绘

习惯。

这种现状，骆大明在新疆工作时就有过明显的感受，但自从他来到吴州真正接触到信访工作后，才意识到这种现状的普遍性。他几乎每周都会收到各式各样的举报信或者类似于告状的诉求信，大到举报领导，小到村里的鸡毛蒜皮、家长里短，甚至赡养争端。总之，这些林林总总的事情占用了他很大的精力。出现这种情况，是政府网站信息公开透明后的必然结果，因为他的名字、分管工作、联系方式、工作信箱等信息都一一出现在省信访局的网站上。

对于国家电子政务信息公开透明的要求，他从内心里是拥护的，但他深知，信访部门作为国家体制改革特殊时期的一个特殊部门，困难和问题是显而易见的。作为一名党培养多年的干部，他深知这是职责和使命所在，与其消极懈怠，不如扎扎实实为推进国家体制改革积累基层经验，这或许就是党和国家赋予他的特殊使命。

骆大明并不是没有考虑到这件事的风险，但是作为一名党的干部，骆大明还是决定先把这件事向兰玺光汇报，听听他的态度，毕竟他是自己的直接领导、顶头上司。后来的事实证明，骆大明这么做是有些幼稚的。

自从春节前的那次党组会，兰玺光对待骆大明的态度已经发生了明显的变化，特别是在对待丁小力的问题上，兰玺光似乎丝毫没有考虑骆大明的存在。对于这些，骆大明都能读出兰玺光对自己的不满甚至敌意。当然，那些并不是兰玺光排斥他的主要原因，他深知最根本的原因在于他两次在事关紫金藤集团的处理上都没有让他的这个上司满意。但作为信访局的二把手，对这样重大问题的处理，按照组织原则，他又越不过兰玺光这一关。因此，他还是下定决心冒险向兰玺光进行汇报。

让骆大明没想到的是，兰玺光听到他的来意后，并没有像年前那样端着架子，反而非常客气地陪他坐在办公室外间的沙发上，还亲自给他倒了一杯茶。

"大明，今年春节辛苦你了，本来你家就在外地，最不应该值班的就是你啊，你这么做真的让我这个当大哥的很惭愧！"一个春节过后，兰玺光似乎又胖了一圈，微秃的脑袋泛着锃亮的光，双下巴叠加在一起，像极了动画片《功夫熊猫》里的那只可爱的大熊猫，样子颇为滑稽。

"玺光局长，瞧您说的，我初到江北，工作情况还没有太熟悉，这不今年春节和全国'两会'离得比较近，我值班是理所当然的嘛！"骆大明知道兰玺光说的是官话，所以他也就顺着他的话来回答。

"是呀，大明，'两会'是全国人民的大事，我们得确保不给中央添乱啊。有你值守我心里就踏实多了！"兰玺光说完，皮笑肉不笑地呵呵了两声。

"玺光局长，您说得是，我之所以上班第一天过来，也是想跟您汇报一件事，因为这件事我个人感觉超出了我们的职责范围，但如果我们置之不理，似乎也不太妥……"

从兰玺光办公室出来，骆大明看了看手表，他们竟然聊了整整两个小时，这还是他第一次和他的顶头上司谈这么久的工作，而且兰玺光也一反常态，从个人到工作，从党性到国家……每句话都说得冠冕堂皇，滴水不漏。就连举报内容直指紫金藤集团的时候，他也表现得异常从容与淡定。这种态度上的转变让骆大明内心深处有一种深深的不安。以他的直觉判断：这件事是他鲁莽了，在他看来，向兰玺光汇报是尊重"班长"，是讲政治。但这无疑给隐藏在暗处的利益集团提了个醒，既打了草，也惊了蛇。

事实上，骆大明的直觉是对的。兰玺光送走骆大明后，一声不响地抽了一支烟，接着拿起笔，在一张纸上若有所思地写了几行字，随后掐灭烟，把纸揉成一团，然后啪的一下丢进垃圾桶，眼神中透露出一种冷冷的杀气。

稍稍静坐了片刻，他起身反锁上办公室的门，回到里面的小套间，拿出手机，拨出了一个号码。十分钟后，他重新打开办公室反锁的门，给自己重新泡上一杯茶，推了推鼻梁上的眼镜，在办公桌厚厚堆积的文件中找了半天，把当初搁置的几个报批件又重新翻了出来。

傍晚时分，一辆豪华的白色宾利轿跑悄悄地驶入"金澜墅"18栋，几个家政服务人员早已等候在门口。蒋一曼下了车，没有说话，而是把钥匙丢向管家，用手指了指后备厢，然后径直进了院子。

客厅里，吴有文和兰玺光、杨健三个人正在聊天，见蒋一曼进来,兰玺光和杨健连忙起身打招呼。

"蒋总,在澳洲过了个春节就是不一样啊,越发漂亮了!"

"秘书长就别笑话我了,快坐快坐,又不是外人,这么客套干吗?"蒋一曼一边示意兰玺光坐下,一边脱下乳白色的羊绒大衣,保姆接过大衣小心地挂在了衣橱里。

"时间差不多了,咱们是不是可以开饭了?"吴有文抬手看了看腕上的手表,又看了一眼蒋一曼。

"领导说开咱就开,没有别人了吧?"

"还有胡队,这个点应该到了,今天不知是啥情况!"兰玺光也抬手看了看表,颇有些意外。

"周妈,饭菜准备好了吗?"蒋一曼问站在一边的保姆。

"是,都准备好了,随时可以开始!"被叫作周妈的保姆点头示意了一下,毕恭毕敬地说。

"那咱们就开始吧,不等了,这个胡新标,到这个点了还没来,一定是中午不知在哪儿喝多了,不然早就闻着味来了!"蒋一曼对这个胡新标是既看不上又没有更好的办法。

"是谁大过年的在背后说我坏话,我这不是来了吗!"话音未落,胡新标在另一名家政人员的引领下,醉醺醺地走了进来。

(四)

胡新标显然是喝多了,但他喝多了却并不蠢,虽然偶尔会说些带有几分醉意的粗话，但他十分清楚在谁的家里，对面坐的又是谁！尽管他平时在单位飞扬跋扈已经习惯了，但在吴有文的面前就像老鼠见了猫一样卑躬。

"今天是正月初七，受有文书记委托，把大家召集在一起，第一是大家聚一聚，给大家拜个晚年；第二是我们听听书记有啥指示，新的一年，我们把它落实好！"蒋一曼说完起身亲自给每个人的杯中斟满了酒，随后和每个人挨着碰了一下。

一杯酒下肚，大家都不约而同地看了看端坐在主座上的吴有文。吴有文今天穿了一件浅红色的羊绒衫，见大家都在看着他，就轻咳了一下清了清嗓子，习惯性地用手梳理了一下头顶上那几绺稀疏的头发，平日里阴森森的小眼睛此刻也变得友善了不少。

"一曼这张嘴，把我该说的都说了。今天我就两句话：第一，感谢这些年大家对我的支持；第二，过年了，高兴！大家放开吃、放开喝，把这儿当成自己家。来，干！"说完，吴有文将手中的酒杯在桌面上轻轻敲了三下，然后一饮而尽。

周妈不时地从厨房里端菜进来，定期更换一下每个人面前的骨碟。虽然她刚来不久，但因勤快、利落且不多话颇得蒋一曼的赏识。因此，蒋一曼在家里也并不太避讳这个衣着朴素的乡下大妈。

按照酒场规矩，主人没表达完，客人不能随便说话。兰玺光等吴有文和蒋一曼表达完心意后，才不紧不慢地把杯中酒倒进了分酒器。

"蒋总,我能不能借你的酒提一杯?"说完看了一眼坐在对面的蒋一曼。

"哈哈,秘书长您说这话可是见外了,刚才有文也说了,把这儿当成自己家,您提酒还这么客气干吗!"蒋一曼冲兰玺光咯咯一笑。

"一曼说得对,玺光你可是真见外了,是不是应该罚一杯!"吴有文夹了一口菜,一边咀嚼,一边给蒋一曼帮腔。

"这样,我提杯酒,第一感谢有文书记这些年来对我们的关照;第二,新的一年,我们要紧紧围绕在有文书记的身边,争取更大的进步。所以,我提议我们所有人敬一下有文书记,我拎壶冲一下,你们喝多少随意!"

"秘书长就是秘书长,果然厉害,我胡汉三今天也豁出去了,陪一个满壶的!"胡新标也学着兰玺光的样子,把杯中的酒倒进分酒器中。

"周妈,给胡队把分酒器加满,半壶酒还想蒙混过关!"蒋一曼一眼就看穿了胡新标的心思。

众人哈哈一笑,纷纷效仿兰玺光的样子,恭敬地和吴有文碰了碰杯子,再将分酒器中的酒一饮而尽。

中国的酒场,通常来讲大多会分为三个阶段:文明阶段、拼酒阶段、癫狂阶段。为什么会这样,大致源于这样一个传说。

有一天,杜康想研制一种可以喝的东西,可是冥思苦想就是没有制作方法。晚上睡觉的时候做了一个奇怪的梦，他梦见一个鹤发童颜的老翁来到他面前，对他说："你以水为源，以粮为料，再在粮食泡在水里第九天的酉时找三个人，每人取一滴血加在其中，即成。"说完老翁就不见了。

杜康醒来就按照老翁说的制作。他在第九天的酉时（下午五时至七时）到路边寻找三个人。不一会儿来了一个书生，文质彬彬，谦虚有礼，杜康急忙上前说明来意，岂料书生欣然允诺，割破手指滴了一滴血在桶里。

书生走后，又来了一队人马，带头的是一位威武英气的将军，杜康上前说明来意，将军也捋臂挽袖，支持杜康，割破手指滴了一滴血在桶里。

这时酉时已经快过了（用现在的话说就是马上到七点了），可杜康还没找到第三个人。他有些着急，转念一想，只要是人不都可以吗，于是他找到了村子里的一个无亲无故并且傻乎乎的乞丐，摁住他，扎破他的手指滴了一滴血在桶里，疼得乞丐一会儿大喊大叫，一会儿晕头晕脑。

有了这三滴血，杜康终于制作成了，可是他又犯愁了，起什么名字呢？他一想，这饮品里有三个人的血，又是酉时滴的，就写作"酒"吧，怎么念呢？这是在第九天做成的，就取同音，念酒（九）吧。这就是关于酒来历的传说。

据说，每个人喝酒时都会受到这三个滴血人的影响：第一，书生的血，喝酒开始的时候都是谦虚礼让，你让我，我敬你；第二，将军的血，喝得差不多的时候开始像将军一样，豪言壮语，天不怕地不怕；第三，傻乎乎的乞丐的血，到这最后时刻，恐怕都像乞丐一样神态百出，各式各样了。

几杯酒下肚，吴有文显然是来了兴致，不紧不慢地讲了这一段关于酒的典故。

"真是太长知识了，来来来，咱们再敬有文书记一杯！"兰玺光显然也有了酒意，红光满面地再次端起了酒杯。

吴有文习惯性地夹了口菜，看着每人的表现，心里似乎在盘算着什么。

"对了，有文书记，我听说今年中央有可能派巡视组下来，有没有这回事？"副市长杨健连忙换了个话题。

"我也听说了，不过还没接到正式通知，通常情况下这种事也不会提前通知！"吴有文听到这个话题，突然一愣，似乎想起了什么。

"对了，我差点儿忘记一件事，骆大明这个同志仍然不识趣，他和我们局里的一个年轻人对小南门城中村的改造项目在暗中调查，看样子是掌握了一些情况，我们要采取一些措施来应对啊！"杨健的话一下子提醒了兰玺光，他看了看吴有文，又看了看蒋一曼。

"你们局里那个人叫什么名？"吴有文没有说话，胡新标倒是有些坐不住了。

"好像叫，好像叫，对了，叫丁小力！"兰玺光摸着光秃秃的脑袋想了半天，终于想起来了。

"妈的，一个信访局的小小科员，竟然敢在太岁头上动土，老子明天就收拾了他！"胡新标啪地一拍桌子，下意识地去摸腰间的枪。

这时，周妈正端着一壶新茶走了进来，听到丁小力的名字和胡新标的话，眼前一黑，茶壶啪的一声就掉在地上摔了个粉碎。

（五）

2月23日，农历正月十五，星期六，小雨。

一年一度的元宵佳节对于吴州而言通常会伴随着淅沥的小雨，而且一下通常会下上三五天。今年也不例外，雨从周五的傍晚就开始下，下了整整一个晚上，依然没有停下来的意思。苏东坡有词云：

> 千骑试春游。小雨如酥落便收。能使江东归老客，迟留。白酒无声滑泻油。
> 飞火乱星球。浅黛横波翠欲流。不似白云乡外冷，温柔。此去淮南第一州。

这大概就是吴州这样的江南城市的写照，初春的吴州往往会有短暂的倒春寒，通常就在元宵节的前后。这样的天气，对于大部分人来说通常会躲在家里一家人团聚，但对于丁小力而言，却有着另外一份期待。

从周五晚上开始兴奋的丁小力就没有睡好。

好不容易挨到了天亮，一骨碌从床上爬起来。快速洗漱完毕后，便开始一边哼着歌，一边收拾着房间的卫生。今天对他来说，有两件特别重要的事：一件是母亲昨晚打电话来，说晚上要回家陪他过节；当然还有另一件更让他期待的事，那就是在网上和他聊了很久的那只"@愤怒的小小鸟"终于要和他见面了，而且还是主动约的他。

虽然丁小力相信总有一天两个人会在现实中见面，但他确实没有想到这一天会来得这么快。

收拾完卫生，平时不修边幅的丁小力翻了半天衣服并不多的衣柜，总算找到一件还算满意的衣服就匆匆出了门。小区门口不远处有家理发店，刚才照镜子的时候，他感觉自己的头发也确实该理了。毕竟是第一次和女孩子约会，一定要给对方留个好印象。

正月里的理发店客人并不多，因为天气的原因，今天显得格外冷清。两个闲着无事的店员，一个坐在门口的沙发上翻着一本时尚杂志，另一个则懒洋洋地坐在收银台旁边打瞌睡。见有客人来，门口的店员连忙放下手中的杂志，热情地和丁小力打招呼。

好不容易在理发店打发掉一小时的时间，丁小力对自己的新形象非常满意。他看了看表，离约会的时间还有四十分钟。丁小力昨晚就通过地图软件对约定的地点定了位，导航显示目的地离他的小区只有 1.3 千米，步行十几分钟就可以到。

镜子里的丁小力确实像换了一个人，在理发师的一番修饰过后，丁小力的新形象帅气而时尚，甚至有点儿像韩剧里的主人公，就连理发师也不停地赞叹。丁小力被夸得有些不好意思，在店员不厌其烦的推荐下，丁小力只好办了一张500元的贵宾卡，其实他并不是因为贪图以后再来可以享受八五折优惠的小便宜，而是因为他今天的好心情。

走出理发店，已近中午十一点，小雨淅淅沥沥地仍在下。大街上没有几个行人，丁小力撑开一把折伞，沿着江边的林荫道一边走一边想象着对方的样子。烟雨笼罩着江面，就连过往的船只也少了，偶尔会有几只小鸟，站在寒风中的树枝上瑟瑟发抖……

今天，这一切其实平常得不能再平常的风景，在丁小力的眼里都是格外的美好，甚至就连这样的坏天气，他都觉得是浪漫可爱的。

十一点二十分，他按照导航的提示，找到了位于江对岸掩映在一片树林之后的"三四五茶舍"。还未进门，一阵空灵之声就撞击着他的耳膜，时而如泉水叮咚；时而如小溪欢快地流淌；时而好似那山谷的幽兰，带着淡淡的忧伤。丁小力默默听了一会儿，直到服务生打开门说了一声"欢迎光临"后才缓过神来。

跟着服务生进入大厅，映入眼帘的首先是江南水系的精巧设计，正中间是一条江南传统的乌篷船，船头摆了一架古筝。更加吸引他的则是一个神情冷峻的女孩，一袭黑色旗袍，紧蹙双眉正在忘情地演奏。一双纤细的手，正在琴弦上自由游走，时而轻盈如闲庭散步，时而又如脱缰的战马，疾速如飞……

　　这一幕竟让丁小力看得如痴如醉，直到服务生再次提醒他有没有预订，他才回过神来。位子他昨晚就预订好了，是一个叫作"清风"的小雅间。

　　这是一个最多可容纳四人的小包房，靠窗的位置放了一张红木的茶桌，上面摆了一套茶道工具。两面的墙壁上各挂了一幅"扬州八怪"之一郑板桥的画，一边是郑板桥的《竹石图》，并配有诗：淡烟古墨纵横，写出此君半面。不须日报平安，高节清风曾见。另一边则是他的另一幅名作《墨竹图》，也配有一诗：衙斋卧听萧萧竹，疑是民间疾苦声。些小吾曹州县吏，一枝一叶总关情。

　　丁小力自幼喜欢古诗词，对于"扬州八怪"之一的郑板桥自然是非常熟悉，如果不是"@愤怒的小小鸟"相约，他绝想不到吴州还会有如此格调高雅的茶馆，在这个充满名与利的社会，还会有如此有品位的老板。

　　他不由得感叹了一下，抬手看了看表——十一点二十五分，离约定的时间还有五分钟，"@愤怒的小小鸟"到底长什么样子？这个茶馆的消费到底高不高？这些都让这个从不应酬的小伙子的心有些忐忑。

　　正在坐立不安之际，房间门被轻轻叩了几下，丁小力慌忙站了起来。门开的一刹那，丁小力竟呆呆地站在原地，惊讶得一句话也说不出来。

"你好,我是'@愤怒的小小鸟'!"说完对方主动伸出了手。

此时的丁小力像极了电影《哈利·波特》里被施了魔法的罗恩,张大嘴巴半天没有合拢。眼前的这个落落大方的姑娘正是刚刚在大厅里弹奏古筝的女孩。

"怎么会是你?"丁小力回过神来,突然意识到了自己的失态,连忙伸出手,礼貌地握了一下,然后又迅速收了回来。

"那你觉得应该是谁?""@愤怒的小小鸟"微笑了一下。

"你好,我叫董默涵,我们重新认识一下如何?"说完再一次伸出了手。

"你好,我叫丁小力!"女孩的主动一下子就化解了丁小力的各种尴尬,但仍让他感觉有些不知所措。在他的眼里,这一切仿佛梦境一样,让他觉得有些不真实。

"我们先吃点儿东西再喝茶聊天吧?"默涵见丁小力还有些拘束,于是率先打破沉寂。

"好呀,那我叫服务生!"

"哈哈,我说'@小小力量'同志,你忘记我刚才做什么了?"

"做什么了?"丁小力呆呆地摸了下后脑勺。

"我在这里工作呀,今天在我的地盘,我请客,所以还是我来安排吧。你先坐一会儿，我去去就回！"说完默涵起身出了包间。

茶馆的简餐都是素食，精致且美味。两人用过餐后，丁小力逐渐从如梦幻般的眩晕里走了出来，但他仍对眼前这位美若天仙的女孩充满了疑问和好奇。从女孩的衣着打扮到谈吐气质，再到她出神入化的演奏，她怎么会主动约他这样一个既无权又没钱的穷小子呢？

默涵似乎看出了丁小力的心思，托着双腮，两只忧郁的大眼睛看着丁小力。丁小力的脸涨得通红，活像一只煮熟了的大闸蟹。

"小力，我知道你会有很多问题想问我，比如，我是做什么的，我为什么会和你聊天，为什么一直不肯和你从网络走向现实，为什么会对你有好感……对不对？"

本来就不善言辞的丁小力被默涵这样连珠炮般地一问，就更加紧张了。越是紧张，他就越说不出话来，只好不停地嗯嗯应着。

"小力，说实话，和你聊天，我觉得有一种莫名的信任感，不知道为什么，也感觉特别亲切、踏实。我知道现在还有些唐突，如果你愿意，下次或者通过其他方式，我把我的故事说给你听，不知你愿不愿意？"

"愿意，愿意！"丁小力脸憋得通红，只好用力地点点头。

窗外，如丝的细雨沙沙地下着，空气中似乎隐约飘过一首歌：

> 风到这里就是黏
> 黏住过客的思念
> 雨到了这里缠成线
> 缠着我们留恋人世间
> 你在身边就是缘
> 缘分写在三生石上面
> ············

正是林俊杰的《江南》。

第十章　真相渐白

（一）

"小力，妈问你件事！"吃过晚饭一切收拾妥当后，丁小力正要坐在电脑前上会儿网，母亲端着一杯水走了进来，心神不定地坐在了他的床边。

"妈，什么事呀？搞得这么正式！"丁小力转过身子，有些诧异地看着母亲。

"妈问你，你在单位是不是得罪了什么人？"

"妈，您听谁说的，突然问这个干吗？"母亲的问题更让丁小力有些丈二和尚摸不着头脑，因为母亲从来不过问他工作上的事情。

"你就别管我听谁说的了，我就问你，你们单位的领导是不是个什么秘书长，五十来岁的样子，有些秃头？"

母亲的话让丁小力着实吃了一惊，但他转念一想，母亲在吴州一没亲戚，二没朋友，就那几个做家政的同乡也基本都是大字不识几个的农村妇女，而且母亲也从来没有去过自己的单位，更别说接触局领导这个层面了。

"呀，您老人家怎么突然关心起我的工作来了！"丁小力佯装镇静，并没有正面回答母亲的问题，他吐了吐舌头，冲母亲做了个鬼脸。因为他得先知道母亲的用意，以免让她为自己担心。

"别嬉皮笑脸的，你就直接说，有没有这么一个人？"母亲很固执，也很坚持。

"妈，您看，我们单位叫信访局，领导们都是叫局长，哪有叫秘书长的，您说是不是？"丁小力灵机一动，于是想到了一个哄骗母亲的说辞，反正母亲对他们单位的领导配置也不懂。与此同时，他的脑子里迅速闪过上次去接母亲时意外看见兰玺光的情形，难道是母亲听说了什么？

"但愿是妈多心了！"听完丁小力的解释，刚才还一脸紧张的母亲终于放松了一下，脸色又恢复了平日里的慈祥。

"妈，您这是从哪儿听来的消息啊？"

"小力，妈和你说，咱是从农村出来的本分人，家里既没有钱，城里也没有靠山。所以，你以后在单位可千万别得罪什么人。你有今天，当妈的已经很知足了，你可千万别有个什么三长两短，要不然……"

"妈，您的儿子是什么样，别人不知道，您还不了解吗？从小到大，我没给您惹过祸吧？这大过节的，咱不说这个了好吗？"

母亲说着说着就有些激动，再说下去恐怕就要抹眼泪了。

丁小力知道母亲是为自己担心，所以他得赶紧转移话题。

"嗯，好的，好的。妈知道自己有些啰唆！不过还是得嘱咐一句，小心驶得万年船。我做工的这家人肯定是一个又有权又有钱的人家。到他们家来的人也都不是一般人，不是有钱的就是有权的。对了，还有公安的，咱们这小老百姓，可得罪不起……"

母亲说完，起身把手中的杯子递到丁小力的面前。

"妈，您做工的这个人家是个什么样的人家啊，对你好不好？要不咱别做了，您还是回家陪我吧！"

"小力，你也别劝我了，我身子骨还行，不能在家里吃闲饭。这家女主人姓蒋，很年轻，人长得也俊，他男人感觉比她大很多，别人都叫他书记，好像是个挺大的官。平时很少在家，我也没见过几次。不过，这家人对我们这些做工的都还好，也很大方，今天我回家，还是女主人的一个朋友顺便把我送过来的……"

母亲似乎对眼下这份做工的人家十分满意，但她无意中透露的这些信息，以及最近发生的一连串的事件，在丁小力的脑子里开始一件一件串了起来，慢慢形成了一个画面，并逐渐从模糊变得清晰起来。

星期一一大早，丁小力就隐约听到了厨房中的动静，他随手看了看放在枕边的手机，还不到七点。

"妈，您怎么起这么早？不是和您说过吗，我们单位食堂有早餐，不用给我做的……"丁小力来到厨房，果然是母亲在忙碌着给他做早餐。

"食堂哪有在家吃得合你胃口，你吃完好去上班，我在家收拾一会儿。昨天回来的时候，送我的那个年轻人说会安排人再把我送回去，我说不用麻烦人家，可是那个蒋总非要坚持，所以你不用管我，快点儿吃完饭早点儿去上你的班！"

"他们说过几点来接您了吗？"丁小力忽然有些警觉起来。

"昨天说的是十点钟左右！没事，你不用管我，上你的班吧！"母亲一边说着，一边熟练地端出一碗热气腾腾的馄饨。

"我已经给你包出好几顿的来了，其余的都冻在冰箱里，你一个人在家饿了的时候，就拿出来一煮就行！"看着一大早就开始忙碌的母亲，再瞅着这碗香气扑鼻的馄饨，丁小力的心里一阵难以名状的难受。他夹起一个，吹了吹，放进嘴里，依然是从小到大最熟悉的素三鲜馅儿的。

上午十点半，一辆黑色的本田轿车悄悄开进了丁小力所在的小区，从车里下来两个黑衣人，两人相互耳语了几句，其中一个进了单元楼，一个则站在一棵树下悠闲地点燃了一支香烟。

不一会儿，其中一个人搀扶着丁小力的母亲下了楼，并客气地打开车门扶她上了车。

"真是太麻烦你们了，太麻烦你们了！"丁小力的母亲感激得不知说什么好，只是一遍又一遍地重复着客气话。

"阿姨，您别客气，今天我们领导在单位开会，就安排我来接您！"说完黑衣人冲另外一个人用手比画了一个"302"数字，然后拉开车门上了车。

"阿姨，听说您的儿子在省信访局上班？"

"是呀，大学毕业后自己考公务员考进来的！"

"好单位，您有福气，像我们这些没有文化的，只能给人当司机……"

"是呀，孩子比较省心，我们农村出来的，没有什么门路，孩子只能靠自己！"

"所以说您有福气嘛！"

"听你口音不是本地人，东北人吧！"

"是的阿姨，俺是东北那疙瘩的……"

车子缓慢驶出小区，黑衣人一边开车，一边和丁小力的母亲有一搭没一搭地聊着天。

一直站在树下的另一个人见车子离开，掐灭了手中的烟，扔在脚下狠狠踩了一下，随后警觉地环顾了一下四周，见没人注意，便转身进入了单元门。

十分钟后，黑衣人出了小区，上了一辆黑色的大众轿车，消失在街道上。

这一切，都被躲在不远处另一棵树下的丁小力看了个清清楚楚。他迅速上了楼，打开家门，一切完好，只是他的笔记本电脑不见了！

(二)

3月12日,农历二月初二,民间称为"龙抬头",中国人传统意义上很重要的一个日子。

"龙"是指二十八宿中的东方苍龙七宿星象,每到仲春卯月之初,"龙角星"就从东方地平线上升起,故称"龙抬头"。"龙抬头"日处在卯月的惊蛰、春分之间;卯,冒也,万物冒地而出,为生发之大象,代表着生机茂发,如《律书》中所云:"卯之为言茂也,言万物茂也。""卯"是干支历十二地支之一,五行属木,卦象为"震";九二在临卦互震里,震为龙,表示龙离开了潜伏的状态,已出现于地表上,崭露头角。"龙抬头"是中国古代农耕文化对于节令的反映,标示着阳气自地底而出,春雷乍动,雨水增多,气温回升,万物生机盎然,春耕由此开始。自古以来,人们亦将"龙抬头"时节作为一个祈福纳祥转运的日子。

吴州小南门城中村的改造项目也赶在这一天正式开工。

一大早,工地前就搭起了剪彩台,铺上了红地毯,并在剪彩台前竖起一个巨大的气模拱形门,上面写着"热烈祝贺吴州市江北区小南门改造工程正式开工",两艘飞艇在城市的上空也挂着长长的竖幅在天空游弋……

九点三十分左右,胡新标一身便衣出现在了庆典现场。

"报告胡队,现场及周边安检已排查完毕,一切正常!"

"今天有市领导出席,也会有多家媒体在场,你们务必确保万无一失，不然小心你们的饭碗！"胡新标一边走，一边挺着胸脯对身边一个点头哈腰的警察比画着。

上午十点十八分，一阵热闹的鞭炮声和锣鼓声过后，吴州江北区区长梁晓斌、紫金藤集团总经理蒋一曼，以及相关部门的领导胸前分别佩戴着贵宾标志，簇拥着吴州市副市长杨健走过红地毯，登上主席台。江北区副区长吴晖主持：

"尊敬的杨健副市长，各位领导、各位来宾、新闻媒体的朋友们：

大家上午好！

今天是农历的二月初二，是一个阳光明媚、风和日丽的好日子。为了响应党中央、国务院关于加快棚户区改造的工作意见，经报请省委、省政府批准，我们吴州市启动了江北区小南门城中村的改造项目……

下面有请吴州市常务副市长杨健先生致辞，有请……"

"紫金藤集团是我省地产界的龙头企业，多年来为我省的经济建设做出了巨大的贡献，体现了一个民营企业的责任和担当……"

"下面有请紫金藤集团总经理蒋一曼女士致辞，有请……"

江小鸥坐在媒体席，无心听台上的那些早就听腻了的官话和套话。他起身离席，来到一个相对安静一点儿的地方，刚点燃一支烟，忽然听到不远处一阵骚乱，出于职业的敏感，他匆忙掐灭了手中的烟，循着声音的方向赶了过去。

第十章 真相渐白

两名警察和六七名保安正拖着一男一女两个人迅速地上了一辆依维柯警车。他还没有完全反应过来，警车就鸣着警笛扬长而去，另外两个保安正慌张地收着刚刚遗落的条幅，江小鸥没有看清，只是隐约看到了"黑社会"几个字样。

"喂，兄弟，发生什么事了？"江小鸥从口袋里掏出两支烟，分别递向两个保安。

"你干什么的，打听这个干吗？"两个保安警惕地看着江小鸥。

"市建委的，参加开工仪式的，出来透透气，这不看看热闹嘛！"江小鸥笑呵呵地说。

"还能有什么事，拆迁上访的呗！"两个保安犹豫了一下，接过江小鸥的烟，江小鸥掏出打火机给两人分别点上。

"这些老百姓也是，也不看看紫金藤集团的后台是谁，这样闹下去，吃亏的还不是自己！"其中一个胖子吸了一口烟，似乎放松了警惕。

"我看警察这样执法似乎有些不太妥吧？"江小鸥试探地接着问。

"这话你可问到点上了，今天早上，胡队亲自来指挥区公安局，区公安局的局长都得巴结他呢！"胖子保安得意地说。

"胡队是谁，这么牛？"

"你不在公安系统你不知道，胡队是省厅的，听说他的舅舅是省里的大官，大家都怕他，就连吴州的王老四见他都得当神一样供着！"

"啊，这么厉害，那王老四又是谁？"江小鸥装作很吃惊的样子。

"王老四你都不知道，在吴州，绝对黑道上的'大哥大'级的人物！"胖子似乎很得意，说得唾沫星子直飞。

"你话可真多，咱还是干咱自己的活儿去吧！"瘦一点儿的保安更警惕一些，见胖子话有些多，便拉着他走开了。

回到现场的时候仪式已近尾声，蒋一曼正在宣布向本市希望工程捐款人民币两百万元，电视台的记者正在围着她拍摄，一群其他媒体记者也在外围等着采访。

"城里人套路深，我想回农村！"江小鸥摇了摇头，正要离开。

"江记者，请您签个字！"

"不必了，谢谢，我赶时间！"江小鸥看了看媒体名单，他知道那是主办方给媒体记者的车马费。领了人家的钱，就要给人家说好话，这是行里的规矩，可他江小鸥不是一个随波逐流的记者，这样的车马费他从来不拿。

骆大明赶到"幸福公社"的时候，江小鸥早已点好菜等候在老地方："五大队"。

"哟，精神了小鸥！我记得你不是没舅舅吗？"骆大明见江小鸥理了个新潮的发型感觉有些奇怪。

"没舅舅就不能蹭个'龙抬头'的热点吗？"江小鸥和骆大明一见面肯定要互相斗个嘴。但他见骆大明身边还有个人就稍稍收敛了一下。

"这位是？"江小鸥见骆大明的身后还跟着一个人。

"哦，不好意思，光顾和你臭贫了，忘了介绍，这是丁小力，我们局督查室的主任科员。小力，这就是我曾经和你说起的我的同乡也是同学，吴州第一名记江小鸥！"

"大明，当着你下属的面我得保留你领导的尊严，所以你也别拿我寻开心了。你好，江小鸥！"江小鸥礼貌地伸出手，随后递上一张名片。

"久仰大名，幸会！"丁小力有些拘谨。

"小力，不要客气，小鸥是我近三十年的老朋友了，大家一直都肝胆相照，今天把你带来，就是希望大家从今以后，也能成为朋友！"骆大明说完拉着丁小力上炕落座。

"大明，和你说件事，今天我参加小南门开工仪式的发布会，看到公安部门粗暴对待上访群众……"

"先别着急说工作，咱一边吃一边说！"骆大明知道江小鸥是个急性子，不得不先打断他。

"是，遵命，局座大人，咱们过了年还是第一次聚，今天要好好喝一杯哦！"江小鸥把腿一盘，变魔术般地从身后摸出一瓶不知从哪儿淘换来的洋河大曲，从酒的商标和颜色来看，这酒应该是有些年头了。

（三）

下午三点，紫金藤大厦 27 楼，蒋一曼正坐在办公室靠窗的吧台上,一边喝着咖啡一边享受着下午的阳光。坐在窗前就可以看到远处正在大兴土木的小南门,在她的眼里,那轰鸣的推土机和旋转的塔吊不只是这座城市的一道风景,更像是她亲手栽下的一棵又一棵摇钱树……

助理吴丹敲了敲门走了进来。

"蒋总,胡队来了,说和您约好了,您见不见?"

"让他进来吧!"蒋一曼冲助理点了点头。

"蒋总,您这门槛可够高的,每次来您这儿,门口这小姑娘都要拦我一道,这也太不把我当回事了吧!"胡新标进了办公室,气呼呼地往沙发上一坐就开始向蒋一曼抱怨。

"你去泡杯蜂蜜水进来!"蒋一曼冲助理摆了下手,示意她先出去。

"新标,我和你说了多少次,这是办公的地方,不比家里,你怎么就听不懂好赖话呢!"蒋一曼闻到胡新标身上的酒气就有种说不出来的反感,但她没有办法,吴有文的这个外甥虽然有些鲁莽,平时倒也没少帮她的忙。

"舅妈,这小姑娘您以后得好好调教调教,以后让她对我客气点儿!"胡新标还是对她的助理耿耿于怀。

"好了,先不说这个了,回头我交代她一下。上次我让你查的事有结果了吗?"蒋一曼不想和他过多纠缠,说话直奔主题。

"我就是专程为这事来的,没想到到您这儿连一个小姑娘都对我指手画脚的!"胡新标往沙发上一靠,把双脚往茶几上一放，神情有些得意。见蒋一曼脸色一沉，又悄悄地放了下来。

"请慢用！"助理端着一杯蜂蜜水放在了胡新标的面前，胡新标斜着眼看了一眼，嘴里轻轻哼了一声。

"你出去吧，有事我再叫你！"蒋一曼冲助理使了个眼色，助理转身出了办公室，轻轻把门带上。

"好了，你说吧！"蒋一曼看了看胡新标，心想：这个土包子居然也学会卖关子了。

"那天我送那个周妈回家，又安排了两个兄弟把她接回了别墅，她家的地址以及她的家庭关系，我全都摸了个底儿掉！"胡新标说着看了一下蒋一曼。

蒋一曼没动声色，示意他继续说下去。

"果不出您所料，她的儿子就叫丁小力，正是兰秘书长说的那个要坏我们事的那个王八犊子！"

"没有打草惊蛇吧！"蒋一曼喝了一口咖啡，眉头皱了一下。

"当然没有，这不我来就是向您请示来了吗！"说完，胡新标有些得意地端起桌上的蜂蜜水，咕咚喝了一大口。

"第一，要确认他到底掌握了我们多少情况，手头有没有重要的把柄；第二，最好先警告他一下，让他识相点儿；第三，不到万不得已，不可鲁莽行事。他虽然没什么级别，但也是国家公务人员，我可不想搞出什么事来！"蒋一曼沉思了一会儿，走到胡新标的面前，一字一句又反复叮嘱一遍，生怕他

骆驼刺

江南山水十　刘明杰绘

第十章 真相渐白

自作主张。

"好,这事我有分寸,您就放心吧!"胡新标嘴里答应得痛快,可心里却不以为然,他暗自想:女人毕竟是女人,对付这样一个不识抬举的小小科员用得着这么小心吗?

送走胡新标,蒋一曼突然想起一件事,拿出手机拨了一个电话。

自从上次见了默涵以后,丁小力已经有一个多星期没有对方的消息了。虽然互留了手机号,也加了微信,但他一直不好意思主动联系对方。他做梦也没有想到,无意中网络的相逢,当真正走进现实的时候,竟让他有些亦梦亦幻的感觉。他甚至有些自卑,如果说没见面之前他还对爱情有些幻想,那上一次的见面则让他有些沮丧——默涵的外在条件实在是太好了,两个人现实中的差距不得不让他望而却步。

尽管默涵对他表现得既主动又落落大方,但丁小力却始终缺乏对爱情的自信。

世界就是这样神奇,有时候越想什么,上天就越会明白你的心意,然后给你一个意外的惊喜。这不,吃过晚饭躺在床上有些百无聊赖的丁小力正在对着手机发呆,这个时候默涵的微信就来了。

@愤怒的小小鸟:在干吗?
@小小力量:如果我说我正在想你,你会相信吗?
@愤怒的小小鸟:呃……我信!

丁小力回完上一条微信有些脸红,想要撤回却发现已经

骆驼刺

超过两分钟,无法操作了。

@小小力量:这几天一直没你的消息,很忙吗?

@愤怒的小小鸟:是的,有些事要处理,要不早就约你了。

@小小力量:还以为你是说说玩的。

@愤怒的小小鸟:怎么会,我向来说话算数的!

@小小力量:哦,对不起,那是我想多了。

@愤怒的小小鸟:那择日不如撞日,现在你有时间吗?

@小小力量:有呀!

@愤怒的小小鸟:那我们约个地方?

@小小力量:好呀,你说,上次你请的,有些不好意思,这次我回请吧!

@愤怒的小小鸟:这个点你应该吃过饭了吧?

@小小力量:是的,刚吃过!

@愤怒的小小鸟:那我们喝点儿东西吧。上次我们见面的那个茶馆,再沿着江往西500米,有家星巴克,我们去那儿如何?

@小小力量:好呀,我现在就可以过去,你多久能到?

@愤怒的小小鸟:我刚好就在。

@小小力量:好的,我马上就出发,一会儿见!

@愤怒的小小鸟:好的,不见不散!

兴奋的丁小力从床上一跃而起，顾不上换套衣服，在卫生间简单整理了一下，就一路小跑着下了楼。

（四）

一条滨江从西向东，把整个吴州市一分为二，江北是老城区，相对而言比较老旧，江的南岸近几年来随着不断的开发，已变成现代化的新城区。因为吴州得天独厚的地理位置，吸引了不少外企和国内资本市场的青睐。林立的高楼大厦、沿街的各种中高档文化娱乐及餐饮等消费场所，充分说明了这座城市的潜力、魅力和活力。

来到星巴克门口的时候，丁小力看了看表——晚上九点十分，旁边是一家花店，门口摆满了各式各样的鲜花，要不要去买支花？这样做是不是太唐突？丁小力犹豫了一会儿，最终还是选择直接进了咖啡厅。

柔和的灯光，背景音乐是悠扬的小提琴曲，让人有一种说不出的轻松。丁小力定了定神，环顾了一下四周，咖啡厅里依然还有不少的客人，有年轻的情侣含情脉脉地对视，有进行商务洽谈的合作伙伴，当然也有坐在电脑前独自享受时光的年轻白领……

默涵就坐在最里面靠窗的一角，正托着下巴凝望着夜色发呆，昏暗的灯光映出她秀颀的脖颈和白皙的脸庞，精致的五官中透出一份淡淡的忧郁，她一个人坐在那里是那么与众不同。丁小力似乎想起了什么，扭头又走出了咖啡厅。

"不好意思，默涵，让你久等了，这是送你的！"十分钟后，丁小力手持一支玫瑰，悄悄出现在了默涵的面前。

"哇，谢谢你！"丁小力的出现让她一下子回过神来，瞬间脸又一红，有些不好意思。一件淡紫色的高领薄毛衫，一条宝石蓝牛仔裤，长长的头发梳成一条马尾，今天的默涵清纯得就像一个在校的大学生，在淡淡灯光的照射下，更加楚楚动人。

"喝点儿什么？"默涵见丁小力憨厚且呆呆的样子，更加萌生了一份亲切和好感。

"我还是第一次进星巴克，没经验，你喝什么我就喝什么吧！"

"那我可就帮你点了，喝不习惯你就说，再换别的！"

"好的，我这人不挑！"默涵的细心和主动逐渐让丁小力放松了下来。

不一会儿，服务员端上一杯卡布奇诺，丁小力尝了一小口，有些苦涩，更多的是一种说不出的感觉，他真的不明白为什么现在越来越多的年轻人会喜欢上这个东西。

"味道怎么样？"默涵看了看丁小力的表情。

"还好，我可以接受！"丁小力在努力尝试着接受新鲜的事物。

"默涵，上次见面你说下一次要和我说说你的故事，不知……"丁小力看了看默涵，不知道今天这个场合是否合适。

第十章 真相渐白

"你真的想听吗？"默涵一双大眼睛注视着丁小力。

"当然，如果你愿意说！"丁小力被默涵看得有些不好意思，脸一下子就红了，连忙佯装低头喝咖啡。

"那好，这是我第一次说我的故事，也希望是最后一次！"默涵低下头，不停地搅拌着杯里的咖啡，空气仿佛一下子静止了下来。

"你知道五年前吴州的那起震惊全国的爆炸事件吗？"默涵沉默了半天，终于开口了。

"你是说几年前有个女人，连车带人在美容院门口被炸飞的那件事吗？"

"是的！"

"当然知道，那年我上大二，那件事在学校里疯传了很久呢，众说纷纭，什么版本都有！"丁小力感觉有些不对劲，不知默涵为什么会提起这件事。

"大家都怎么说？"默涵看着丁小力。

"最后不是破案了吗，说是因为那个女的欠了别人的钱，一直不还，最后被债主雇凶仇杀。但校园里还流传着另外一个版本，说是被情杀，反正我那时也不关心这些事，毕竟和自己无关，与其关心那些八卦，倒不如到图书馆看看书……对了，你怎么突然问起这个？"丁小力不解地看着默涵。

"其实，那个被炸死的人是我……是我……姐！"默涵咬着嘴唇，一字一顿地说完，表情更加苍白。

"啊！"丁小力张大嘴巴，惊得他半天也说不出话来，甚至不知道应该怎样继续聊下去。

"没有吓到你吧?"默涵看了一眼惊愕中的丁小力。

"哦,那倒没有,我就是感觉有些惊讶!"丁小力摆了摆手。

"还要不要听下去?"默涵看了看丁小力。

"要,如果你当我是一个值得你信任的朋友!"丁小力其实非常想继续听下去,但是在默涵的面前,他不知为什么,一下子就变得不会说话了。

"嗯,其实我一直不相信我姐是欠人钱被仇杀的,我宁愿相信社会上的传言。所以,这些年我一直在暗中调查这件事,就是等待有一天能给死去的姐姐申冤!"

"那你发现什么线索了吗?"丁小力暗吸一口凉气,想不到眼前这个纤弱、漂亮的女孩会有如此强大的勇气。

"是的,我已经知道了事情的真相,我在等待一个时机!"默涵说着说着又低下头,开始搅拌咖啡。银色的小勺和咖啡杯的边缘碰出悦耳的声音,却无法缓解弥漫在她眉宇间的那份忧伤。

"我出生在一个幸福、富裕的家庭,三江,离吴州几百公里的一座中等城市。爸爸是做生意的,妈妈是艺术学校的一个钢琴老师。我十二岁那年,爸爸因为赌博欠下巨额债务而跳楼,妈妈抛下我们姐妹不知去向。姐姐是我在这个世界上唯一的亲人。我的爷爷奶奶过世早,爸爸是独子,也没什么亲戚。妈妈不是当地人,外地的亲戚也顾不上我们。那年姐姐十八岁，已经在吴州读大学，为了供我读书，她一边读书，一边打工，每个星期都会回家一次，每次都会给我留下足够的生活费……日子就这样过了三年。那年，我上高一，我清楚地记得那是'五一'后的一个周末，考完试后，像往常一样等待姐姐回家，我等了两天，姐姐没有回家，最终等来她意外惨死的消息……"说到这儿，默涵捂住了双眼，身体在不断地抽搐。

丁小力一下子不知所措，他无论如何也无法将这样离奇的故事和眼前的这个女孩联系在一起。他的心里充满了怜爱与无助，他唯一能做的就是抽出几片纸巾，轻轻地塞进默涵的手里。

咖啡厅里人少了很多，变得更加安静起来。窗外的江上过往的船只依然是一艘一艘地驶过，把一江倒映的霓虹揉成无数个碎碎点点的星光，沿着一江的春水，漂向遥遥的远方……

（五）

梦，是窥探内心的一面隐秘之镜，是另一种虚幻却真实的人生体验。正如庄周梦蝶，我们常常会被奇异怪诞的梦境所震惊，并感到迷惑。它意味着什么？它在暗示些什么？梦是窃听自己潜意识、和意识相互交流的机会，它为人们提供了通往自我整合的大门钥匙。梦是一种奇异现象，而做梦的体验也是人所共有的。但在人类文化中，无论古今中外，对梦的了解，始终是一个谜。

几天来,丁小力总是重复做着同一个梦:漆黑的夜,宽敞的大街空无一人,只有偶尔传来的几声犬吠。他头戴一顶礼帽,身着一件灰色的风衣,一阵寒风吹过,他下意识地裹了一下松开的衣领,匆匆赶路。直觉告诉他,几名特务正紧紧跟在身后。他加快脚步,后面的人也加快脚步;他慢了下来,后面的人也跟着慢了下来。前面似乎没了路,四周静得可怕,他感觉四面八方正有敌人包围过来。就在这时,前方突然亮起两束刺眼的车灯,闪得他双眼失明了一般,什么也看不到。接着,他听到汽车的轰鸣,随后感觉自己被抛上了高空……这一切像极了谍战剧里的场景,每次到这个时刻他都会一下子大汗淋漓地惊醒。

梦毕竟是梦,虽然有些怪诞但并不可怕。真正让丁小力感到恐惧的是那晚默涵对他说起的那些被称为"内幕"的情节。这些情节如果是假的,那默涵为什么会编造这些故事来骗自己?而且自己也没什么值得她可骗的。但如果默涵说的这一切都是真的,那这个女孩就太传奇了,这个世界的另一面就太可怕了……一想到这些,丁小力就隐约感觉到头皮发麻、后背发凉,那种感觉叫作不寒而栗!

紫金藤集团、省纪委、省公安厅、省检察院、吴州市……蒋一曼、吴有文、胡新标、兰玺光、杨健、董默轩……这一系列的机构和人物本来是毫无关联的,但在默涵的描述下是那样清晰、紧密地联系在了一起。而真正让丁小力吃惊的却是,默涵的姐姐……董默轩，死前兼职的地方竟是紫金藤集团。更为惊奇的是，默涵小小年纪竟有和年龄极不相符的胆量和勇气：为了找出真相，隐姓埋名，再次应聘到紫金藤集团的会所做兼职。

他翻出两年来所有和紫金藤集团有关的上访卷宗，又想起那天和江小鸥在"幸福公社"吃饭时说起的在小南门开工仪式上和两个保安的聊天内容，这些越发地证明默涵不是在编故事，她说的很有可能就是隐藏在幕后的事实。

可是默涵为什么要把这一切告诉自己呢？第一，他级别低，并没有什么话语权；第二，就算信访局有一定的职能，但并没有处置事件的权力。虽然这些都让丁小力百思不得其解，但出于一个人基本的善良和正义，他仍然决定尽自己最大努力帮助这个让他既心动又心疼的女孩。

周一的下午，骆大明开完例行的党组会刚回到办公室坐下，就见黄远辉拿着一个文件袋在门口徘徊，似乎有什么事，但好像又有些犹豫。

"远辉，是找我吗？"骆大明感觉黄远辉的神情有些不太自然。

"哦，对，您现在方便吗？"黄远辉轻声问道。

"哪有什么不方便的，进来吧！"骆大明冲他摆摆手，示意他进来并起身要给他倒水。

"不用不用，我就给您送个文件，您签收一下！"黄远辉见骆大明要倒水，赶紧走过去拦住骆大明。

骆驼刺

"先放我桌上吧，咱们好久没聊聊了。年前还那么关心我，哪天方便我得回请一下黄大主任！"骆大明一边说一边坚持给黄远辉倒了杯水。

"骆局，您客气，您一个人在吴州工作，平时我们照顾不周，还请您多担待，我们工作做得还不够，您得多批评！"黄远辉双手捧着杯，坐在骆大明的办公桌前，样子非常拘谨。

"远辉，你今天是怎么了？感觉和平常不大一样啊！"骆大明感觉到黄远辉有一些细微的变化。

"骆局，我没事，就是感觉您工作太辛苦，希望您以后工作别太拼，要对自己好一点儿。您先忙着，我下面还有点儿事，就不打扰您了！"黄远辉看了看骆大明，他有些话实在说不出口，于是就找了个借口离开了。

骆大明起身送走黄远辉，拿起桌上的文件一看，两眼有些眩晕，他靠在椅子上定了定神，这些日子以来的不祥预感终于来了。这并不是什么文件，而是一张东港市中级人民法院送达的离婚诉讼传票。

骆大明醒来的时候发现自己正躺在床上，他看了看四周，才发现是医院的病房，又抬手看了看表，晚上十点。他正在努力回忆发生了什么，黄远辉和丁小力一前一后走了进来。

"骆局，您醒了！小力，快去叫护士！"黄远辉见骆大明醒了连忙走到骆大明的床前。

"远辉，我这是……"骆大明仍然没有想明白到底发生了什么事。

第十章 真相渐白

"骆局,您别担心,今天下午快下班的时候,小力去您办公室汇报工作,不知什么原因您就晕倒了,可把我们吓坏了,就连忙联系了急救中心把您送医院了。医院给您做了全面的检查,结果已经出来了,没什么大问题,就是血糖有点儿低。另外,心电图有些不太规律,大夫说可能是心源性晕厥,也可能是神经系统紧张所致,可能是最近工作太劳累。至于其他方面,医院说还要进一步排查,今晚您就住这儿吧,回头我安排办公室轮流来值班……"

骆大明终于回忆起下午发生的事,丁小力进办公室时他还有印象,后面的事他就没有任何记忆了。

不一会儿,丁小力就领着值班医生和护士进来了。大夫看了看血常规的检查结果,又看了看心电图的片子,最后又用听诊器听了听骆大明的心脏。

"先办理住院手续观察几天,你们谁是家属,跟我来一下!"大夫说完看了看丁小力和黄远辉。

"你先在这儿陪下骆局,我去去就来!"说完黄远辉跟着大夫出了病房。

"小力,一会儿你和黄主任说,你们不用在这儿耗着,我没事。你们一会儿收拾收拾就回吧!"骆大明看了看一直忙前跑后的丁小力,心里有一种暖暖的感动。

"骆局,您就安心休息,渴了饿了,您随时叫我,这个时候最需要人了。至于我们,您就别操心了!"丁小力一边安慰骆大明,一边打开一个刚刚买来的水杯,正在用开水反复地烫着。

不知过了多久，骆大明沉沉地睡去。

他做了一个梦，一个陌生的火车站，妻子温晓燕和儿子骆峰站在站台前，儿子调皮地坐在行李箱上，小腿悠闲地甩来甩去，一辆老式绿皮火车徐徐进站，他们回首对他一笑便上了车。一声汽笛，火车徐徐开动，儿子的头突然就探出窗外，拼命地对他大声呼喊着：爸爸，爸爸……

骆大明感到一种从没有过的无助，一下子从梦中醒来。病房里的灯已经调暗，他看了看手表，已是凌晨两点，丁小力已经在临时备用的单人床上沉沉睡去，正在发出微微的鼾声。骆大明叹了一口气，一夜无眠。

天快亮的时候，他又迷迷糊糊睡去，再次醒来的时候已是第二天上午。让他意想不到的是，前来替换丁小力的竟会是伍为民。

第十一章　危险逼近

（一）

3月21日，农历二月二十二，二十四节气中的春分。春分是"二十四节气"之第四个节气。"春分者，阴阳相半也。故昼夜均而寒暑平。"一个"分"字道出了昼夜、寒暑的界限。这时太阳黄经为0°，太阳的位置在赤道上方。农历书中记载："斗指壬为春分，约行周天，南北两半球昼夜均分，又当春之半，故名为春分。"

汉董仲舒的《春秋繁露·阴阳出入上下》："至于中春之月，阳在正东，阴在正西，谓之春分。春分者，阴阳相半也，故昼夜均而寒暑平。"

正所谓"春分有雨到清明，清明下雨无路行"。

春风伴着细雨，已经持续了三天，依然没有转晴的意思。往年的吴州，这样的天气也并不多见。况且在这样一个周一的早晨，拥堵是必然的。

骆大明站在病房的窗前，呆呆地看着窗外这座笼罩着细雨的城市,他的身体已经没有大碍,如果不是医院要求再观察几天,他早就在这个地方待不下去了。事实上,这点儿病对他来说并不算什么,真正让他忧虑的则是如何挽救即将破裂的家庭。

"抱歉骆局,我来晚了。今天周一,路上有些堵!"丁小力带着一身的水珠匆匆走进病房。

"这是我从家熬的小米粥,还有些小咸菜、柴鸡蛋……您趁热吃吧!"丁小力三下五除二把饭盒一样一样打开,摆在桌了上。

"小力,这几天真是辛苦你了,我和远辉说了,这医院一日三餐都有,而且我这身体也没事,你们就不用往这儿跑了!"骆大明见丁小力一身湿漉漉的,心里非常过意不去。

"不辛苦,应该的,医院的饭我怕不合您口味,就特意让我妈趁着周末休息时间做了一些清淡且有营养的。您抓紧吃吧,一会儿就凉了!"丁小力憨笑着,在骆大明面前他还是有些拘谨。

"小力,谢谢你,也替我谢谢你妈妈。你回去上班吧,我这儿不用照顾!"

"可是伍主任交代过了,这几天我可以不用上班,就在这儿照顾您……"丁小力看了看骆大明,面露难色。

"小力,你快回去上班吧,我和为民说。我这儿真不需要人,如果需要,我也会和办公室说。听话,快走吧!"骆大明非常坚决,一边说,一边推着丁小力往病房外走。

"那好，骆局，您有需要随时给我打电话！"丁小力拿起雨伞无奈地出了病房。

丁小力走后，骆大明并没有心思吃东西，从昨天伍为民走后他一直在思考：伍为民到底是怎样的一个人？他所说的不要再介入和紫金藤集团有关的信访事件到底是什么意思？他所说的后台究竟有多强大？

从最初的印象到"9·28"事件的接触，骆大明一直认为伍为民是一个工作认真、严谨且业务能力很强的中层干部。无论年龄还是资历，都是局里挑大梁且最有发展前途的。但自从上次涉及阳光花园的拆迁补偿事件后，伍为民反常的举动一直让骆大明深陷困惑之中。虽然骆大明不敢断定兰玺光在这起事件上是否对伍为民做了工作，但一定是起了很大的作用。至于紫金藤集团有多大的势力让伍为民惧怕成这样，骆大明无法想象。但从这几起事关紫金藤集团的上访事件中，骆大明也的确领教了隐藏在背后的那股强大的力量。

虽然伍为民不敢把话说得那么明确，但至少他还有些良知，对自己进行了善意的提醒，或许他有他的难言之隐，抑或是被抓住了什么把柄？正如自己刚来吴州时江小鸥说的那样，整个江北的政治生态，这汪水深不可测。刚想到这儿，江小鸥和江沐月一个拎着水果篮，一个拿着一束花，一前一后走了进来。

"大明，什么情况？"江小鸥把果篮往桌上一放，看着消瘦的骆大明有些意外。在他的心目中，骆大明的身体一直是健康而强壮的,在他的大脑里很难把这个家伙和医院联系在一起。

"唉,一点儿小毛病还把你们给惊动了,其实没啥事,就是最近血糖有点儿小问题,不碍事!"骆大明连忙张罗二人坐下,想给二人倒杯水,却发现没有一次性纸杯。

"大明,你就别管我们了,还是管好你自己吧!"江沐月看着骆大明的样子,心里掠过一丝内疚,也有一丝心疼。

"小鸥,你们是怎么知道的?"骆大明有些奇怪,怎么刚住进医院,江小鸥和江沐月就得到了消息?

"是你们单位的丁小力告诉我的。我说大明你也真是的,这种情况也不告诉我和沐月,刚才我们在路上还说,你还把不把我们当朋友了?"江小鸥的话里显然对骆大明充满了不满的情绪。

"本来就没什么事,再说我觉得根本用不着住院。是医院建议我观察两天再出院,局里也坚持!要是依着我,这个地方我是一分钟也不想多待啊!"骆大明一边说,一边从茶几上掰了两个香蕉,分别递给二人。

"那可不,反正是公费医疗,而且还是干部病房。如果我是院方也得多留你几天!"江小鸥一边说一边扒开香蕉,然后一口塞进嘴里。

"小鸥,你这张嘴啊!"骆大明很无奈,只好苦笑了一下摇了摇头。

"大明,你都检查了哪些项?有没有检查结果?"江沐月半天没有说话，她隐约感觉骆大明的气色有些不太好。

"当天检查了血常规，也做了心电图，大夫建议我再做个核磁全面检查一下，我觉得没必要。我想出院，但是出院手续得单位来办，我这干着急也没用！"骆大明有些无奈，但江小鸥和江沐月的到来，在这个春寒料峭的早晨还是如一股暖流，令他感动并温暖着他内心深处。

"对了大明，'两会'已经结束了，听说今年中央要有大动作！"江小鸥自己又主动拿了一根香蕉。

"什么动作？"骆大明看江小鸥的表情有些神秘。

"听说要加强对地方的巡视，全国各省市都要覆盖到！"江小鸥似乎对这个传闻很有兴趣。

"至少我没听到消息，你呢沐月？"骆大明看了看江沐月。

"我也没有听说，但这种事就算有也是涉密的，传达到哪一个层级也是有规定的！如果真的要巡视，提前通知了就失去了巡视本身的意义！"江沐月一向说话谨小慎微，即使面对从小一起长大的两位最好的朋友，也从不主观臆断或猜测。

"哈哈，看把你们小心的，我们这个圈子和你们不一样，我们得有一定的前瞻性和敏感性。反正该来的一定会来，再说了，如果真来了，睡不着觉的肯定没你们俩，你们怕啥？对不对？"江小鸥说完嘿嘿笑了两声，起身又从桌上拿起一串提子。

三人正有一搭无一搭地闲聊着，病房门一开，黄远辉领着兰玺光出现在了病房门口。

"大明,你有客人,是不是打扰你们了?"兰玺光看到江沐月也在场的时候,突然一怔。

"大明,多保重,我们先走了!"江小鸥和江沐月见有人来,连忙起身告辞。

(二)

作家张小娴曾说:"爱情,就是彼此永不止息的思念,是永远放不下的牵挂,是心甘情愿的牵绊。不管相隔多远,无法抑制的仍然是对彼此的想念。"

丁小力最近就是这样一种状态,工作之余,下班之后,他总会不由自主地想到默涵。这种感觉最近越来越强烈。一个人的时候,他在心里经常问自己:默涵会喜欢上自己吗?每每想到这儿他就会痛苦地自嘲,感觉自己是一厢情愿、自作多情。可是思念这种东西却非常奇怪,越想理智越无法理智,越想控制越无法控制。

于是他想到了《麦田里的守望者》中的一首诗:

> 当我爱你的时候
> 用一千种理由仰望你
> 你却以飞鸟的印痕出现
> 仰望的星空里

> 你为我刻下呼啸的美
> 今夜星星是漫天的烟火
> 小小的等待让我彻夜不眠
> 你如是我尘世的一口陷阱
> 我愿意体验自由落体的惊险

与其坐在这里盲目地思念，倒不如为心爱的人做点儿什么。丁小力合上书，再次回到了冰冷的现实。他走到阳台，望着窗外迷离的夜色，决定就算是飞蛾扑火，也要为默涵闯一闯紫金藤集团这个"虎穴"。

第四天的下午，在骆大明的坚持下，医院终于同意他出院了。黄远辉去办出院手续，丁小力陪着他下楼，单位的车早已等候在门口。

"骆局，我们现在送您回家先休息一会儿！"不一会儿，黄远辉小跑着从医院大厅里出来，拉开门坐在了副驾驶的位置上。

"远辉，你看我现在像个病人的样子吗？你也知道，我一个人在家待不住，还是送我去办公室吧！"骆大明坚持要上班，黄远辉也没有办法，只好让司机把车开回信访局。

一路上，黄远辉不停地嘘寒问暖，周到得让骆大明感觉有些不好意思。本来就不爱说话的丁小力也插不上话。丁小力一方面心疼着自己的主管领导，另一方面心里又装着默涵的事。

车子很快开回机关大院，骆大明回到办公室刚刚坐下，手机突然响了起来，他这才注意到已有三个未接电话。

"请问是骆大明吗？"

"对，我是，请问您是哪里？"

"我是东港市中级人民法院，我们现在通知您于4月1日下午三点正式开庭，请您提前到场……"

挂了电话，骆大明一阵心酸。妻子温晓燕已经不再接他的电话，这让他深陷一种无奈和绝望的痛苦之中。

心情沮丧的骆大明，双手掩面，良久才平静下来。他并没有注意到丁小力站在他办公室门口已经半天了。丁小力似乎也看出了时机的不妥，他在走廊里踌躇了半天，最终还是选择返回自己的办公室。

持续了近半个月的阴雨天，终于在周五的下午暂时告一段落，太阳从厚厚的云层中钻了出来，暖暖地照着大地。吴州的大地终于有了春日里的生机。阳光，对于初春的吴州人来讲确实是太珍贵了。天气预报说近两周不会再有降水，这对熬了两周的上班族来说无疑是一个好消息，如果天还不放晴，他们恐怕就在家里捂得发霉了。

处理完最后一条要督办的网上来访，已是晚上七点半，丁小力收拾好桌面的文件，存档的存档，销毁的销毁。办公室里除了他早已空无一人，他也早已习惯了一个人加班，反正他既无应酬，也没有女朋友，所以处室里的大部分加班的活儿都交给他来做，这慢慢也就成了理所当然的事。

关了电脑，换好外衣，丁小力正要离开，伍为民推门走了进来。

"小丁，还没走呢？"伍为民关心地问。

"嗯，刚做完手头的事，这不正准备要走，主任，您还有什么事要交代吗？"

"这不是明知故问吗，走了还能站在这儿和你说话！"丁小力内心不满地嘀咕了一下，自从上次伍为民称病退出和紫金藤集团有关的信访事件后，他打心眼儿里对眼前这个直接领导有了新的看法，以前所有的好印象基本上一扫而光，那些"表面一套，背后一套"的机关哲学他实在是做不来，所以只能对伍为民敬而远之。

"小丁，没什么事，我就见你们办公室灯还亮着就过来看看，还没吃饭吧，要不咱俩找个地方小酌一下？"伍为民一边说，一边亲切地拍了拍丁小力的肩膀。

"谢谢主任，今天真不巧，我约了同学！"丁小力从来不撒谎，但今天他说了假话，因为他实在不想和伍为民为伍。尽管他不知道伍为民叫他吃饭的真正用意，或许他就没有用意，反正不管伍为民有没有目的，他都不愿意和他一起吃饭。

"那好吧，那咱们就改天！"丁小力能感觉到伍为民的意外和尴尬，反正他都不在乎。

"喂，小力吗？在家吗？"周六下午三点半，丁小力提着一堆水果正要下楼去看望骆大明，很少打电话的妈妈却来了电话。

骆驼刺

江南山水十一　刘明杰绘

第十一章 危险逼近

"妈,我在家呢,什么事?"

"我现在在省府路88号,东家让我明天休息一天,你能不能过来接我一下?"母亲在电话那头显得十分高兴。

"好的,我现在就过去吧,到了给您打电话,您别着急!"丁小力挂了电话,用手机地图定位省府路88号,只有一个定位点,却没有具体名称,这是什么鬼地方,母亲怎么会让他来这个地方接?

手机上的网约车很快就接了单,来不及多想,丁小力匆匆下了楼。

"师傅,省府路88号是个什么地方?怎么不显示名称?"上了车,丁小力和网约车司机闲聊了起来。

"您是真不知道还是假不知道啊?"司机操着一口标准的吴州话回头看了看坐在后座上的丁小力。丁小力这才发现司机师傅花白的头发、微胖的脸,像极了小品《卖拐》中的范伟,差点儿没忍住笑出声来。

"真不知道,所以才向您请教!"

"这个88号,是江北著名的高干家属院,住的都是离任或在任的省领导,而且都是清一色的小洋楼,家家都有一个小花园……老实说,我在吴州开了几十年车,也只进去过一次!"司机师傅眉飞色舞地说着,就好像自己住在里面一样。

一司一乘,两个人反倒聊得挺开心,不知不觉就到了导航定位的地方。果然如司机师傅所说,88号有一个没有标识却非常气派的大门，透过大门，只能看到一条古树参天的林荫道，却看不见任何的建筑。

门口有一个武警战士在值勤，见有车子到来，把手一挥，示意停车。

"报车号了吗？"司机师傅问。

"报什么车号？"丁小力有些不懂司机的话。

"没报车号车子是进不去的，接人也没戏，除非里面来人接或给值勤武警打电话说一下，要不车子就停在这儿，我在这里等！"司机师傅看出丁小力确实不懂，又和他继续解释着。

"那我打个电话问一下吧！"丁小力没想到母亲让他来接的这个地方会这么高大上。别说来过了，如果不是今天听司机师傅说，这个地方他连听说都没听说过，更别说这里面的规矩了。

（三）

4月19日，星期五，农历三月十九，谷雨，二十四节气中的第六个，也是春季最后一个节气。上古时代以北斗星的斗柄指向辰位为谷雨；现行的"定气法"以太阳到达黄经30°时为谷雨，于每年公历4月19—21日交节。谷雨，顾名思义也就是播谷降雨的意思。在谷雨时节雨水会增多，"时雨乃降，五谷百果乃登"。雨生百谷，反映了"谷雨"的农业气候意义。

这一天对于中国大部分老百姓来讲，是一个让人高兴的日子，但对于骆大明来说，则是他人生中最为灰暗的一天。

上午十一点，当他和温晓燕从东港市中级人民法院出来的时候，天空中正飘着毛毛细雨。虽然法院已经尽了最大的努力来调解，但最终没有挽回他们的婚姻。

离婚协议非常简单：儿子交由温晓燕来抚养，骆大明每月支付3000元抚养费，直到孩子成年。至于两人婚后的房产和存款，骆大明全部留给了他们母子。因为这个时候，那些东西对于他来说都已经不重要了。

"以后如果你想看孩子，请提前三天和我联系，我承认你是一个称职的党员干部，但并不是一个合格的丈夫和父亲，多珍重吧！"温晓燕停下脚步，平静地凝视着憔悴不堪的骆大明。骆大明不知该说什么好，这个时候他也确实不知道该说些什么好。他唯一能做的就是苦涩地冲温晓燕笑了笑，然后眼睁睁地看着在一起生活了十六年的妻子就这样打着雨伞，渐渐消失在街角的尽头。

他多么希望这只是一场梦，梦醒之后，身边仍有深明大义的妻子，还有可爱懂事的儿子，但这一切似乎永远不可能再回来了。一想到这儿，他感觉胸口一阵剧痛，捂着胸口扶着法院的围墙慢慢蹲了下来。他把手中的伞扔在一边，豆大的汗珠伴着水珠从额头上一滴一滴淌了下来，顺着脸颊慢慢流进了嘴里……他强忍着疼痛，从包里摸出一小瓶止痛片，倒出两粒一仰脖吞了下去。

晚上七点，中央电视台《新闻联播》播出一条重磅消息：根据中央统一部署，自4月22日起至6月21日，中央第二轮巡视组将对北京、上海、天津、江北等12个省和直辖市进行专项巡视……

听到这条新闻时丁小力正在上厕所，他急忙提起裤子从卫生间冲出来，可惜电视上的画面一转，就换成了别的新闻。

他迫不及待地打开手机，搜索了一下最新的新闻资讯，新华网的权威发布证实了他刚才听到的消息，这不正是默涵苦苦等待的机会吗？丁小力突然有些兴奋。于是，他迅速把那条消息的链接通过微信分享给了默涵。

@愤怒的小小鸟：我也刚刚看到，正要找你，没想到你比我更快。

@小小力量：是呀，我觉得这条消息对你很重要。还有，我有些事情想要和你说。

@愤怒的小小鸟：嗯，其实我也有话想对你说，你现在有空吗？

@小小力量：有的。

@愤怒的小小鸟：我想见你一面，方便吗？

@小小力量：方便，你说个地方，我去找你。

@愤怒的小小鸟：来我家可以吗？或者去你家也行，我有些重要东西要交给你，我感觉外面不是太方便。

@小小力量：大晚上的你别跑了，我去找你吧，你给我发个位置。

@愤怒的小小鸟：好，我在9号楼二单元901，你到了按门禁就好，我给你开门，如果你有移动硬盘的话最好也带一个。

说完，她发了一个微信定位。

丁小力点开手机地图，导航显示的是三公里外的蓝调国际公寓。虽然距离很近，但正值周六的晚高峰，唯一有保障的交通方式就是共享单车。丁小力从新买的电脑上拔下移动硬盘，装进包里就匆匆下了楼。

他顾不上蒙蒙的细雨，骑车一路飞奔，不到二十分钟就出现在了默涵的家门前。

"你可真是够快的，我家从没来过客人，你是第一个，凑合一下吧！"默涵说完递给丁小力一双蓝色机器猫的女式拖鞋。

"你怎么大雨天也不打把伞？也不怕淋感冒了！"默涵见丁小力满头满脸都是细密的水珠，又转身进卫生间拿了一条新毛巾出来。

丁小力草草擦了把脸，拖鞋太小，他根本就穿不上，苦笑着看了一下默涵，呆呆地站在门口进也不是，不进也不是。

"允许你光着脚，快进来吧！"默涵见丁小力像根木桩一样站在那里，上前拉了一把，丁小力才红着脸、踮着脚跟着默涵进了客厅。

"说吧,你想和我说什么事?"默涵倒了一杯柠檬水放在丁小力的面前,然后一双大眼睛水汪汪地看着他。

"我最近其实一直想和你说,但一直没找到合适的机会,这话还得从三周前说起。我家的情况我也和你说过,就我和我妈两个人,春节后我妈瞒着我找了份家政的工作,你猜雇主是谁?"丁小力紧绷的神经慢慢缓和了下来。

"不会是蒋一曼吧?"聪明的默涵突然瞪大了眼睛。

"你果然是冰雪聪明,没错,就是蒋一曼。听我妈说,她家有好多套大房子,郊区有,市区也有。但三周前,我妈让我去接她,我发现了另一个秘密!"

"什么秘密?"

"那天,蒋一曼说她的爷爷在家过八十大寿,让我妈过去帮着做家务。我接我妈的时候才知道,那个地方是省委家属大院,过寿的人是省委原副书记吴天明。吴有文是吴天明的儿子,蒋一曼是吴天明的孙媳妇,也就是说,吴有文是蒋一曼的公爹……"

"不可能,蒋一曼和吴有文肯定不是这种关系!"默涵听完丁小力的话几乎不敢相信自己的耳朵,从椅子上直接站了起来。

"根据我的了解确实也不应该是这种关系,但是我妈在那天吴书记的寿宴上,确实听到蒋一曼称呼他'爷爷',但老爷子那天并不高兴,因为他的孙子根本就不在国内,好像是在美国治一种什么病……"丁小力不知默涵为什么这样激动,吓得不敢说下去了。

"小力，你来，我给你看样东西！"短暂的沉默过后默涵冷静了下来，拉着丁小力来到电脑前。

点开电脑的公文包，输入密码后，里面是按照时间顺序排列的几个文件夹：共分为视频文件、音频文件、照片三类。视频文件里按照目录分成了"紫金藤会所20140508""紫金藤会所20140522"……音频文件夹同样也按照年份进行了详细的标注，整个文档居然有三个G之多！

（四）

"这些音频，是蒋一曼在紫金藤会所招待客人时，我偷偷用手机录的；这些视频是蒋一曼拉拢省市领导的，还有这个……"默涵把鼠标停留在了第三个文件夹，脸部表情突然就僵住了，紧咬着嘴唇，似乎有什么难言之隐。

"是什么？"丁小力问道。

"也是视频，是给不肯和他们同流合污的官员设的陷阱，其中里面就有你的领导……"默涵说到这儿，表情有些复杂，有些难过地垂下了头。

"我知道我对不起那些人，但这都是他们逼我这么做的。还有，如果我不这么做，也不会得到他们的信任，不过那些都是摆拍的，并没有真正发生，只是他们用来威胁当事人的一种手段……"

骆驼刺

丁小力用鼠标点开了其中一条，果然见骆大明衣衫不整地躺在床上。正如默涵所言，视频里的骆大明像是被打了麻醉药，完全没有意识，如果不仔细看，真的很难分辨。

"你相信我吗？"默涵停顿了一下，悄悄抬起头看着丁小力，眼神里满是无奈和羞愧。

丁小力没有说话，只是点点头，如果不是亲眼所见、亲耳所闻，他真的不敢相信平时在电视上见到的某些道貌岸然的政府官员、某些满嘴党性国法的领导干部，在豪华的会所里竟然是这样一副嘴脸。权力和金钱一旦勾结在一起，简直太可怕了。

"小力，我还有一样东西要交给你，你看一下！"默涵说完递给丁小力一个带有密码锁的日记本。

"这是什么？"丁小力似乎还没有从刚才的震惊中回过神来。

"这是五年前整理我姐遗物时我无意中发现的，密码是我姐的生日：1012。"

"我可以打开吗？"丁小力问。

"既然交给你，就完全信任你，你看了以后就会明白我为什么不相信蒋一曼和吴有文不是公爹和儿媳的关系了！"默涵的语气非常坚定。

丁小力打开了日记本，纸张已微微泛黄，这样的日记本在市场上早已见不到，是多年以前在学生中流行的一种款式。日记本的扉页上是一行英文：She who has a why to live, will bear any how!（一个人知道自己为什么而活，就可以忍受任何一种生活。）这是哲学家尼采的一句名言，曾经一度在大学里被广为推崇，没想到会以这样的一种方式被记录在一个尘封多年的日记本上。

3月11日，小雨，星期五。今天是我生命中最为黑暗的一天。这一天我失去了父亲，母亲也不知去向，只留下我和妹妹相依为命。小妹年龄尚小，我不能倒下。从今天开始，再苦再累，我也要撑起这个家，把小妹照顾好，供她顺利完成学业。

3月19日，晴，星期六。今天是一个值得高兴的日子，我找到一份收入还不错的兼职，在一家房地产企业培训中心的餐厅里弹琴。这里的负责人是一个漂亮的姐姐，人们都叫她"蒋总"，尽管大家都有点儿怕她，但我感觉她很亲切，人长得也好看。蒋姐有气质，而且对我很照顾。她这里每次招待的客人都是些大人物，蒋姐有时也会让我去给他们敬敬酒，说这样我可以多拿一些奖金。这样一个月下来，我可以挣3000多元，我的生活费和小妹的生活费就有着落了。

…………

7月11日，晴，星期二。今天是我们大学正式放假的第一天，蒋姐希望我能留下来，说是最近中心接待任务比较多。本来我想要回家看小妹，但是一想到在这儿多上一天班，就有几百元的额外收入，就打电话给小妹，让她等几天，我周末再回家接她来省城玩几天。

8月11日，大雨，星期六。为什么命运如此对待我？我原来以为这个世界很美好，在父母离开我们之后，我遇到的都是好人，可是昨天晚上发生的一切，让我彻底绝望了。一想到那张丑恶的嘴脸、那个肮脏的身体压在我身上的时候，我很想一死了之，但是我还有一个尚在读中学的妹妹，为了她，我就算是苟且地活着，也要咬牙坚持。多么希望这是一场噩梦，梦醒来的时候，一切还是原来的样子……

9月20日，阴，星期三。今天那个不要脸的老东西又来找我了，我虽然恨他，但是我一个柔弱的大学生，怎么斗得过他堂堂一个法院院长。他今天给了我一万块钱，居然厚着脸皮问我能不能给他生一个孩子，说可以给我50万元，外加一套房，甚至还可以送我出国……我有些犹豫，但是一想到他已经玷污了我的身体，反正已经这样了，不如忍辱负重答应他！我现在脑子很乱，可我翻遍了手机通讯录，却没有一个可以信赖的朋友来倾诉。

10月12日，晴，星期四。今天是我的生日，他派人送了一辆车到学校，给我做生日礼物。我从同学们的眼中看到了羡慕的眼神，尽管他们不知道这辆车的背后是怎样一个见不得人的故事，但至少在学校里，我终于可以抬起头来,不用再去吃食堂里最廉价的饭菜了。

　　10月20日,晴,星期五。今天我又去了会所陪酒,经过半年多的锻炼,在他们每次的纸醉金迷中,如何说话,如何敬酒,如何撒娇,如何让他们为我神魂颠倒……我俨然已轻车熟路、游刃有余。但今天蒋姐看我的眼神有些不对,老家伙悄悄地对我动手动脚时,在她的眼神里我读到了女人特有的妒火。我知道他们之间也有着不同寻常的关系,但老家伙却信誓旦旦地和我说没有。经常和我一起参加酒局的一个姐妹告诉我,宁可相信世上有鬼,也不要相信臭男人的那张嘴!所以,我不会相信这个男人。

　　…………

　　5月5日,阴,星期一。再有一个月就要毕业了,我的存折上已经有了80万元,而且蓝调国际的这套公寓已经过户到我的名下,这些钱已经够妹妹上大学了,我想结束这样的生活,但是我发现我怀孕了。老家伙升了官,听他们说是一个更大、更让人害怕的职务。不知为什么他最近一直躲着我,我知道他躲在哪儿,今天我一定要去找他摊牌,最后一次要回我应该得到的东西。

　　清秀的字迹,记录的却是一个女大学生血泪斑斑的屈辱历程,这里面有不幸、有矛盾、有纠结、有忏悔,甚至还有迫不得已的交易。丁小力似乎一下子明白了,吴有文、吴天明、蒋一曼、胡新标、兰玺光等人错综复杂的关系，以及默涵的姐姐默轩到底经历了些什么。

合上日记本，丁小力叹了一口气，咕咚咕咚把杯子里的水一口气喝干净，喉咙似乎仍有一股火在燃烧着，让他感觉浑身血脉偾张，拳头也不由得握了起来。

"接下来你打算怎么办？"丁小力看了看默涵，他真没想到，看上去如此柔弱的一个女孩，内心却蕴含着如此强大的复仇力量。

"这个机会我等了很久，终于让我等来了。我不想错过，所以我要拿着这些东西去举报他们！"默涵眉头紧皱，一双大眼睛里隐隐透着一股豁出一切的决心。

"默涵，你听我说，向中央纪委举报纪检干部，本身就是一件很难的事。再说，吴有文的父亲是前省委副书记，且不说他的能量有多大，单就吴有文来说，他在吴州和省公检法系统都当过主要领导且深耕多年，你一个小女孩单凭这些证据就想给五年前的案子翻案，谈何容易。而你一旦暴露，后果将不堪设想……

"我手中的几起信访案件都和紫金藤集团有关，而且我已掌握不少的证据，再加上你的这些材料，如果我实名举报，只要中央能彻查紫金藤集团，就不怕查不到吴有文，查到吴有文，你姐的冤屈就一定会昭雪……"

"不行，我不能让你为我的事担风险，万一你有什么意外，我岂不是害了你！"默涵心里一阵感动，她知道一个男孩子肯为自己这样做意味着什么。当然，从第一次见丁小力那天起，她也对这个善良的男孩有了那种难以名状的好感，但她清楚，现在还不是谈情说爱的时候。

"默涵，我是国家公务人员，他们势力再大也不能轻易把我怎么样，你就放心吧，这些东西我拷走，你一定要留好备份，以防万一。还有，你记个电话，联系不到我的时候，你可以联系他，这个人或许会帮到你！"

（五）

周一上午九点，中央巡视组正式进驻江北省，工作动员会在江北省直机关礼堂召开。会前，中央巡视组组长马越主持召开与省委书记、省长的见面沟通会，传达了总书记关于巡视工作的重要指示精神，通报了有关工作安排。会上，省委书记李家正做了动员讲话，对做好巡视工作提出要求，省长于小林主持会议并讲话。

中央巡视组将在江北省工作两个月左右。巡视期间设专门值班电话、专门邮政信箱。巡视组受理信访时间截止到6月21日（"五一"放假期间正常接收来信，暂停受理来电、来访）。这些信息当天已经通过江北省政府网站和《江北日报》进行了公开。

动员会结束，骆大明回到局里的时候已近中午，大概是因为中午吃饭时间，督查室的大办公室里已经空无一人，他想找丁小力聊聊,却发现丁小力座位上的电脑并没有开机。种种迹象表明:丁小力不是没来上班,就是外出了。

"骆局,您有事?"骆大明刚刚走出办公室,就见伍为民手里拿着两个橘子走了过来。

"为民,看见丁小力了吗?"

"他上午请了半天假,说是要去趟市局做一些督办,您如果有事,我打电话让他尽快回来!"伍为民一边说一边递给骆大明一个橘子,显然是从食堂带出来的免费水果。

"那倒不用,等他回来你让他到我办公室找我一下!"骆大明对伍为民依然既尊重又客气,尽管前段时间伍为民的表现曾让他一度陷入被动。

事实上,丁小力今天并没有去市局,而是在家准备材料,既然已经决定了实名举报,就得把材料准备充分。当他来到设在省委大院旁边位于友谊宾馆三楼的中央巡视组公示的来访接待处时,他的心就一直怦怦地跳个不停,他还是第一次做这样的事,紧张得手心里都是汗。他很想给骆大明打一个电话,但他知道他的这位领导刚刚大病初愈,而且好像还在闹离婚,如果不成功岂不是把自己的领导也给搅进来了。

想到这儿,索性把心一横,推开门径直走了进去。

接待室是一个中型会议室临时征用来的。接待他的是两个人,一个年龄稍大一些,四五十岁的样子,态度和蔼,说话非常客气;另一个是年轻人,戴着一副黑框眼镜,面无表情,面前放了一部笔记本电脑和一支录音笔。

整个过程非常快，两个人并没有过多地询问，只是留下了丁小力的材料，查验了他的身份证，留下了他的联系方式就算结束了。丁小力事先准备好的硬盘资料他们并没有收下，说如果有需要会电话通知他。

"默涵，事情已办完，希望能等来好消息！"走出友谊宾馆的大门，丁小力长长出了一口气，随即发了一条微信。

"不知道说些什么好，总之，大恩不言谢！"默涵发来一颗心和一个拥抱的表情。

"不用谢，一半是为了正义，一半是为了你！"丁小力也回了一颗心的表情。随后他的心也怦怦直跳，那是一种从未有过的感觉，像一股电流瞬间就传遍了全身。

友谊宾馆离省信访局并不远，步行1000米左右的样子，丁小力一边哼着小曲一边往回走。4月底的吴州正春意盎然，各种树木已经披上了绿装，鸟儿在枝头欢快地唱着歌。他感觉今天的吴州特别的美，就连天空的云都是丰富多彩的。他并没有留意到，北风渐起，一大片乌云正从东往西聚集，不一会儿就完全遮住了太阳。

回到局里的时候，天空中轰隆隆传来一阵阵雷声，这还是今年的第一场春雷，一下子就打破了这座城市的宁静。看来，一场疾风迅雨是不可避免了。

从骆大明办公室出来，丁小力格外高兴，因为骆大明告诉他，考察他副处级调研员的批件兰玺光已经圈阅，这无疑是他进入职场以来最让他高兴的一件事，所以得好好庆祝一下。

"晚上有空吗？"丁小力给默涵发了一个做鬼脸的表情。

"不好意思，晚上我有课，九点半以后才能结束！什么事把你高兴成这样？"默涵回了一个无奈的表情。

"其实也没什么事，就是想请你吃个夜宵！要不咱就改天！"丁小力有些失望。

"如果我的课结束得早我就再给你发微信或打电话，如果时间晚，那就改天我请你，我知道有一个吃夜宵的好地方！"默涵回复了一颗心的表情。在丁小力看来，这些符号和表情，就预示着他们的关系已经超过了普通朋友，一想到这儿，他的心里就美滋滋的。

省纪委常务副书记办公室里，吴有文关着门，正在接一个神秘的电话。

"是是是，对对对，感谢老兄，我马上处理，请放心，请放心！"吴有文的脸一会儿白，一会儿青，最后变成了黑红色。

挂了电话，他背着手，在办公室里转了一圈又一圈，心中暗暗骂了一句："既然你想找死，就别怪我不客气！"

四十分钟后，胡新标风风火火地赶来，十分钟后，又匆匆离去。一切安排妥当，吴有文点上一支烟。窗外正哗哗地下着雨，雨水顺着窗汩汩地流下来，映出一副看不清表情的阴森森的脸。

下班前伍为民给丁小力安排了一大堆任务，平时他都会默默地接下来，更何况今天是一个特别的日子。既然默涵有课，倒不如一边加班一边等她的消息。

不知不觉，这座城市已是华灯初上，夜色渐浓。雨似乎下得更大了，打得办公室的窗户啪啪地响，整个信访局的大楼里只有丁小力所在的办公室亮着灯。处理完最后一项工作，丁小力看了看手机，已是晚上九点十分，微信依然静悄悄，没有默涵的消息。

像往常一样，关了电脑，收拾好那个背了三年的背包。丁小力静静地在等默涵的消息。

九点二十五分，终于有了默涵的消息：

@愤怒的小小鸟：在哪儿？

@小小力量：在办公室，刚加完班，正在等你消息。

@愤怒的小小鸟：啊，真不好意思，老师正在拖堂，看样子不能准时下课了。

@小小力量：这么大雨，要不我接你吧！

@愤怒的小小鸟：我学校有宿舍，这么大雨晚上我就住学校了，再说音乐学院离你太远，就不折腾你了。

@小小力量：那好，我也回家，我们改天再约，记得到家报平安！

@愤怒的小小鸟：好的，你也是！

网约车显示排队人数前面还有17个，需要等待约四十分钟。丁小力无奈地摇了摇头，与其站在雨里等，不如走着回家，因为就算是走，顶多也就是二十分钟。

出了机关大院，撑开雨伞，出了门50米右转就是建设路，沿着建设路一直往北走，不到两公里就是他住的小区。建设路是一条相对较老的街道，路不宽，平日里经常会发生拥堵，可是在这样一个雨夜，却出奇的安静，偶尔会有一两辆车按着喇叭从他身边经过。

丁小力深一脚浅一脚地只顾着赶路，突然远处亮起两个炫目的汽车大灯，风驰电掣般就到了眼前，他还没有反应过来，就砰的一声飞向了高高的空中……

在从空中跌落地面的一瞬间，他感觉到自己正坠向一个无底的深渊。眼前最后出现的是默涵那张美丽而又忧郁的脸……

第十二章　出离愤怒

（一）

一辆救护车呼啸着划过寂静的夜空，浑身是血的丁小力躺在担架上被一群护士簇拥着、一路小跑着推进急诊室。雨水伴着血水，从他的身上滴到地面上，留下一条浅红色的痕迹，一直从医院大厅延伸到急诊室。

"伤得太重了，这里处理不了，得马上准备输血、手术！你先去通知赵主任，我给患者简单处理一下！"急诊室值班医生冲待在一边的护士挥了挥手，示意她抓紧去联系手术室。

省人民医院外科主任赵一凡刚刚换下手术服准备休息一会儿，急救室的一名护士急匆匆闯了进来。

"赵主任，刚接到一个车祸重症伤者，全身多处骨折，失血很多，需要马上手术……"

"通知其他几位值班医生，我马上就来！"赵一凡来不及多想，把刚刚脱下的手术服又重新换上。

骆大明、黄远辉、伍为民赶到医院的时候已是第二天的上午，丁小力仍未脱离危险，还在 ICU 病房进行医学观察，接待他们的是院方领导和两名警察。

"张院长您好，警察同志您好，这是我们单位领导骆局长，这位是患者的同事，我们单位的伍主任！"黄远辉进了门先简单做了一下介绍。没有太多的寒暄，众人握了握手先后落座。

"请问哪位是患者家属？"其中一名警察看了看黄远辉。

"警察同志，患者家属情况比较特殊，目前家里就他和他的母亲两个人，现在我们还没通知他的母亲，怕老人家受刺激。有什么事就和我们说吧，正好我们领导也来了。"黄远辉看了看骆大明，骆大明冲他点点头，示意他全权代表。

"是这样，事故大约发生在昨天晚上十点左右，是一名过路的出租车司机先打的急救电话后报的警。肇事车辆逃逸，我们正在全力追查。因为昨晚大雨，且事发路段监控有限，所以请给我们些时间，我们一定会全力侦破，给伤者和你们一个交代。这些物品是当事人留下的。"说完指了指旁边的一个背包。

"谢谢，我们相信你们，有什么需要我们这边一定全力配合！"骆大明起身向两位警察表示感谢。

"不用谢，这是我们的工作，没什么事我们就先走了，你们继续！"两名警察说完，拿起公文包起身告辞。

"那我们现在说说病人的情况吧！赵主任，你是昨晚的值班医生，也是患者的主治大夫，你来介绍吧！"院方领导发了话。

"好的,我就把主要情况和各位领导汇报一下:伤者目前仍没有脱离危险,正在 ICU 病房观察,目前来看,伤者全身 17 处骨折,脾脏破裂,最主要是头部受到重创,导致创伤性硬膜外血肿、多发脑内血肿、多发性大脑挫裂伤、脑疝、颅底骨折、脑脊液鼻溢、创伤性蛛网膜下腔出血,右额骨、右顶骨、右颞骨、右蝶骨、右侧颧弓粉碎性骨折……结合相关检查,经和神经科专家会诊分析,即使伤者外伤全部康复,也会成为一名植物人……"

听完主治医生的话,骆大明脑袋嗡地一下,后面的话他一句也没听进去,因为他有些无法相信眼前这个冰冷的现实。

"你们能不能交个实底,患者康复的可能性有多大?"沉默了一会儿,骆大明哽咽着问道。

"从目前的情况看,外伤的恢复问题不大,恐怕脑组织的恢复不容乐观……"主治医生的话再次让骆大明感到了绝望。

"有多大的可能?如果咱们医院条件有限,转院有没有希望?"半天没有说话的伍为民问道。

"我们医院的外科和脑神经科在全国也数得上,目前患者的情况确实比较严重,就算转院到北京、上海,恐怕也是这个结果。从以往的病例来看,患者能够醒过来的概率只有百分之三十,不过每个个体的情况或许会有差别,希望奇迹能够出现吧!"

"那我们能看看他吗?"骆大明问。

"ICU病房都是重症患者,目前患者的情况不适合探视,不过可以给你们破一次例,但得换好防护服,而且只能进一个人,你看你们谁去?"院领导看了看骆大明他们几个。

"我去吧!"骆大明从椅子上站起来。

换好专业的防护服,骆大明进入了重症监护室。丁小力浑身缠着绷带,正静静地躺在病房上,脸上罩着呼吸机,身上好几处插着管子……骆大明看不清他的脸,只能默默看着这个年轻、正直,有事业心,昨天还在他办公室有说有笑的孩子。眼圈一红,眼泪就在两个眼窝里打转,他努力睁大眼睛,想把眼泪压制住,但最终还是没忍住,两行热泪夺眶而出……

"任省长,我知道这个时候不应该来打扰您,但这件事非常蹊跷,又恰好出在这个关键的时期,特别是丁小力同志近期督办的几起信访案件,都有可能让他深处危险之中……"任长河办公室,骆大明双眼红肿地坐在沙发上。

"大明,你的怀疑不是没有道理,但如果这只是一起普通的交通事故呢?"任长河一边看骆大明送来的材料,一边往烟灰缸里弹了弹烟灰。

"我不是没想过这种可能,但我总是感觉哪里不对劲儿,是不是普通的交通事故,早日找到逃逸的肇事者就知道了!"骆大明非常清楚自己不应该这样唐突,但他一想到浑身插满管子躺在ICU里的丁小力,除了寻求任长河的帮助,也没有更好的办法了。

"没错,你说得对,这件事我会亲自督促一下相关部门。还有大明,你给我的这份材料你核实过多少?"任长河紧锁着双眉问。

"这件事丁小力负责调查过,他说他已经掌握了一些情况,和我们收到的这封举报信很多情况都对得上,可是小力这一……"骆大明说着说着,眼圈又红了。

"大明,我再郑重提醒你,因为此事事关重大,而且信中反映的这个同志一直在公检法部门工作,没有绝对的证据,不可轻举妄动啊!"任长河掐灭烟,推了推滑到鼻梁上的花镜,表情严肃地说道。

下了三天的雨,吴州的天气也终于放晴,从任长河办公室出来,一轮明月静静地挂在天空,如一张苍白而无血色的脸,和骆大明默默对视着。

他叹了口气,任长河是他最后的希望。但是眼前的这位领导还不到六十岁就熬白了头发,每次见都是双眼布满了血丝,而且这个点了,办公室里仍然是永远处理不完的工作……而有些人,却可以整天坐在豪华的会所里过着纸醉金迷的生活……一想到这儿,他的胃再次剧烈地痛了起来。

其实这一刻,还有一个比他更难过的人,那就是默涵。当她报完平安,等了一晚没有等到丁小力的回复时,就有了一种不祥的预感,她的直觉告诉她一定是出事了。第二天,当丁小力的手机仍然是可以打通却无人接听时,她第一件事就是来到省信访局登记拜访。当被告知丁小力没有上班时，她就更坚信自己的预感了。凭着一股强大的信念，在走遍了吴州几大医院的住院部后，她终于在省人民医院的重症监护室得到了丁小力的消息。

没有人知道她已经在重症监护室外的走廊里守了一夜，求了护士无数遍，最终也没同意让她进去看一眼，没有人能体会她内心的感受。她在心里一直不停地自责，这件事本和丁小力无关，是自己连累了他，可是这一切都发生了，任何的后悔都已经于事无补了。

对于这几天发生的一切，不仅丁小力的母亲一无所知，就连蒋一曼也毫不知情。只有吴有文从当初的如坐针毡中放松下来，点上一支烟，长长地出了一口气。

经过党组的集体讨论研究，考虑到丁小力特殊的家庭情况，暂时不将其病情真实情况通知他的母亲，不到万不得已的时刻都要守住这个秘密。其间产生的所有医疗费用、护理费用，先由单位垫付，待公安机关侦破案件后再进行结算。

（二）

6月21日，星期四，农历五月二十，夏至，中国传统二十四节气中的第十个。

古人说："日长之至，日影短至，故曰夏至。至者，极也。"夏至是一年里太阳最偏北的一天，是太阳北行的极致。

这天过后它将走"回头路",阳光直射点开始从北回归线(北纬 23°26')向南移动,北半球白昼将会逐日减短。夏至日过后,北回归线及其以北的地区,正午太阳高度角也开始逐日降低。

吴州的 6 月,早已入夏。世世代代生活在这里的人们,习惯了桑拿天一般的酷暑,就像这座外表看上去平静的城市,不管是悲欢离合还是岁月静好,每天都在精彩地演绎着。现代诗人左河水写过一首关于夏至的诗,和眼前的一幕极其相似:

> 火轮渐近暑徘徊,
> 一夜生阴夏九来。
> 知了不知耕种苦,
> 卧闲枝上唱开怀。

街道两旁的大树上,知了正在不知疲倦地叫着夏天。经过两个月的紧张工作,巡视组也在这一天正式结束工作,由吴返京。此次巡视组的到来,就像一块石头扔进穿越吴州城的滔滔江水,虽然动作很大,却并没有激起什么惊涛骇浪,至于水面上那些小小的涟漪,更不会对江面上的船只产生什么影响。

巡视组的到来,原本给江北无数人带来满满的希望,但两个月后,这些满怀希望的人又无奈地回归到原有生活。这就像老百姓常说的一句俗话:希望越大,失望就会越大。当然,失望的人里不只有骆大明,还有董默涵。这个原本就孤独无助的女孩几乎每天都以泪洗面,人也变得更加沉默。她经常会在清晨或者傍晚,一个人呆坐在"三四五茶舍"后面那个临江的小树林里,对着奔流不息的江水发呆。

这一切都被茶舍的陈老看在眼里,但他并没有去打扰,只是轻轻地叹口气。他知道,这世上发生的一切皆有因果,人之所以会困惑,就像棋局里的棋子,只因尚在局中。当棋局结束以后,无论是黑子还是白子,都将失去本身的意义。

丁小力的病情就像医生之前预料的那样,虽然外伤已逐渐地痊愈,生命体征也趋于正常,但大脑仍然处于休眠状态,没有任何的意识。唯一的变化就是从重症监护室转移到了普通病房。两个月来,骆大明一直在等待公安机关的结果,可是黄远辉每一次带回来的都是令他失望的回复。

手机传来微信视频通话特殊的铃声,骆大明很久没有听到这样的铃声了,以前他每周都会通过这样的方式和儿子聊天,但自从和温晓燕离婚以后,就再也没有通过话。他兴奋地拿起手机,却发现是江小鸥打来的。

"大明,说话方便吗?"

"方便,什么事搞得这么神秘?"

"晚上下了班见个面吧?"

"有事吗?如果是吃饭我可没有心情!"骆大明的确是没心思吃饭,特别是近几个月,胃疼的毛病总是隔三岔五地犯一回,有时疼起来还非常要命。这个病根还是他上大学时落下的,但自从工作以来就很少再犯,没想到近期又找上门来。

"当然是非常重要的事,不然我就直接给你打电话了,用这个安全。当然,饭也得吃!要不来我家吧,正好你弟妹出差了没在家!"或许是江小鸥的职业习惯,使他养成了连珠炮似的说话方式,别人还没来得及喘息,他就把电话给挂掉了。

"大明,什么情况,才一个月没见,你咋瘦成这样了?"晚上七点,骆大明进了江小鸥的家门,江小鸥正一本正经地系着一条围裙像模像样地在厨房忙活着。

"有吗?我怎么没觉得?还有,小鸥你就别忙活了,到底什么事这么神秘?"骆大明其实知道自己瘦了,他是不愿意和江小鸥说起他离婚的事。

"当然了,不信一会儿沐月来了你问她。还有最后一道菜就好了。你先在沙发上看会儿电视!"江小鸥正在熟练地掂着勺,火苗把他的脸映得通红,别说还真有点儿大厨的范儿。

听到还有江沐月,骆大明默默坐到沙发上,他已经很久没有她的消息了。

当江小鸥端出最后一道菜的时候,江沐月正好进门。当骆大明开门的一瞬,两个人四目相对的时候,彼此一愣,又迅速移开目光。江小鸥的这次安排多少让两个人有些不太自在。在江沐月的心里,既有年轻时对骆大明没有表达的情愫,又有现在因为误会导致骆大明家庭变故的内疚。当然骆大明的心情更为复杂,一方面他因为没有保持好和江沐月交往的度而自责,另一方面他又不想给江沐月造成更大的心理负担。当然,这些情况江小鸥并不知道。他之所以把他们俩同时请来,是因

骆驼刺

江南山水十二　刘明杰绘

为一件更为重要的事。

虽然饭菜很丰盛,但因为骆大明和江沐月的坚持没有喝酒,所以很快就结束了。

"请江大处长屈尊帮我收拾一下,我和大明聊会儿天!"江小鸥冲江沐月做了个鬼脸,指了指餐桌,又指了指厨房。

"没问题,做饭的不洗碗,这是规矩!你们聊着,我来收拾!"江沐月接过江小鸥递来的围裙。

"大明,丁小力是你们那儿的人吧!"江小鸥倒了一杯茶放在骆大明的面前。

"对,你怎么想起问这个?"骆大明被江小鸥问得一怔。

"就是我们上次一起在'幸福公社'吃饭的那个小伙子吧?"江小鸥接下来又问道。

"是,就是他!"骆大明更加狐疑地看着江小鸥,不知他葫芦里卖的什么药。

"我这儿收到一份东西,你看一下!"江小鸥说完递给骆大明一个档案袋。

"什么东西?"骆大明感觉有些奇怪。解开档案袋上一圈又一圈的绳子,里面是一沓厚厚的材料,还有一个移动硬盘。

"你先看,我去找台电脑!"江小鸥说完进了里屋,拿了一台笔记本电脑放在了茶几上。

"这些东西你哪儿来的?怎么会在你的手上?"骆大明看了前面几页又迅速翻到最后一页,然后腾地一下从沙发上站起来,两眼通红地盯着江小鸥。

"大明，你先别急，这个东西是我昨天收到的，我也不知道是谁快递给我的，因为我查了一下，发快递的人的名字和手机号都不是真的！"江小鸥也是一脸的疑惑。

"硬盘里的资料实在是太可怕了，我在这个圈里混了这么多年，也算是见过世面，但硬盘里的这些东西真的是让我开了眼界，没想到这里面居然还有你……但我实在想不明白的是，既然这个丁小力实名举报，为什么他自己不去！"江小鸥说完往沙发上一靠，抱着双臂仍是想不通。

"丁小力出车祸进了医院……"一说起丁小力，骆大明就黯然神伤。

"啊，真的吗？他现在什么情况？"江小鸥从沙发上一跃而起。

"两个月前的事了，现在还是植物人状态！"骆大明的眼前又浮现出丁小力的样子，痛苦地闭上眼睛。

"我终于明白了，你不觉得这是场阴谋吗？"江小鸥似乎一下子明白了什么。

"你们说什么呢？这么热闹！"正在这时，江沐月从厨房里走了出来。

（三）

自吴州入夏以来，闷热的天气一天胜过一天。太阳一下山，城区的大街小巷便开始热闹起来：年轻人多是三个一群五个一伙地端着冰啤酒剥着小龙虾，一边吹着牛皮一边享受着美味的排档；老年人则是或摇着蒲扇坐在街头乘凉，或支着小方桌开始了"你出车我跳马"的象棋大战；而那些精力旺盛的大妈则穿得红红绿绿，占据了各大广场或小区空地，拉开了一副"不扭到半夜不罢休"的架势……

虽然城区一幅热火朝天的景象，但位于吴州东郊的一处高档别墅区却是十分的清静，就连白天歇斯底里的夏蝉，这一刻也安静了下来，偶尔有可爱的萤火虫，星星点点地在小区的草丛里若隐若现。趁着夜色，一辆黑色的大众汽车悄悄驶进了别墅区，停在了湖边最大的一套独栋前。黑色的车显得和这栋别墅有些格格不入，但他的确就是这栋房子真正的主人。停好车，他习惯性地往四周看了看，感觉没有什么异常才推开车门下了车。

"你怎么才回来？人家都等你半天了！"蒋一曼上来就勾住了吴有文的脖子，娇嗔地指了指腕上的手表，那块镶钻的百达翡丽在灯光的照射下正闪着七色的光泽。

"这个点能回来就不错了！"吴有文显然有心事，他一把推开蒋一曼，然后一屁股坐在了沙发上。

"人家就是关心你嘛，你怎么不识好歹！"蒋一曼嘟着小嘴，假装生气。

"好了宝贝，我就是最近有些累，巡视期间工作太紧张了，对不起啊！"吴有文还以为蒋一曼真的生气了，连忙走上前安抚一下。

"知道啦，和你撒个娇都看不出来，真笨！"蒋一曼转脸一笑，用手指轻轻点了一下吴有文的酒糟鼻。

"饿了吧，今天我特意给你做了我最拿手的牛排，来吧！"蒋一曼轻轻拉着吴有文的手正要走向餐厅，却被吴有文一把抱住。

"你这么一说，我还真饿了，不过，我先要吃的不是牛排，而是……"吴有文眼睛里突然射出一道色眯眯的光，一把将蒋一曼顺势推倒在沙发上。

"讨厌……不要这么猴急嘛……"

吴有文气喘吁吁地掀开蒋一曼的裙子。虽然吴有文的生活里从不乏女人，他和蒋一曼也不是第一次发生关系，但毕竟有一个月没碰过女人了。所以，这一下他突然血脉偾张，喉咙发干。蒋一曼从一开始的反抗到慢慢配合起来，一边紧紧贴着吴有文一边发出嗯嗯的呻吟。吴有文感觉心底的火山就要喷发，一刻也不能再等下去。可突然不知为何，他的身体竟如溃堤一般一泻千里，而后满身大汗瘫倒在沙发上……

蒋一曼的欲火被撩拨得正旺，吴有文的突然"缴械"让她百爪挠心，头抵着沙发呻吟了半天，仍然不肯罢休地扭动着身躯，似乎还在等待着吴有文。

"你这个坏蛋。"蒋一曼幽怨地说道。

换好衣服，两人来到餐厅。伴随着舒缓的钢琴曲，蒋一曼将手中的红酒杯和吴有文一碰又轻轻抿了一口，然后熟练地用刀叉切下一小块牛排，娇嗔地喂到吴有文的嘴里。

吴有文似乎有些心不在焉，轻轻将蒋一曼的手推开。

"有文，什么时候送我出去？我最近总感觉有些不对劲，再说吴迪在美国那边也需要人照顾，我想早点儿过去，这样也好掩人耳目。"

"这事我没忘，容我再想想！"吴有文经过刚才一折腾，感觉身子像被掏空一样。

"还有，我弟弟的公司遇到了点儿困难，需要3000万元的资金来周转一下……"蒋一曼有一阵没见到吴有文了，她不想放过这个难得的机会。

"资金的事改天我们再议，你这个弟弟胃口越来越大了，照这样下去，就算我们有金山银山也早晚会被他败光！"吴有文看着蒋一曼，深邃的眼神流露出一丝不易觉察的凶光，但一想到远在美国的儿子，随后就又恢复了平静。

从江小鸥那儿回来以后，骆大明想了一夜，终于做了一个重要的决定。他不想让江小鸥成为第二个丁小力，所以这个风险他不能让江小鸥来承担，更何况，查出真相给丁小力一个交代也是他的职责所在。尽管他知道做出这个决定的风险和困难，但如果这个时候他再选择退却或者沉默，就对不起躺在病床上的丁小力。

骆大明已经订好第二天去北京的高铁票，兰玺光那儿他也请好了假，尽管他从江小鸥那里看完备份的资料后已经认识到了兰玺光的真正面目，但在组织原则上兰玺光仍是他的直接领导，现在还没有到决裂的时候。事实证明，他这一次又犯了幼稚的错误。

他已经做好了最坏的打算：如果出了意外，请江小鸥帮他料理后事，当然，还有如实向组织交代他的问题，前后共有三次接受紫金藤集团宴请，时间、地点以及陪同人物。做好这一切准备之后，他突然感觉到一种前所未有的轻松。

晚上十点，这座城市仍然沉浸在夏日的喧嚣里。下了楼，沿着滨江路一路走下来，不知不觉就走到了熟悉的"三四五茶舍"，很久没下棋了，不知陈老在不在。这个时候的骆大明很想下一盘棋，正在犹豫，突然一阵悠扬的小提琴声从不远处的江边传来。

骆大明感觉曲子异常熟悉，却又一时想不起来，就循着琴声向江边走去。江边已聚集了十几个人，可能都是被琴声吸引而来的。一位少女面向江心，背对人群，正在专注地拉着琴，似乎忘记了外面的世界。她一袭白色的连衣裙，长长的裙摆正随风飘扬，宛若下凡的天仙。

有人说，语言的尽头，是音乐的开始，音乐是语言的灵魂，音乐能让这个世界安静下来。因此，尽管周围聚了好多人，却没有一个人说话，都在静静地聆听。琴声如天籁般在夜色里流淌，却充满着忧伤，仿佛在讲述一个悲伤的故事。骆大明终于想起了这首曲子的名字：日本动漫大师宫崎骏作词、久石让作曲的《天空之城》。

骆大明听得有些伤感，他不能再听下去了，正要转身离开，却见陈老也恰好在人群里。陈老似乎也认出了骆大明，二人交换了一个眼神,没有说话,一前一后离开了江边。

"好久不见,小友怎么今天得空?"陈老示意骆大明落座,然后亲自给骆大明斟茶。

"让陈老见笑了,因能力有限,所以在工作上只能以勤补拙了!"骆大明向陈老拱了拱手。

"明前新采碧螺春,请品尝!"陈老指了指杯中的茶。

"都道狮峰无此味,舌端似放妙莲花。"果然是好茶,茶还未入口,香气已沁心脾,骆大明冲陈老竖了一个大拇指。

"有无雅兴手谈一局?"陈老似乎看出了骆大明的心意。

"实不相瞒,心中烦闷,也正有此意,正好请您指教一盘!"骆大明再次向陈老拱了拱手。

陈老拿出棋盘,示意骆大明执黑先行,骆大明也不再客套,轻轻拿起一颗黑子,放在了小目的位置上。

骆大明原本棋力就处于下风,加上心事重重,很快局面就处于被动。棋至中盘,骆大明把子一投,果断认输。

"莫将戏事扰真情,且可随缘道我赢。战罢两奁分白黑,一枰何处有亏成。小友今天是有心事啊!"陈老看出了骆大明的心不在焉。

"陈老果然是目光如炬,明天要出趟远门,尚有一事不明,还望赐教!"

"小友不必客气,请讲。"

"'三四五茶舍'名字的含义,前几次只讲到'三'和'四',还有'五'未曾讲到……"

"'五'其实就是指笔画五笔的'正'字。所谓'正',就是君子以正位凝命。正位凝命,指摆正位置,凝聚力量,以完成自身使命。无论'上'还是'止',都要上面加一横,这就是'正'。这一横是约束,是底线,是生而为人就不能突破的良知。慎独是说一个人无论在什么情况下,都要坚守内心,不做违背良知的事情。这样才能做到坦坦荡荡、问心无愧。不虑而知,良知也。人的良知、人的底线,是自然而然存在人心中的,但是因为欲望遮蔽,很多人才会遗失掉。能知足,就能守正。"

骆人明听了以后,呆呆地愣了半天,好半晌似乎若有所悟,站起身来双手一抱拳,向陈老深鞠一躬,然后起身告辞。

（四）

高速列车在风驰电掣般地行进,骆大明坐在靠窗的位置,虽然眼睛看着车窗外飞速后退的风景,但他的注意力却时刻在自己一直握着的手机上,因为他在等待一个人的信息。自从那晚从江小鸥家离开并做了这个决定后,他已经连续失眠了好几个夜晚。虽然他不知道这次去北京能否为丁小力讨回一个公道,但只要有万分之一的希望,他就要做百分之一百的努力。

骆大明打心里非常感谢江沐月,特别是在他近乎众叛亲离的关键时候,能懂他的恐怕没有几个人了。

"大明,以我对你的了解,我甚至能猜出你接下来会做出什么样的事，我不劝你，只是叮嘱你一定要保护好自己，我在你手机上发了一个人的联系方式，希望关键时刻你能用得上。你不用有太多顾虑，她是我的大学室友，也是我最好的朋友，我只知道她刚刚调任中纪委工作，具体做什么我也没问过，如果在她的权限范围内，我想她一定会帮你！"骆大明的脑袋里再次浮现出江沐月那晚说的那番话。

那天晚上，江沐月和他们一起分析了那些材料、证据背后的各种脉络，基本梳理出了一张清晰的利益关系网。一向内敛、稳重的骆大明终于没克制住落下泪来。他觉得是他在官场"潜规则"里的逆来顺受害了丁小力。一想到这儿，他就闭上双眼，痛苦不堪。

手机里终于有了回复，正是江沐月的同学严文娟，两人约好下午一点在西南二环附近的一家咖啡厅见面。列车到达北京南站的时候是中午十一点二十分，骆大明查了查，下午回吴州的车次比较充足，心想如果事情顺利，就可以当天返回了。

骆大明随身带了两盒茶叶，虽然他知道这点儿东西太微不足道，但毕竟是第一次见面还是请人家帮忙，空着手太失礼。他顾不上吃午饭，出了站就马上到地下停车场等出租车，好在周一的中午排队的人并不多，不一会儿就上了车。

南站离他们约定的地方非常近，骆大明到达咖啡厅的时候刚刚十二点。他点了一杯咖啡，一边浏览手机新闻，一边等待严文娟的到来。

手机新闻里突然弹出一条推送：中央巡视组向江北省反馈巡视情况。他迅速登录了中央纪委国家监察委员会的官网，果然是上午刚刚发布的消息：

巡视组组长马越指出，江北省党政领导班子坚决贯彻中央重大决策部署，加强对执行中央"八项规定"、纠正"四风"问题的监督检查，正风肃纪取得一定成效。但在巡视中，干部群众也反映了一些问题，主要是：在党风廉政建设方面，省委抓党风廉政建设和反腐败工作力度需要进一步加强，土地开发领域腐败问题突出，教育、医疗、政法和环保部门违纪违法问题频发，一些领导干部与商人交往过密。在执行中央"八项规定"和作风建设方面，仍存在顶风违反规定的行为，"四风"问题和侵害群众利益行为不同程度存在，一些检查评比、招商洽谈活动需要防止形式主义。在执行组织纪律和干部选拔任用方面，部分机构职位设置不够规范，厅处级领导干部"裸官"较多，离、退休领导干部在社团组织兼职过多。同时，巡视组还收到反映一些领导干部的问题的线索，已按规定转中央纪委、中央组织部有关部门处理。

看到这儿，骆大明的眼眶有些湿润，因为在他的心里坚信"中央提出的党风廉政建设和反腐败斗争永远在路上"绝不是一句空话。尽管在基层的推进和落实上一定会遇到重重阻碍，甚至腐败分子的反扑，但只要心中坚定信念，就一定会赢得最终胜利。

正在心中感慨着,突然边上有个人和他说话。

"请问是骆大明吗?"

"对,我是!"骆大明连忙从新闻中回过神,站了起来。

"你好,严文娟,江沐月的同学!"对方礼貌地伸出手和骆大明轻轻握了一下。对方留着齐耳短发,戴着一副无框眼镜,身穿一件淡紫色的衬衣,透露出一个中年女性的干练和稳重。

"不好意思,大中午的还打扰您,喝点儿什么?"骆大明问。

"来杯白开水就好,我本来睡眠就不好,所以就不喝咖啡了!"

"你的情况沐月已经和我说过一些,按说我今天来见你是不合程序的,但毕竟受沐月所托,你要转交的材料我可以帮忙,不过能不能起作用我就不敢说了!"没等骆大明开口,严文娟就开门见山地说。

"真不知道怎么感谢你,我这次来的目的就是希望能有个渠道把材料转交给相关部门,因为江北的相关部门已经不能被信任了……"骆大明感觉事情终于有了希望,一下子激动得不知说什么好。

"其实不用谢我,我能做的只能是这样了。再说,江沐月一再叮嘱让我在职责范围内尽力帮忙,所以不管有没有结果,还要请你多多理解!"

"这是江北的特产,东西虽然不值钱,我知道你一定也不缺这个,但这是我的一点儿心意,希望你能收下!"骆大明拿出一直放在脚下的茶叶,放在了严文娟面前。

严文娟最终并没有收下骆大明的茶叶,他们从见面到结束也不超过半小时的时间。骆大明不禁暗暗佩服中央机关年轻干部的效率和素养,他真没想到事情竟然会如此顺利。7月初的北京正值盛夏,他没有心思在此逗留,更没有心情访客会友,现在他唯一想做的是尽快回到吴州,他在心里不止一次地默默祈祷,希望奇迹出现,希望命运只是跟丁小力开了个不大不小的玩笑。

返回北京南站的时候刚好是下午两点,回吴州的高铁有很多,最近的一班是三点十分。二等座还有不少余位,骆大明买好票在候车区找个空座坐下来休息,却感觉身后总有一双眼睛盯着他,回头看看,到处人头攒动,并无异常。

是不是被丁小力的事搞得神经质了?他自嘲了一下,苦笑着摇了摇头。

事实上,骆大明的感觉是对的。尽管他觉得自己的一举一动都非常谨慎,也没有告诉任何一个人,但他忽略了一点,就是他向兰玺光请假的时候已经引起了兰玺光的疑心。自骆大明在吴州上车的那一刻起,他的行踪就已经暴露了。

晚上十点三十分,列车终于停靠在吴州车站,他提着两盒茶叶刚刚走到出站口,三个身着便衣的年轻人就围了上来。

"骆大明吗？"

"是，你们是？"骆大明并不认识这几个人，感到有些奇怪。

"我们是省纪委的，这是我的工作证，我们接到上级指令，现在要求你跟我们走一趟，所以请你配合我们！"

三人不容分说，两个人上来就架住了骆大明的胳膊，一个人在前面开路。三个人簇拥着骆大明迅速出了站，随后上了停车场一辆黑色的轿车，很快消失在茫茫夜色里……

（五）

省人民医院住院楼 21 楼的病房里，护理丁小力的护工已经下了班。走廊里又出现了一个熟悉的身影，背着双肩包，手持一枝康乃馨。夜班护士早已习惯了这个女孩每天晚上的出现，但让人奇怪的是，这个神秘的女孩总是悄悄地一个人来，又悄悄地一个人走。刚开始有好事的护士也会问起她和患者的关系，女孩总是微微一笑，并不回答，久而久之，大家也都习惯了，不再过问。

默涵每次来都会带来一些她事先准备好的音乐，有些是她找来的，有些是自己录制的，并预先存在手机里。进了病房，默涵放下背包，先是用棉签蘸些矿泉水，湿润一下丁小力的嘴唇，然后把耳机的一个听筒戴在丁小力的耳朵上，另一个留给自己，她希望能用这样一种方式呼唤沉睡中的丁小力。

骆驼刺

今天她带来的是一首《斯卡布罗集市》：

Are you going to Scarborough Fair
你要去斯卡布罗集市吗
Parsley, sage, rosemary and thyme
欧芹、鼠尾草、迷迭香和百里香
Remember me to one who lives there
给我捎个口信儿给一位居住在那里的人
She once was a true love of mine
她曾经是我真正爱的人
Tell her to make me a cambric shirt
告诉她为我做一件细麻纱布衬衫
Parsley, sage, rosemary and thyme,
欧芹、鼠尾草、迷迭香和百里香
Without no seams nor needle work
要做得天衣无缝
Then she'll be a true love of mine
到那时，她就是我真正爱的人
Tell her to find me an acre of land
请她为我找一亩地
Parsley, sage, rosemary and thyme
欧芹、鼠尾草、迷迭香和百里香
Between the salt water and the sea strands

在咸水和海岸之间
Then she'll be a true love of mine
到那时，她就是我真正爱的人
Tell her to reap it with a sickle of leather
请她用皮做的镰刀收割庄稼
Parsley, sage, rosemary and thyme
欧芹、鼠尾草、迷迭香和百里香
And gather it all in a bunch of heather
然后把它们用石楠捆扎成束
Then she'll be a true love of mine
到那时，她就是我真正爱的人
Are you going to Scarborough Fair
你要去斯卡布罗集市吗
Parsley、sage、rosemary and thyme
欧芹、鼠尾草、迷迭香和百里香
Remember me to one who lives there
给我捎个口信给一位居住在那里的人
She once was a true love of mine
她曾经是我真正爱的人

诗一般的词句，柔情似水的旋律，凄美婉转的曲调，如一股涓涓细流，从手机中流出，通过一个耳机，连接着两个人。默涵轻轻地坐在丁小力的身边，轻轻地握住他的手，这是一个只属于他们两个人的世界。这里，只有一个心灵对另一个心灵的轻轻诉说。

听完曲子，默涵在丁小力的额头上轻轻吻了一下转身离开。没有人注意到，丁小力的手指似乎微微动了一下，眼角竟流出了一滴泪水。

上午十点，省政府机关大楼。任长河办公室的烟灰缸里又堆满了烟头，桌上等待他批复的文件已经堆得足足有一尺多高。坐在对面的人，甚至都看不到他那张消瘦的脸。

"您已经熬了好几个月了，再这样下去身体哪吃得消？"秘书高楠过来给他清理烟灰缸，看着任长河布满了血丝的双眼，以及最近又白了很多的头发，忍不住一阵心疼。

"小高，我自己的身体自己知道，不碍事，你再拿一包烟给我！"他指了指桌面上一个空空的烟盒。

面对这样的领导，秘书虽然心疼也没有办法，他已经尽量在控制任长河吸烟的总量了，但是他明白，如果没有烟的支撑，面对如此强大的工作量，任长河是顶不住的。

重新点上一支烟，任长河继续埋头处理堆积的公文。秘书带兰玺光进来的时候，他正在省建委的一个项目报建上批示意见。他示意兰玺光先坐，秘书倒了杯水，然后就出去了。兰玺光在对面坐了一会儿，任长河仍在埋头处理公文，他不敢打扰，心情忐忑地翻弄着随身携带的笔记本。任长河其实已经知道骆大明被纪委带走的事，但他装作不知，因为他想听听兰玺光这个一把手怎么说。

"玺光啊,不好意思,刚刚有几个紧急的文件要处理,让你久等了!"任长河终于停下手中的笔,把目光转向了兰玺光。

"您这么说我都不好意思了,整个省政府大院最辛苦的人就是您了,如果不是事情紧急,我也不敢轻易来打扰您!"兰玺光连忙从沙发上站起来,坐到了任长河的对面。

"整个国家都处在大发展的历史机遇期,连总书记都撸起袖子加油干,更别说我等了。说吧,有什么要紧的事?"任长河和兰玺光打了多年的交道,对他拍马屁的功夫多少有些了解。

"那我就开门见山了,今天来是向省政府,当然也向您承认错误来了。我没有当好信访局这个班子的'班长',以致我们的班子出了问题,我对不起组织,更对不起您对我的信任!"说到这儿,兰玺光停了一下,看了看任长河。

"玺光,这话从何说起呀?"任长河点了一支烟。

"是这样,早上一上班,省纪委的相关同志来找我,说因为情况特殊,昨天晚上把大明同志带走调查了,我得到消息后非常震惊,这不就抓紧过来和您汇报了!"兰玺光装出一副既震惊又心痛的样子。

"怎么会有这样的事?根据我的了解,大明同志无论是党性还是工作能力,以及群众基础都还是不错的!"任长河佯装一副毫不知情的样子,试探了一下兰玺光。

"是呀,我一开始也是这么想的,但纪委的同志说根据群众举报,大明同志涉嫌受贿、有不正当男女关系等多项违规违纪问题,且证据充分。看来是我平时大意了,知人知面不知心,大明同志隐藏得太深了……"兰玺光的话虽然看似检讨自己,实际上则正是把话题逐渐往定性上引导。

"玺光,你我都是老党员,党龄少说也有几十年了,在事实没有调查清楚之前,我们不能随便给自己的同志'戴帽子'啊。当然,我相信纪检部门会有一个公正的调查结果,既不冤枉一个好同志,也不能放过一个有问题的干部!"任长河掐灭了手中的烟头,打断了兰玺光的话。

"这样,玺光,情况我已经了解了。纪检部门有他们的程序、他们的规矩,我们无权干涉也不能干涉,大明同志分管的工作先暂停,你们班子先开个会研究一下如何重新分工。至于后面的事,等纪检部门有了明确的调查结果后,我们再研究处理!"

"好的,我马上回去落实,先不打扰您了,您多注意休息!"兰玺光说完轻轻退出了任长河的办公室。

司机一直等候在省政府机关大院的停车场,见兰玺光出了大楼,连忙发动了车子。

"接下来我们去哪里?"司机问道。

"回局里吧。不,去省纪委!"兰玺光突然就改变了主意。

第十三章　提前出手

（一）

"证据准备得怎么样了？"吴有文看着胡新标。

"视频早就准备好了。另外，上一次我安排伍为民送到他家的装着现金的茶叶也在，这两条就足够让这小子喝一壶了吧……"胡新标有些得意扬扬地说。

"你懂个屁！我早就和你说过，没事多学习学习党内政治纪律和政治规矩，还有公检法各个部门的办案流程，你就是不听！像你这样有胆子、没脑子，早晚会出问题！"吴有文看了一眼胡新标。

"那我们下一步怎么办？"胡新标被吴有文骂习惯了，脸皮也厚了起来，一边嘿嘿笑着一边问。

"现在我们还缺一个实名指证骆大明的人，如果只是匿名的话，程序上会有瑕疵！我看这件事还得找个靠得住的人来办！"吴有文说到这儿，从椅子上站起来，背着手在办公室里走了两圈。

"我看这件事还是交给那个伍为民去办,一会儿你就直接去找兰玺光,直接和他说,让他务必把这件事办扎实!"

"好的,我立马去落实!"胡新标最近干的就是替吴有文跑腿这件事,说完转身就要走。

"等一下,你给我听好喽,最近是关键时期,把你的尾巴、嘴巴都给我管住,千万别给我捅娄子,否则有你好看!"胡新标一直叫吴有文舅舅,其实他真正的身份是吴有文死去发妻的侄子,这样称呼是为了让别人感觉到两个人的关系更近。虽然他们两人之间并没有血缘关系,但吴有文和死去的发妻感情较深,因此对这个不争气的妻侄也没有更好的办法。

"得令!"胡新标知道有这么一个姑夫罩着他,他就可以在吴州要风得风、要雨得雨,所以他对吴有文向来是言听计从,从不打折。

骆大明被限制在省纪委一个远离市区的培训中心里,手机被收了,房间里也没有外线电话,除了不能出门,生活用品还算齐全。三天过去了,每天到饭点都会有人来送饭送菜,至于为什么会来这儿,他到底哪儿违规违纪了,却并没有人与他谈话。虽然他在去北京前就做了最坏的打算,但对方动手这么迅速,而且以这样一种方式也是他始料不及的。

骆大明被带到了一个空房间里,里面只有一张桌子、三把椅子,桌子上放了一盏台灯,骆大明坐在了面对着门的椅子上,抬头就能看见对面墙上正架着一个摄像头对着自己。骆大明暗中感叹,这些场景以前都是在电视上看到过,但是他做梦也没想到，他这样一名一不贪财、二不好色的干部，也会有机会来到这种地方。

不一会儿，进来两个人，一个年轻人，看上去二十几岁的面孔；一个年纪较大，四五十岁的模样。两人都是白衬衣，黑裤子。年轻人长了一张机关大众脸，一副银边眼镜把一张面无表情的脸衬得更像电视剧里的人物；年纪大的一位则长得很有特点，圆圆的脸蛋上是一对笑眯眯的眼睛，尖尖的鹰钩鼻子下是一张薄薄的嘴唇——天生笑面虎，一看就是能说会道的样子。

"骆局是东港人吧！"年长的胖子一边说，一边递给骆大明一支烟。

"谢谢，不会！"骆大明感觉像是彩排电视剧中的场景，没想到自己竟然做了一回主角。果然开场都和电视剧里的套路一样，不知接下来会是什么样子，他们会不会不让他吃、不让他喝、不让他睡觉，还拿那个台灯照他……

"骆局不用紧张，我们只是例行公事，按照程序了解一些情况。说起来我也是东港人，咱们还是老乡，我们可以先随便聊聊！"年长的这位果然能说会道，不知从哪儿得到消息得知骆大明是东港人，其实他只是大学毕业后在东港工作安家而已，并不是真正的东港人。当然，这些话不必和他们说这么清。

"有什么事尽管问，不用兜圈子！"骆大明自知心里光明磊落，所以说话自然有底气。

"小张,现在还不需要记录,我单独和骆局聊点儿别的,你先出去一下!"年轻人没有说话,转身出去了。

"骆局,这么和您说吧,关于反映您的那些问题我们都看了,也做了一些了解,这些事吧,说大不大,说小也不小,所以定起性来,主要看你的表现!"鹰钩鼻子弹了弹烟灰,一边把话放慢了速度,一边在观察骆大明的反应。

"你的意思是,只要我好好配合你们,听你们的,我就会平安无事?"骆大明看了看这位口口声声以老乡相称的鹰钩鼻子,故意压低了声。

"当然,识时务者为俊杰嘛,这个社会,有时候人在屋檐下,该低头就得低头。不然,过刚易折的道理您肯定懂吧!"鹰钩鼻子没想到骆大明居然这么容易就上了道。

"你的意思是让我怎么办?"骆大明问道。

"这个,您骆大局长该怎么做就不用我教了吧,你做过什么事,手里有什么东西……"鹰钩鼻子把烟头往烟灰缸里一按,皮笑肉不笑地呵呵了两声。

"哈哈,我骆大明做过什么、没做过什么,我心里最清楚。如果你们想让我说违心的话、做违心的事,相信你也是个党员,豪言壮语我不会说,我只有一句话,我不知道识时务者有多俊,我也不知道你们的屋檐有多高,我骆大明如果出卖自己、出卖灵魂,我就愧对党这么多年对我的培养……"

"你……"鹰钩鼻子原来以为骆大明很快就能就范,没想到却碰了一鼻子灰,气得一拍桌子拂袖而去。

第十三章 提前出手

自从收到骆大明临行前留给他的那封信后，江小鸥就隐隐感觉要有大事发生。和江沐月通完电话，他的担心终于得到了验证。他明白骆大明的心意：之所以他要早早去揭这个盖子，就是为了不让自己涉险。但江小鸥没想到一向做事谨慎的骆大明会有这么快的速度，而吴有文显然对骆大明早有防范，所以他们的应对才会这么快。

虽然江小鸥不知道骆大明现在的处境，但是江沐月的话是有道理的：第一，骆大明本身是一个没有问题的人，这是前提；第二，紫金藤集团及其幕后肯定是担心事情败露，所以才会铤而走险；第三，只要骆大明能够挺过他们的威逼利诱，他们肯定没有更好的办法，他们唯一能做的，就是拖住骆大明来给他们争取时间。所以，骆大明就算受点儿委屈，真相大白后也会澄清他的清正和廉洁，未必见得是件坏事。

事实上，江沐月的分析是有道理的，第一轮的回合下来之后，调查组确实没有更好的办法，他们唯一能够做的就是在这个关键时期拖住骆大明，给他们的反扑和寻找退路争取时间。至于他们掌握的那些所谓的证据，他们自己非常清楚根本禁不起考证和推敲。

这就像棋局里的黑白两方，一方来势汹汹、攻势猛烈，另一方深陷困境、被动防守，但胜负的结果往往会出人意料，强势的一方势过之后，通常会自食其果。中国围棋有一个著名的十诀：不得贪胜；入界宜缓；攻彼顾我；弃子争先；舍小就大；逢危须弃；慎勿轻速；动须相应；彼强自保；势孤取和。

或许就是讲的这个道理。

江沐月从任长河办公室出来,突然就起了风,乌云正从北方的天空黑压压地滚滚而来,预示着一场暴风雨即将到来。是啊,这座闷热的城市太需要一场降雨来带给人们久违的清凉了。但是吴州需要的不只是气象意义上的风雨,她知道,一场更大的政治风雨很快也要到来了。

(二)

由北京飞往吴州的航班终于起飞,头等舱里的蒋一曼已经非常的疲惫,她放倒座位面向窗口侧躺着休息,却因为气流的颠簸无法入睡。由于天气原因航路管制,她乘坐的航班一延再延,从下午四点一直延误到晚上七点,这让她非常恼火。

"蒋女士,您醒了,请问您现在用餐还是再等一会儿?"贴心的空姐见蒋一曼坐了起来,连忙走了过来,帮她调亮了阅读灯。

"待会儿吧,我现在还不饿!"蒋一曼把身上的毯子往上拉了拉,她感觉机舱内的空调有些凉。

"那您喝点儿什么?"空姐半弯腰,依然笑容可掬。

"来杯红茶吧!"蒋一曼打了一个哈欠。

"好的,您稍等,如果您觉得温度低,我去把温度调高一些!"空姐说完冲她一笑,转身进了工作间。

红茶不一会儿就端了上来,空姐还给配了一碟小坚果。

这会儿蒋一曼已毫无睡意，座位的左手内侧提供了一些杂志，她拿出一本刚想要打发一下时间，却发现同排另一侧的乘客非常面熟。花白的头发，消瘦的脸，一副花镜后是一双炯炯有神的眼睛，处处透露着一种不凡的气质，似乎在哪儿见过，却一时又想不起来。

另外，通过空姐的服务，她能感觉对方的身份必不一般。因为乘务长时不时会过去嘘寒问暖，她已经是航空公司的白金会员，也没有过这样的待遇。

不知不觉飞机已抵达吴州的上空，空中的广播提示：收起小桌板，调直座椅靠背，打开遮光板，系好安全带，并将手机处于关机或飞行模式。头等舱的空姐拉开分隔头舱和经济舱的帘子，乘务长再次走出来，躬下身，蹲在那位乘客的身边在交流着什么，蒋一曼竖直了耳朵，却一句也没听清，只是隐约听到了"领导""多提意见"等字眼。

飞机停靠廊桥的时候，几个空乘分别挡住了下飞机的通道，早已有地面的接机人员等候在那里，待那位老者离开后，其他乘客才开始放行。公务舱开始放行的时候，蒋一曼的脑子里迅速闪过前几天《吴州新闻30分》的一个画面：副省长任长河调研吴州市菜篮子工程。蒋一曼有些懊悔为什么没有早点儿认出刚刚离开的那位大人物，如此近距离的接触对她来说无疑是一个难得的机会。但此时她无暇多想，急着要赶回紫金藤会所，因为今天晚上还有一个重要的饭局。

"不好意思各位，我来晚了，飞机晚点，抱歉抱歉！"赶到紫金藤会所的时候已是晚上十点二十分,司机已经尽了全力,从机场到会所平时一小时的路,今天只用了四十分钟。

"来来来,就差你了,你不来,我们这酒喝得都没意思!"众人见蒋一曼出现,都起身从座位上站了起来,一边附和,一边拍着马屁。

"事情没办妥,东西对方没收,似乎有什么难言之隐!"蒋一曼先来到吴有文身边耳语了几句。

"知道了,回家说,先坐下吧!"吴有文没动声色。

"大家快坐快坐,大家都站着,一曼我可担待不起,我迟到了,我先罚酒!"服务员早已给蒋一曼的位置重新换好一套餐具,并在分酒器里倒了一壶红酒。

"我不搞特殊,大家喝什么我喝什么,来,给我换成和大家一样的酒!"蒋一曼给服务员示意了一下。

"书记,我先请示一下,我迟到了理应罚酒三杯,为了表示诚意我就拎壶冲了,这一壶肯定能抵三杯了!"说完蒋一曼将分酒器中的茅台一饮而尽。

"蒋总果然是巾帼不让须眉,好酒量!"兰玺光带头鼓起了掌,其他人也纷纷鼓掌附和。

"各位,我提三杯酒,我自己喝就行了,大家不要动!"众人见吴有文开了口,顿时就安静了下来。

"这些年,我走过不少岗位,每到一个岗位都承蒙各位的信任和支持,才有我吴有文的今天。由衷地感谢各位,这一杯酒我敬大家!"说完吴有文一仰脖把杯中的酒干了。

"第二杯酒,我想说的是,这几年从中央到省里,'八项规定'是越来越严,原本以为只是走走形式,现在看来中央要动真格的了。所以,今后我们就不能像以前那样频繁聚会了,我身在这个岗位也是迫不得已,希望大家能够理解。特别是近期中央巡视组给我们江北提出明确反馈意见,我不希望咱们在座的人被抓典型……"说完又将第二杯酒喝了。

"第三,这几年大家都很关照一曼,我都记在心里。但要注意把一些硬伤处理干净,你们懂的。大势所致,请各位务必要重视!"吴有文喝完第三杯酒,将杯口朝下,向大家示意了一下他喝得是干干净净、一点儿不剩。

"书记不但在工作上是我们的伯乐,处处提拔我们,在生活上更是我们的大哥,来,咱们也一起回敬一下咱们的老领导、老大哥,不管什么时候,只要书记一句话,兄弟们肯定都会赴汤蹈火、在所不辞,对吧?"副市长杨健端起杯子站起身向大家提议。

"杨市长说得没错,来,我们一起敬书记!"众人呼啦一下全站了起来,都将杯中的酒一饮而尽。

酒桌上瞬间就安静了下来,大家你看看我,我看看你,都不知道接下来这酒该如何进行下去,只有胡新标一副满不在乎的样子,居然从盘里顺手抄起一根黄瓜,嘎巴嘎巴地自顾自咀嚼了起来。

在座的这些人里,只有伍为民的级别最低,所以根本没有他说话的份儿,但是他隐约从吴有文的话里感觉到一种前所未有的不踏实,尽管这个饭局并不是他想要参加的,但是他又身不由己,谁让自己有把柄在人家的手里呢。正在暗自郁闷,胡新标端着一个酒杯走了过来。

"伍主任,有心事啊?"

"不是,胡队,我这酒量你也知道!"伍为民连忙站起身。

"不用担心,喝高了就住这儿,这还叫事儿?来,我敬你!"说完把杯和他碰了一下。

"上次那个姑娘还不错吧,今晚还叫她陪你,我都安排好了!"胡新标在他耳边小声说完,随即淫荡地笑了起来!

伍为民无奈地把杯中的酒喝了下去,对于胡新标这样的人,他是惹不起的。

"到底什么情况?"吴有文回到郊区别墅的时候,蒋一曼已洗漱完毕换好睡衣等着他的到来。为了避嫌,吴有文是先回了趟市区后又返回的。

"这次高局的态度和以前不太一样,我们只匆匆见了一面,饭也没吃成!"蒋一曼抱怨道。

"那钱收了吗?"吴有文接着又问。

"没有,我原封未动又带回来了!"

"他有没有说什么?"蒋一曼从吴有文的语气里感觉到一丝紧张,这可是她以前从未见过的。

"没说太多,就说最近形势比较紧张,让我们要收敛收敛……"蒋一曼给吴有文拿出了睡衣放在他的面前。

第十三章 提前出手

江南山水十三　刘明杰绘

吴有文没接也没有说话，一个人径直去了客厅。

"你猜我今天在飞机上碰到谁了？"蒋一曼追了出去。

"谁？"吴有文停下了脚步。

"任长河任副省长，没想到吧！不知道他到北京干什么去了！"蒋一曼走到吴有文的身后，捏着他的肩膀说道。

（三）

7月24日，星期四，大暑，农历六月二十二，中雨。

大暑是二十四节气中的第十二个节气，此时太阳到达黄经120°。斗指丙为大暑，斯时天气甚烈于小暑，故名曰大暑。大暑节气正值"三伏天"里的"中伏"前后，是一年中最热的时期。《通纬·孝经援神契》："小暑后十五日斗指未为大暑，六月中。小大者，就极热之中，分为大小，初后为小，望后为大也。"当一个时令达到波峰的时候，就意味着衰落即将开始。

不得不佩服古人的智慧，在这样的一个节气中，吴州迎来了一场久违的降雨。唐代诗人裴度《夏日对雨》中有云："登楼逃盛夏，万象正埃尘。对面雷嗔树，当街雨趁人。檐疏蛛网重，地湿燕泥新。吟罢清风起，荷香满四邻。"

骆大明被纪委带走的消息在信访局里传开，这个消息无疑成了职工们茶余饭后的话题。当然，大部分职工还是感到很意外，他们不相信骆大明会做出违法乱纪的事，通过大半年的接触，无论是工作能力，还是群众基础，骆大明都是有口皆碑的。但也有少数唯恐天下不乱的人传播着各种各样的猜测，有的说他是"岳不群"，看着是正人君子，实际上是阴险的政治家。也有人说他是站错了队，来信访局只是个跳板，没跳好，把自己给搭进去了……总之，人在落难的时候，大抵可以看出人心的复杂与丑恶。

不过，信访局的官网上骆大明的名字还在，就是工作职责那一栏他分管的处室已变成了空白。这也多少透露了一些信号：被纪检部门调查，那是党内的事。但在没有查清楚之前，还不能受到政纪处分。对这个人数不算多、地位也不算重要的省政府组成部门来说，几年来前前后后有不少领导出了问题，并不多他骆大明一个，所以大家也都习以为常了。

这一天，《江北日报》的头版报眼位置有一条消息，虽然只有短短十几个字，却在这个炎炎夏日里，给江北的官场带来一场不小的地震。

"日前，中共中央批准：任长河同志任江北省委常委、吴州市委书记。"

紧接而来的是第二天的《吴州日报》同样也发布了一条重磅消息："江北省委提名赵卫军同志任吴州市副市长、市公安局局长。"

这两则消息对于普通老百姓而言，无非就是看个热闹，至于哪个领导上来，哪个干部下去，其实和他们的生活相去甚远，他们关心的永远都是自己的钱袋子和家里的菜篮子。但对于身处体制内的人就不一样了，因为每一次官场的变动，都意味着一个旧时代的过去和另一个新时代的到来。特别是吴州市这样一个东部省份的省会，两天内市委书记和公安局局长的同时调整无疑给当地官场带来一场巨大的震动。

对于任长河，大家并不陌生，因为他一直是在江北成长起来的干部。但赵卫军就不一样了，公开资料显示，赵卫军刑警出身，一路成长为邻省公安厅副厅长，因在扫黑除恶行动中屡破大案要案，受到过公安部的嘉奖。

此消息一出，最先坐不住的就是被称为"四哥"的王老四，事实上他的真名叫作王天宇。早期在吴州郊区做些土方生意，因好勇斗狠，在远近十里八乡逐渐有了些名气。因偶然一次机会，和当地派出所的一个所长攀上了关系，从此称兄道弟，这个人就是吴有文。随着吴有文的一路升迁，王老四的"生意"也越做越大，从建筑工程，到餐饮、酒吧、KTV、地下钱庄、地下赌场等几乎全部涉及，手下的兄弟也从十几号人壮大到几百号人。因家里有兄弟五人，他在家排行老四，所以大家都直接称他为"四哥"。这个"四哥"因爱结交朋友，平时又出手大方，也肯为下边兄弟着想，逐渐在吴州形成了最强的一股涉黑恶势力。

当吴有文和他在不同的道路上都有了一片天地之后，两个人就几乎不再见面了，取代吴有文和他保持联络的，就成了胡新标。

"老大，咱们下一步怎么办？"胡新标的办公室里烟雾缭绕,"四哥"紧张得坐立不安,一直不停地走来走去。

"你能不能别在我眼前晃来晃去,瞧你那点儿出息!"胡新标坐在椅子上冷笑了一声,他不明白为什么换个公安局局长就把他紧张成这样。

"这个赵卫军我查过他的底细,是个软硬不吃的主儿。他这一来,我们的日子肯定好过不了。这还是其次,我担心的是我们的饭碗还能不能保住!""四哥"见胡新标还坐在那儿不以为然有些急了。

"怕啥?有我姑夫在,在吴州这个地方他还能翻得了天?他识相点儿还好,如果不识相就让他和那个骆大明、丁小力之流一个下场!"胡新标点了一支烟,傲慢地跷起了二郎腿。

"你回头和兄弟们说,就说我说的,该干吗干吗,不用担心也不必害怕。在吴州这个地界上,天还是咱们的天,地还是咱们的地!"胡新标的狂妄和自信也不是没有任何底气的。确实,这些年凡是挑衅他的人不是被挤走了,就是给办了。只要吴有文在位子上一天,胡新标就觉得他是"天王老子第二"。

"四哥"见胡新标把话说到这个份儿上,也觉得可能是自己太过焦虑了。既然胡新标这么有把握,他又何必在这儿瞎担心呢?

和胡新标的盲目自信比起来,吴有文显然是有政治头脑的。在这次人事变动里,他敏感地嗅到了不同寻常的气息,一阵不安开始慢慢笼罩着他。自从上次聚会以后,他就一直在办公室和家里之间两点一线,完全断绝了一切应酬,就连蒋一曼那儿也有半个月的时间没有去了。他在观望着局势的进一步变化,也在思考着下一步如何进行应对。

目前,他最为关心的是对骆大明的处理,如果软的不行,那就必须处理得快,要果断。但是调查组的进展却让他大为恼火,始终得不到他想要的结果。如果再拖下去,省里恐怕也会对他产生怀疑。

"吴书记,门外有个姓蒋的女士要见您,让不让她进来?"正在他心烦意乱之际,办公室主任敲了敲门走进来向他请示。

"让她进来吧!"吴有文想了一下,还是答应了。

"一曼,我不是说过有话回家说,不要随便来我办公室的吗?"吴有文关上门,一脸的不悦。

"是呀,我是想在家里说,但是您老人家知道有多少天没回家了吗?"蒋一曼显然也是一肚子的火气。

"最近形势严峻、情况特殊,你也不是不知道,你怎么能这么任性呢?"吴有文对蒋一曼这个时候还来添乱是又急又气,还没有办法。

"家,你不回;电话,你说不方便,你让我怎么办?可不只能到这儿来找你吗!"蒋一曼往沙发上一坐,更是一脸委屈。

"好好好,都是你的理,有什么你抓紧说!"吴有文有些不耐烦,只想早点儿打发她离开。

"我上次就和你说了,我弟那儿急需点儿资金周转,今天早上我去财务才知道我的权限被冻结了,怎么,我连3000万元的事都做不了主了吗?"蒋一曼从沙发上站了起来,情绪有些激动。

"账上的钱我动了,这事我回头和你解释!"吴有文见蒋一曼有些激动,说话声音有些大,连忙小声地制止她。

"你……"蒋一曼看了看吴有文,这个她跟了将近十年的男人突然让她感觉到可怕,可怕得连她也读不懂他的内心。

一阵短暂的沉默后,蒋一曼拿起挎包,重重地摔门而去。

(四)

在吴州,只要一提起高端的商务宴请,帝豪国际会所必是有头有脸的人的首选。在当地人眼里,来这里的都是大人物,普通老百姓根本就消费不起。因为人们来这里绝不是花钱那么简单,而是财富和地位的一种炫耀。

这座位于滨江路北岸的豪华会所,是一个独栋建筑。地下一层,地上四层,营业面积达12000余平方米。巴洛克风格的装饰、富丽的雕刻、强烈的色彩,处处透露着浓重的皇家贵族气息。一进大厅,高清的LED屏幕循环播放着一个宣传片,片中除了美女如云、极具挑逗的诱惑,更是体现了装饰风格的无尽奢华。听说这一切皆出自中央美院设计大师之手,仅装修一项就斥资上亿元。

大家都知道这个会所的大老板是一个叫"四哥"的人,

但是传归传，大部分人并没见过"四哥"的真面目。坊间传言，"四哥"几乎控制着吴州一半的娱乐场所，身家上百亿元。但他很少出现在这里，平时在这里负责经营的是他最看中的一个小弟。当他偶尔出现时，小弟们则给他安排得派头十足：提前二十分钟，夜总会保安部会派出八名大汉，两侧一字排开，只待他一出现，像护送明星一样保卫他上楼。

出租车司机一边开着车，一边神乎其神地聊着帝豪国际会所。新任吴州市副市长兼公安局局长赵卫军坐在车上，他一身便装，一道剑眉正紧紧拧成一个疙瘩。

周六中午，太阳像火一样炙烤着吴州的大地，就连柏油路仿佛都给晒得冒了油。滨江公园的停车场，胡新标正坐在一辆奔驰越野车里，一边抽着烟，一边听着音乐，他在等着一个人的到来。不一会儿，一辆熟悉的白色路虎车出现在他的后视镜，很自然地停在他的车旁边。

一个戴着墨镜的人下了车，警惕地看了看四周，见周围并没有人，快速从后座拿起了一个密码箱，一开车门上了胡新标的车。

"老大，这是这个月的红利，比上月增加了一成，都在里面了，麻烦你转交给老板！""四哥"摘下了墨镜，把密码箱递给了胡新标。

"兄弟，我和你说什么来着，遇到事不要慌，更不要怕。都说'新官上任三把火'，这都一个多月了，也没见那个赵卫军怎么着嘛！"胡新标把手中的烟吸了一口，然后摇下车窗把烟蒂弹了出去。

"还是老大有胆识，我服了。7月、8月、9月三个月正是会所的旺季，只要上面有'老板'这棵大树，兄弟们就可以放开干了！""四哥"说完，从后视镜又看了看四周，这才向胡新标摆了摆手打开车门下了车，随后迅速启动车子，扬长而去。

胡新标打开密码箱，看着码得整整齐齐的钞票，贪婪地从中拿出十沓。想了又想，接着又拿出了五沓，然后装进一个事先准备好的手提袋，这才合上密码箱，发动了车子。

吴天明患上了间歇性老年痴呆，有时明白，有时糊涂。最近吴有文回来的次数明显增加，基本下了班都会过来陪他，大院里来来往往的人见了，也都会礼貌性地问候一下老爷子的身体情况。吴天明在担任江北省委副书记期间，口碑不是很好，因为妻子去世得早，所以对独子吴有文比较纵容，如果不是这样，可能就不会在副书记的位子上退下来。因为当时，他是省长最热门的人选。

吴有文陪老爷子吃过午饭，推着轮椅陪他在大院里溜达了一圈，无奈天气太热，只好原路返回。胡新标一进院子就看到了推着轮椅的吴有文。他不敢惊扰，于是放慢了车速，慢慢地跟在他们的后面。

安顿好吴天明，吴有文带着胡新标悄悄进了书房。

"姑父，这是帝豪这个月的红利，我放这儿了！"胡新标把密码箱悄悄放进书柜边上的一个角落里。在外人面前，胡新标一直称呼吴有文为舅舅,但在自己家里面,他还是称其为姑父。

"新标,你和王老四说,让他近期小心一点儿,把那些乱七八糟的东西先停一停!"吴有文没有看密码箱,而是有些不安地看着胡新标。

"没有这个必要吧?"胡新标有些不解地问道。

"你懂个屁,你抓紧去办,到时万一出了问题我可保不了你!"吴有文对胡新标这个头脑简单、四肢发达的妻侄实在没有更好的办法。如果不是因为自己,这样一个浑身匪气的人,怎么可能会混迹在警察的队伍里,而且还在那么重要的位子上。

"您别生气,我尽快去安排!"胡新标虽然嘴上答应着,心里却直犯嘀咕,他不明白明明眼下一切都好好的,为什么要自断财路。

"对了,还有一件事我得向您汇报,就是那个骆大明我们怕是得先给放出来了!"胡新标正要离开,忽然又想起一件重要的事情。

"什么情况?"吴有文心里一惊。

"这个人就像茅坑里的石头——又臭又硬,我安排人上了一些手段,他几次晕倒,我担心他身体有毛病,如果万一出了意外,在里面'挂了',我担心会给您添乱……"

"胡闹,你们给他用什么手段了?有没有留下什么明显外伤?"吴有文听到胡新标的话紧张地从椅子上站了起来。

"您别着急,我们没动粗的,就是'熬鹰'熬了他一阵,没想到这么不禁折腾!"胡新标连忙解释道。

"那就送他去医院检查,如果真病了,该看的看,但是得派可靠的人盯着!"吴有文听到他们没动粗,一颗悬着的心才放了下来。这个时候,他可不想再节外生枝。

进入8月,炎热的夏日依然在发挥着最后的余威。人们似乎已经渐渐淡去了对新来市委书记的各种预期和猜测,茶余饭后的话题也不再是各种小道消息和对"新官上任三把火"的期望,只有眼下柴米油盐的日子对他们来说更为现实。

又是一个月过去了,低调了一阵的帝豪会所发现一切都安然无恙后,就又恢复了往日的午夜狂欢。

就当胡新标和王老四都以为新来的赵卫军和他们"大路朝天各走一边"的时候,他们绝不会想到,一张大网正在悄悄拉开……

(五)

8月8日,星期五,小雨,农历七月初四,立秋。

立秋,是二十四节气中第十三个节气,北斗星斗柄指向西南,太阳到达黄经135°,于每年公历8月7—9日交节。立秋是秋季的第一个节气,为秋季的起点。秋季从立秋起至立冬结束,其起始与结束,是天体运行的结果。进入秋季,意味着降雨、风暴、湿度等,处于一年中的转折点,趋于下降或减少；在自然界，万物开始从繁茂成长趋向萧索成熟。

尽管天空中下起了小雨，但这场小雨并没有给燥热的吴州城带来些许的凉意，潮湿的空气反而让这座城市更加笼罩在一个天然的桑拿蒸汽浴中。闷热的天气、周末的夜晚以及那群不安分的心灵，注定将是一个不眠不休的夜晚。

午夜十二点，雨停了，大部分人都已进入梦乡，但市公安局却灯火通明。由各个分局抽调的民警加上市局的骨干，120人已集结完毕。这些人都不知道要执行什么任务，因为所有对外联络的工具已统统上交。与此同时，从邻省调来的200名特警也已全部赶到。

市公安局的大楼前，赵卫军身穿警服，庄重而严肃地向列队的各路民警敬了一个礼。

"今晚，我们要执行一项特殊任务，各小组组长请出列！"赵卫军一声令下。

"报告，第一小组准备就绪；报告，第二小组准备就绪；报告，第三小组准备就绪……报告，第十二小组准备就绪！"各小组组长依次报告完毕，整齐地站在了队伍的最前列，肩膀上佩戴的双闪警灯一闪一闪地在湿漉漉的空气中发出炫目的光。

"各组的任务都清楚了吧！"赵卫军高声喊道。

"清楚了！"12名组长异口同声地回答。

"行动！"赵卫军看了看腕上的手表，下达了最后命令。

数十辆警车、军车以及大巴车闪着警灯，驶出公安局的大门,朝着滨江的方向呼啸而去,刺耳的警笛声划过夜空,刹那间就撕破了这座城市的宁静。

200名特警率先到达,按照分工,50名特警迅速拉起警戒线,荷枪实弹地包围了帝豪会所。另有50名特警则以迅雷不及掩耳之势分别封锁了包括停车场在内的各个出入口。而剩下的特警则和随之而来的民警分别冲向各个楼层的包房……

公安特警突然降临,好多客人都没有反应过来,甚至还有人根本就没有察觉,依然坐在阴暗的角落里抱着姑娘亲热,直到警察关了音乐、打开了全部灯光后,才意识到发生了什么。而得到消息的总经理开始还满不在乎,但当他走到大厅看到如此阵势之后,才发现事情的严重性。

但他仍然装作若无其事的样子,满脸堆笑地拿出一盒烟,向副局长兼副指挥长杨晓辉递了过来。

"有话好说,有话好说,这位领导能否借一步说话?"

"全部给我带走,一个不留!"这位"四哥"的小弟刚要套近乎,却被杨晓辉当场呵斥住,两名特警上来就端着微冲让他蹲在了地上。

"吧台、仓库、办公室、包房全部搜查,所有电脑、台账等重要物证全部收缴,人员全部拉上车带走!"

这位总经理见杨晓辉根本不卖他的面子,在被押走的那一刻嚣张地吼道:"我记住你了!我保证,你们怎么抓的,怎么给我放回来!"

帝豪会所被查封的消息一下就传遍了吴州的大街小巷,

更有好事者还跑到现场一探究竟。一大早，会所前的停车场上就聚集了很多人，有绘声绘色、添油加醋地描绘着昨晚的场景的，也有幸灾乐祸的，更多的则是市民和群众的拍手称快……

当然，江小鸥出现在这个地方不是来看热闹的，他接到新闻线索的时候还以为是个假消息，但他来到现场的时候就发现事情比他想象的还要复杂。这座平日里金碧辉煌的建筑依然矗立在那里，只是没有了往日的门庭若市。气派的大门上被贴上了封条，就连平日里车满为患的停车场上，也是空空如也，居然连个保安的人影也没找到。

敏感的江小鸥意识到眼前的这一切恰恰验证了一件事。但是，这只不过是个序幕，接下来还会有更精彩的大事发生。

"我说张局，你们想要干什么，是不是嫌钱分得少了？"胡新标在电话里阴阳怪气地兴师问罪。"四哥"则在一旁竖着耳朵听，一脸焦急。

"哎呀，胡队，我是真不知道，我如果知道的话能不给您老人家报个信吗！"电话那头是满嘴的无辜。

"谅你也没这个胆，听说几个兄弟关在你那儿，先给我放出来再说！"胡新标蛮横地说道。

"行，听您的，我问问情况，然后安排！"

"你还问什么情况，什么情况你不清楚？我马上派人去接，你马上安排放人！"胡新标气呼呼地挂了电话。

"行了，老四，你先安排兄弟去接人，然后我去找'老板'！放心，不会有事的！"

胡新标的那句"不会有事"这次并没有灵验，就连王老四派去接人的小弟也一去不回，被守候在那里的专案组抓了个正着。而他所说的"老板"这会儿已经得到了消息，正在郊区别墅的客厅里像困兽一样踱来踱去。

"有文，我最近右眼皮经常跳，总感觉要出事，我看你这个副书记也别惦记那个书记的位子了，咱们还是一起去美国吧！"蒋一曼一脸憔悴地看着一言不发的吴有文。吴有文没有说话，只是一下又一下地抽着烟。

"你倒是说句话啊，接下来我们怎么办啊？"蒋一曼摇了摇吴有文的胳膊。"先别烦我，让我静一静！"吴有文甩开蒋一曼的手，掐灭了手中的烟头，起身拿起了桌上的车钥匙。

"你这是去哪儿？今天还要走？"蒋一曼看了看表。

"对，回去陪老爷子！"吴有文头也没回地出了家门。

"周妈，周妈！"蒋一曼喊了好几声，一个姓刘的阿姨慌忙从保姆间里跑了出来，蒋一曼才意识到周妈已经辞职好久了。

"蒋总，有什么吩咐？"

"给我开瓶红酒！"蒋一曼说完，有气无力地呆坐在沙发上。

轰隆隆一阵雷声，蒋一曼一下子从睡梦中惊醒，闪电把卧室瞬间照得如白昼一般，窗户不知什么时候开了，一阵风吹来,正在吱扭吱扭地摇摆着,把白色的窗纱吹得随风飘舞……她光着脚下了床,想要把窗子关上,却见窗帘的背后站了一个披头散发的女人,正满脸是血地看着她,几绺头发遮住了她的脸,似曾相识,又无法确认。女人嘴中不停地念叨着"蒋姐,蒋姐,蒋姐……"声音凄惨得让她头皮一阵阵发麻。女人正一步一步靠近,她想要逃离,却发现腿脚已不听使唤,根本就挪不动地方。就这样,女人慢慢地靠近,这下她看清了,不禁吓得魂飞魄散,因为女人只有上半截身子,下半身空空如也地悬在空中,正一点一点向她靠近……

　　蒋一曼一声尖叫醒了过来,竟是一场噩梦。窗外果然打起了雷,茶几上是她不知什么时候喝完的一瓶红酒,一个酒杯被打翻在桌上,洒掉的红酒正从茶几上顺着一边慢慢滴下,如鲜血一般殷红……

第十四章　吉人天相

（一）

骆大明再次住进了省人民医院，如果说上一次是偶然，那这一次住进来或许就是一个必然，他已经隐约感觉到自己身体的变化。尽管他还没有得到最终的检查结果，直觉告诉他恐怕要做好最坏的打算，但他依然是乐观和积极的，至少暂时不用面对那些鹰犬一般的嘴脸。当然，还有另外一件让他高兴的事，那就是他每天晚上可以偷偷地溜出去探望丁小力。

其实，丁小力已经醒了，是默涵每天的坚持唤醒了他。但护士和医生只是知道他有了知觉而已，并不清楚他其实已经恢复了意识。母亲每天白天都会过来照料，默涵依然是每天晚上抽出时间陪他，给他听各种好听的音乐。他在心里默默数着一个又一个日子，其实他一直在等待一个人的到来，而这个人就像天意一般果然来了，这个人就是骆大明。

已经夜深人静了，骆大明悄悄从17楼的内科病房溜到了21楼的神经科病房，走出电梯的那一刻，他看到了一个熟悉的身影,似乎从丁小力的病房里出来了,二人在走廊里无意中对视一眼,骆大明在迟疑的那一刻,女孩拉低了棒球帽檐,随后快速进了电梯。

"骆局!"见骆大明进来,丁小力在床上想要动一动,却被骆大明一把按住,示意他不要动。

"安心养病,不要动,也不要说话!"骆大明看着逐渐恢复中的丁小力,心中有了很大的慰藉。

"现在外面什么季节了?"丁小力用微弱的声音问。

"已经立秋了,夏天很快就要过去了!"骆大明说。

"我是不是在这儿躺了很久?"丁小力的眼中浮现出斑驳的泪光。

"是呀,已经一百多天了!"骆大明心里一阵酸楚。

"不过,你小子也挺机灵,醒过来这事瞒过大家还不算,居然还瞒过了医生!"骆大明一边轻轻地揉捏着丁小力的小腿,一边轻声地感叹。

"这不是您教导有方吗,我要学会保护好自己呀。电视上不总是出现半夜来拔管子的场景吗?如果他们知道我醒了,万一半夜拔了我的管子,我就见不着您了……"丁小力虽然仍躺在床上不能下地活动,但脑子却异常清醒,居然还和骆大明开起了玩笑。

"对不起,您拨打的电话已关机……"胡新标把手机重重往桌上一摔,恶狠狠地骂了一句,王老四已联系不上,而追随在他身边的小弟不但一个没弄出来,反而一个个进去了,这让胡新标大动肝火。这个时候，他不但没有害怕，反而还相信在吴州这块地皮上是没有人动得了吴有文的，只要吴有文不倒，他胡新标就不会有事儿。不过这只是他自己的一厢情愿，吴有文这个时候已经通过地下钱庄正将大部分资金转向瑞士银行。

这个时候，任长河正在办公室接见赵卫军，因事关重大，赵卫军在电话里请示要当面向他汇报。因为任长河的岗位已今非昔比，当副省长的时候，大部分问题他都没有决策权，只不过是在报主要省领导前，要他这儿把一道关、给出一个建议性意见罢了，如今身上担的却是一个拥有 800 万人口的省会城市，所以任何事情任长河都不敢掉以轻心。

"书记，您看一下这份名单！"任长河办公室，赵卫军正在紧张地汇报着工作。

任长河戴上眼镜，神情严峻地扫了一眼赵卫军递过来的名单，眉头一下子收成一个"川"字形。这是一份长达三页的纸，密密麻麻地罗列了上百名的官员和警察。

涉案官员、警员一览表

职务	姓名
吴州市副市长	杨　健
吴州市江北区委书记	张庆国
吴州市高新区常务副区长	黄庆伟

省公安厅刑警大队副大队长	胡新标
吴州市公安局副局长	李廷欣
吴州市公安局治安支队支队长	罗新敏
吴州市公安局治安支队副支队长	周宏君
吴州市公安局治安支队危爆大队长	邹俊平
吴州市公安局金水路分局局长	薛柏仁
吴州市公安局查办处处长	高宁
吴州市公安局文化路分局治安大队大队长	林永强
吴州市公安局南关街分局治安大队警察	张志军

…………

任长河半晌没说话，默默地点了一支烟，然后猛吸了几口，让他触目惊心的不只是这份名单，还有赵卫军接下来的汇报。

"通过'8·8'专案的集中审理，顺着一些线索，我们还破获了近年来几起悬而未决的大案要案……比如，五年前的汽车爆炸案，三年前东郊的那起恶意伤害案，还有三个月前发生的那起交通肇事案，这几起案件都涉及本市最大的一股黑恶势力集团。幕后老板名叫王天宇，社会上人称'四哥'，此人之所以神通广大，是因为吴州警界基本上都被他拉拢或收买了……"

"接着说下去！"任长河摘下眼镜，用眼镜布擦拭了一下，又重新戴上。

"后面可能会牵出更大的人物,已经超越了我的权限范围,所以后面的事情我有些为难,因此才来向您请示……"赵卫军终于道出了难言之隐。

"你马上把你调查的情况写份报告给我,记住,第一要讲证据,第二要实事求是,还有要严格保密,这件事你直接对我负责!"事情的严重程度已经完全超出了任长河的想象,一切迹象表明,他原本怀疑的事情,正在一步一步变成血淋淋的事实。事不宜迟,他决定要带上赵卫军,把这些情况亲自向省委书记汇报。

"长河,你反映的情况非常重要,也非常及时,你不来我也正要找你。刚刚我接到了中央领导的指示,近期会派专项调查组对巡视期间群众反映的一些问题和线索进行调查。这次中央专项调查组的到来是一次秘密行动,不公开、不报道。中央领导明确表示,这次调查,不管涉及谁,位子有多高,权力有多重,都要一查到底,绝不姑息。你放开手脚配合调查组去查,无论遇到什么问题、什么阻碍,省委都是你的坚强后盾!"

"还有,前阵子你去北京,相关领导也找你谈过话了吧,把这副担子交给你,既是中央对你的信任,也是省委对你的信任!"

省委书记李家正的一番话让任长河感觉到热血澎湃。原来,中央巡视组表面上看起来是照章办事,实际上却虚晃一枪,把大招儿留在了后面。

8月27日,中央纪委国家监察委员会网站发布消息,中央纪委副局级纪律检查员、监察专员、中央巡视组副组长高立新涉嫌严重违纪违法,目前正在接受组织调查。

吴有文也在办公室里看到了这条消息,随后一屁股坐在了办公室的沙发上半天没能站起来。他知道,他的最后一根救命稻草也没用了。

(二)

江北省纪委书记杨昊结束了为期一年的中央党校学习回到吴州。在他上班的第二天,处理的第一件事就是因为证据不足对骆大明的调查宣告结束,对负有主要领导责任的吴有文提出严肃批评,并责成调查组做出书面检查。颇为戏剧的是,骆大明出来了,兰玺光却进去了。江北省纪委监委的网站也同日发布消息:省政府副秘书长、省信访局党组书记兼局长兰玺光涉嫌严重违纪,正在接受组织调查。

黄远辉是第一个来到医院向骆大明报告这个消息的,同时来看骆大明的还有伍为民。

"骆局,我对不起您!"伍为民进了病房,第一件事就是扑通一声跪倒在骆大明的面前,不顾病房里还有医生和护士,一把鼻涕一把泪地痛哭了起来。

"为民,这是怎么啦?别这样,快起来,起来说话!"伍为民的举动突然让骆大明一下子不知所措,不知道究竟出了什么事情。

"是我实名举报了您,我不是人,是他们逼我的,我这就去纪委把问题说清楚!"伍为民说完起身,头也没回地冲出了病房。

这突然发生的一切不仅让骆大明目瞪口呆,就连病房里的江小鸥、江沐月,连同医生和护士都觉得不可思议。确切地说,满屋子的人,只有黄远辉一个人明白到底发生了什么事。

"你们几个谁是病人家属?"主治大夫看了看这一屋子的人。众人你看看我,我看看你,谁也不好接话。

"大夫,您有什么事和我说吧!"黄远辉从背后挤了出来,站在了医生的面前。

"你跟我来一下!"大夫看了黄远辉一眼,合上夹子出了病房。

主治医生进了办公室,请黄远辉坐下,然后关上了房门。

"请问您是患者什么人?"

"同事,不,患者是我们单位的领导,我是他的下属,办公室的!"

"患者的家属呢?"大夫有些疑惑。

"我们领导不是本地人,是外地派来的干部。还有,还有他刚刚离了婚,这儿没有家属……"黄远辉迟疑了一下,向大夫道出了实情。

"哦,是这样啊,这是患者的胃部 X 线征,您看一下:图像上不规则的充盈缺损影清晰可见……"大夫拿出一张片子指给黄远辉。

"大夫,您说的这些我也不懂,有什么话您不妨直说吧!"黄远辉隐约有一种不祥的预感。

"患者得的是胃癌,晚期!"

"什么!你们是不是搞错了?"黄远辉一下子从座位上站了起来,双手用力按在桌子上,眼睛瞪得溜圆。

"我们也不愿意相信,但会诊结果就是这样,基本可以确诊!"大夫一字一顿地说。

黄远辉不知是怎样走出主治医生办公室的,只感觉身后的衬衣不知什么时候就湿透了,在空调的冷风下,一阵阵发凉。

与此同时,"8·8"专案组的收网行动仍在继续,除王天宇外,吴州天宇集团涉黑组织犯罪团伙的骨干人员已全部抓获。而狡猾的"四哥"此时成功地登上了飞往西雅图的航班。

紫金藤集团被查封,资产被银行冻结,财务负责人也被控制,但主要负责人蒋一曼却不知去向。

胡新标是在办公室里被带走的,他还曾一度试图反抗,但很快就被制伏了。杨健则是在市政府的会议室里被带走的。那一刻,他面无表情,腿脚发软,据说是被两个特警揿上车的……

就在同一天,《吴州晚报》的一篇深度报道像一颗重磅炸弹，不仅成为吴州人茶余饭后的议论焦点，还成功登上全国的热搜。

  8月9日凌晨，警方以"长期组织年轻女性从事色情活动"为由突然搜查了本市位于滨江南路88号的帝豪国际会所。

  据警界人士透露，包围帝豪国际的是来自邻省的200名特警和我市抽调的100余名公安民警。当时，新任公安局局长亲自坐镇指挥，此次异地用警，无论是规模还是指挥者级别，在省内都是史无前例的。

  警方有数十人涉案落马，这些人不是在帝豪国际会所拥有股份，就是向其"借款"数十万元甚至数百万元。事发后，他们的办公室和家里全都被搜查了。

  落马的还有江北区委书记张庆国，其在帝豪国际会所也拥有股份。张庆国曾任江北省吴州市公安局常务副局长。

  突击搜查帝豪国际后，吴州的扫黄行动也基本告一段落。原因是帝豪国际被打击，其他小型涉黄场所自行关门。

  其实对帝豪国际的调查活动从突击搜查前两个月就开始了，警方通过调查取证，最终在8月8日深夜收网。此时，吴州市新任副市长、公安局局长赵卫军刚刚到任两个月，人们猜测帝豪国际的覆灭，正是这位新任公安

骆驼刺

局局长"烧的第一把火"……（记者　江小鸥）

香港启德国际机场的候机大厅，一男一女正坐在一个角落里警惕地盯着过往的人群。女的衣着时尚，穿着一身名贵的香奈儿连衣裙，大大的墨镜后看不到面部表情。男的则穿了一件印花T恤衫，一头长发披在身后，一副艺术家的样子。但只要细心地观察就能发现，男子所戴的头发显然是一顶假发。登机口前开始排起了长队，两个人紧紧地靠在一起，不时地看看手表，似乎希望登机时间早点儿到来。

飞往洛杉矶的登机的广播终于响起，二人急匆匆地走向登机口。两人一前一后排在公务舱通道最靠前的位置，紧张地把机票和护照递给工作人员。工作人员看了看护照，又看了看机票，迟疑地看了男士一眼，最终还是手持扫码器嘀嘀扫了一下，微笑着说了声"谢谢"后，双手递回机票和护照，两人终于舒了一口气，刚刚悬到嗓子眼儿的心终于放了下来。

与此同时，省公安厅指挥中心正在同公安部紧急沟通，登机已经全部结束，舱门也早已关闭，但飞机却迟迟没有从机位上推出。

（三）

经省政府批准，骆大明已经恢复工作，再次回到了工作岗位，不过他的职务有了一些变化。兰玺光的名字已经从信访

第十四章 吉人天相

江南山水十四　刘明杰绘

局的官网上消失,而骆大明的名字则排到了第一位。职务一栏已调整为:副局长,党组书记。

虽然黄远辉隐瞒了他的病情,但骆大明已经悄悄百度,在网上搜了每天服用的药物,除了缓解疼痛的,就是抑制癌细胞扩散的。他已经隐约感觉到自己的时间不多了,与其躺在病床上等死,倒不如实实在在做些工作。于是,在他的再三坚持下还是办理了出院手续。不过,医院及黄远辉还是和他约法三章,不然就不同意他出院:第一,要定期回医院进行复查;第二,饮食和药物要严格遵照医嘱;第三,不能加班,更不能熬夜。

9月18日,星期六,晴,农历八月十五。

根据中国的历法,农历八月在秋季中间,为秋季的第二个月,称为"仲秋",而八月十五又在"仲秋"之中,所以称"中秋"。中秋节起源于上古时代,普及于汉代,定型于唐朝初年,盛行于宋朝以后,与春节、清明节、端午节并称为中国四大传统节日。

中秋节是秋季时令习俗的综合,其包含的节俗因素,大都有着古老的渊源。中秋节以月之圆兆人之团圆,为寄托思念故乡、思念亲人之情。骆大明不敢回东港,因为他不想在这样一个团圆的日子既刺激到老人又伤害到孩子,更何况他的身体现在是这副样子。

当儿子骆峰和妻子温晓燕出现在他的面前时,他还以为是错觉。幸福就是来得这么突然,让骆大明一时不知所措。

第十四章 吉人天相

"怎么，不欢迎我们吗？"温晓燕见骆大明站在门口，看到他消瘦的脸上颧骨已经凸起，胡子拉碴地愣在那里一阵心酸，她强忍着眼泪摇了一下骆大明的胳膊。

"那当然不是，快进来吧！"回过神来的骆大明来不及把东西提起来，一把就把儿子抱了起来，尽管儿子已经长高了很多，体重也重了很多，他还是努力地把他抱了起来。

温晓燕的性格就是这样，外表冷漠，内心却十分柔软。如果不是江沐月亲自跑到东港和她解释发生的一切，她还一直停留在对丈夫深深的误解里。当然，最让她揪心的还是她从黄远辉那里得知的骆大明的身体状况。还好，她和骆大明协议离婚的事隐瞒了双方父母，所以知道的人并不多。不然，这个误会可能会导致她终身的遗憾。

儿子骆峰兴奋得把每个房间都转了一遍，还跑过来问骆大明，他可不可以住朝西的那个房间。这话把骆大明问得一愣，不知如何回答。

"大明，我已经答应调到吴州来工作了，咱们一家三口在一起再也不分开了！"温晓燕一边拖着地，一边说着话，声音不大，像是说给骆大明，又像是在自言自语，因为她不敢抬头看骆大明，她怕自己哭出来。

"晓燕，你说的是真的吗？"骆大明怀疑自己的耳朵听错了。

"嗯！"温晓燕仍旧低头默默拖着地。

一股暖流瞬间传遍全身！激动的骆大明一把将温晓燕和

儿子揽在怀里，三个人紧紧地抱在了一起。在经历了不同寻常的一年后，一家人终于在这个中秋节团聚了。

依据《中国共产党纪律处分条例》，吴有文、兰玺光、杨健、胡新标等分别被"双开"，其涉嫌违法犯罪的，已移交相关国家机关另案处理。

10月8日，国庆节结束的第一个工作日，江北省三江市中级人民法院重新开庭，公开审理五年前发生在吴州的那起震惊全国的"5·9"惨案。上午九点，距离开庭的时间还有半小时，旁听席里已经挤满了记者、人大代表、政协委员，还有相关社会群体。

书记员在依次公布当事人张龙、张虎、胡新标、蒋一曼、吴有文的年龄、身份和家庭住址并确认无误后，宣布了法庭纪律。

"现在开庭！"随着审判长的一声宣布，五名被告被法警依次带了上来。"下面请公诉人宣读起诉书。"

> 三江市人民检察院起诉书，三江检字第36号……
> 被告人张龙，男，1983年2月5日生，籍贯吉林省白城市……被告人，张虎，男，1986年5月8日生，籍贯吉林省白城市……
> ×年5月9日，发生在吴州市的"5·9"爆炸案，已于当年审理完毕并结案。根据检方重新掌握的证据和线索，发现此案存在多处疑点，经报请省高级人民法院

批准，现将此案发回重审。

受被告人胡新标等人指使，×年5月9日17时许，被告人张龙与张虎携带爆炸装置，至被害人董默轩位于音乐学院主楼的轿车停放处，由犯罪嫌疑人张龙将爆炸装置塞入驾驶座位下。后二人驾车跟踪下课的被害人，并赶到其经常光顾的吴州市江北区建设路56号都市丽人美容院对面的街道旁等候。17时30分左右，当被害人驾车行至此处时，张虎用遥控器引爆炸药，将被害人当场炸死，并致两名行人受伤。

根据犯罪嫌疑人交代，嫌疑人所用炸药及爆炸装置的来源均已核实，且犯罪嫌疑人供认不讳，事实清楚，证据确凿。

鉴于被告人的犯罪手段极其残忍，犯罪情节特别恶劣，犯罪后果特别严重，社会危害性极大，根据《中华人民共和国刑法》第232条……现对被告人提起公诉。

此致
三江市中级人民法院

检察长：苏晓丽

公诉人宣读完公诉书后，旁听席一片哗然，如此离奇的情节他们还是第一次在法庭上听到。

"请保持肃静！"法官敲了一下法槌，庭审现场接下来是举证、质证环节。默涵坐在旁听席的一个角落里，她再也哭不出来，眼神里只有仇恨的怒火在一点点燃烧。

"法官大人，这一切都是我舅舅和舅妈安排的，不，是吴有文和蒋一曼指使的，和我无关啊，我充其量只是一个从犯……"自我辩论阶段，胡新标见大势已去，急于把自己撇清，但当他看到吴有文那冷冰冰的眼神后，又慢慢低下了头。

"我并没有想要她死，我只是想要教训教训她，毕竟我们还有感情，但接下来的事情我就不知道了，具体操办是蒋一曼和胡新标的事……"吴有文淡淡地说。

蒋一曼没想到，关键时候，吴有文和胡新标都把责任推给了自己，她感到了一种从没有过的悲哀。这个时候，她一个女人还能辩解些什么呢？事实在那儿明摆着，而她的确也参与了，因为她确实不想自己的位置被董默轩取代，但她也绝不会残忍地想到用这种手段置她于死地。五年来，她一想起这件事就会做噩梦，她知道早晚有一天，死去的冤魂会找上门来，现在看来一切都应验了……

"亲爱的吴书记，我是该叫你'爸爸'呢，还是该叫你'亲爱的'呢？我可是你那个脑瘫在美国治病的儿子的合法妻子啊。还有你，胡队长，我是该叫你'外甥'呢，还是应该叫你'表弟'呢？现在出事了，你们把问题往我一个女人身上推。好，没问题，全是我干的，你们两个都是人民的好公仆，哈哈哈……"

她最终没有为自己辩解，只是看了看吴有文，又看了看胡新标，说完之后就不停地冷笑着，如疯了一般。

"肃静，请保持肃静！"旁听席上再次骚动起来，法官不得不再次敲下了法槌。

（四）

默涵已经有些日子没来看自己了，丁小力在心里默默数着日子，一天、两天、三天……他已经习惯了每天晚上有动听的音乐、感人的倾诉、熟悉的背影，以及默涵身上独有的淡淡的香水味。

"已经五天了，会不会出了什么事，要不要告诉她，自己已经恢复了？但是一旦我说出实情，是不是眼前所留恋的一切就会一去不复返？"丁小力此刻的心情是复杂的，也是矛盾的。

母亲已经不再像往日那样天天以泪洗面，丁小力实在不忍心继续隐瞒妈妈，就趁着有一天没人的时候悄悄告诉了她，虽然母亲不知道丁小力为什么这样做，但她相信儿子这样做一定有他的道理。既然儿子的身体只差一些外伤的康复，那就是时间的问题了。毕竟奇迹出现了，她实在担心万一儿子醒不过来，她百年之后谁来照顾这个可怜的孩子，现在一切都不用担心了，都在朝好的方向发展，当然她仍然忘不了每天回到家里向供奉的观音像烧香磕头，以求继续保佑丁小力的平安。

自从温晓燕带着儿子来吴州之后，骆大明的精神状态有了很大的改观，当然最重要的是饮食起居有了细心的照料。这一切都是在任长河的指示下办的。当任长河知道骆大明的病情不容乐观后，除了心痛，这是他唯一能做的了。

　　一个熟悉的身影再次出现在了病房门口，淡淡的带点儿薰衣草味道的香味又通过丁小力的鼻腔沁入他的肺腑，他有一种说不出的清爽，浑身的细胞仿佛都被唤醒了，充满着一种新生的力量，他知道是他心爱的默涵来了。

　　"小力哥，今天就不听音乐了，我和你说件高兴的事吧！昨天我去了三江，我姐的案子重新开庭了，那些害我姐和害你的人，除了一个跑到了美国，其他一个也不少。虽然昨天没有宣判，但我相信法律会还我姐一个公道，更不会放过那些害你的人。小力哥，你要是能听到多好啊……"五天没有出现的默涵又一次出现了，依然是牛仔裤加一件格子衬衣，头发扎成一条马尾，从棒球帽后面的松紧扣里俏皮地钻出来……

　　默涵轻轻握住丁小力的手，慢慢地在自己的脸上摩挲着，泪水一滴一滴啪嗒啪嗒地落在洁白的床单上，在寂寞的夜里，如一首悲怆的歌曲，一声一声敲打着丁小力的内心。

　　他差点儿没忍住就从床上坐起来，告诉她不用再担心了，一切悲伤的事都已经过去了，从此可以好好地生活了，可是他努力了半天，双腿还是无法动弹。

　　默涵依然沉浸在她的悲伤里，并未注意到丁小力微妙的变化。夜慢慢地深了，默涵从包里掏出一个信封悄悄地塞到了他的枕头下，借着微弱的月光，再次深情地看了丁小力一眼，便转身出了病房。

第二天一早，滨江大桥上就聚满了人，由于是星期天，加上清晨的凉爽，早起锻炼的人们络绎不绝地穿梭在吴州这个标志性的桥梁上。桥头上有个女孩，一袭白色的长裙，正忘我地拉着小提琴。小提琴的琴盒是完全打开的，里面放了一本书，还有一个白色的信封。行人都被悠扬的琴声和长发飘逸的美丽女孩所吸引，纷纷驻足。

"她拉的是什么曲子，这么好听？"

"没听过，太好听了，就是感觉太悲伤了，听着有种想哭的感觉！"

"对对对，就是这种感觉……"

"我知道这首曲子，叫作《殇》，是杰奎琳·杜普雷的大提琴独奏曲，没想到用小提琴拉出来也这么动听！"

人们开始窃窃私语，也有人开始往琴盒里扔钱，十元、二十元、一百元……但女孩依旧忘我地拉着琴，似乎这个世界并不属于她。伤感的音符伴随着琴弓的起伏缓缓流出，宛如魔法一样牵动着每一个人的心灵：既让人感受到了悲伤，感受到了寂寥，感受到了无奈，感受到了失去；又让人感受到了美好，感受到了爱，感受到了曾经的拥有和快乐……

  如果我死了，你会不会思念我

  不会，我会陪你一起死

  我站在世界的尽头

  遥望这片紫色的花海

在我的耳畔，你正低吟浅唱

细诉你我写不出的结局

树荫下星光点点

映在胸间，化为今生的遗憾

你的声音像落蝶般寂寞

贝壳里传来海的哭泣

是谁守望着谁

失去了这么久才明白

原来一直未曾拥有

那么任落叶淌光飘散

溢出这一片心海

　　人们如痴如醉地沉浸在这一大早偶遇的音乐中，根本没有意识到、更不会想到琴声到了尾声后，女孩竟扭头一笑，随后张开双臂，毫无征兆地连人带琴一起从桥上坠落。

　　"快救人，快报警！"随着一片混乱和惊呼，已有几个晨跑的年轻人连衣服也没脱，接连跳进了江中。

　　江小鸥接到新闻线索赶到现场的时候，现场的人已经散去，仍有部分好事者留在原地议论着刚刚发生的一切。

　　"大爷，刚才这儿出什么事了，您看见了吗？"江小鸥问。

　　"一个女孩跳江了，唉，太可惜了，人漂亮，还会拉琴，年纪轻轻，怎么会想不开？"一个老者坐在桥头一边摇头一边叹惜。

"那后来怎么样了，您知道吗？"江小鸥问道。

"幸亏过了雨季，人倒是救上来了，不过不知道是不是还活着！"老者看了看桥下的江水依然心有余悸。

"那救人的人呢？"江小鸥又接着问。

"几个小伙子，救完人就走了，有一个跟着去了医院，连个名也没留，女孩命大，遇到活雷锋了！"老者一边说一边竖起了大拇指。

离江边最近的医院是省人民医院，江小鸥决定去碰碰运气。

（五）

骆大明赶往医院的时候，丁小力正急得一个人躺在床上掉眼泪，他的这一举动把主治医生和护士们都吓了一跳。让他们惊讶的是：这个苏醒概率只有百分之三十的小伙子怎么会一下子毫无征兆地醒了过来，而且居然还有清晰的逻辑和清楚的表达。

"小力，出什么事了？"骆大明看到丁小力这个样子，心不由得揪到嗓子眼儿。

丁小力没有说话，默默地把手中的信封递给骆大明，眼里满是泪水。

骆大明打开信封，里面除了一张银行卡，还有一封信。

亲爱的小力哥：

请原谅我以这样的方式和你道别。我原以为自从父母离开后，这个世界上除了姐姐，再没有可以相信的人。自从在网络上遇到率真和疾恶如仇的你，还有善良、乐于助人的陈老，是你们给了我活下去的勇气，让我终于查出真凶，为姐申了冤、报了仇。

可是报了仇的我并没有感到轻松，反而心里有了更大的压力。我不得不承认，我利用了你的率真，我知道凭我的一己之力是不可能告倒那些有权有势的坏蛋的。当我每次见到你躺在床上的时候，我的内心就充满了羞愧和自责，如果不是我，你一定会过着属于自己的幸福生活。

一想到你可能要在床上躺一辈子，我就无法原谅自己。曾经想过，不管你是否能够醒来，我都会用我的余生照顾你，可是我担心自己无法承受这份压力。或许，唯有一死，才能洗清我良心上的不安。卡上的钱和我现在的房产是我的所有，把它留给你，虽然它已换不回你的从前，但至少能赎回一些我的亏欠。

陈老是另一个帮助过我的人，我在他儿那留了一份遗嘱，以证明把我的全部财产留给你具有法律效力。

别了，如果有来生，但愿还能遇到你，下辈子，我愿用一生来还今生欠下的情债。

默涵绝笔
10月12日

第十四章 吉人天相

"骆局,快联系救人!"丁小力拿出手机,打开默涵的联系方式,递给骆大明。

"喂,请问你是机主什么人?"电话另一端传出一个男子的声音。

"您好,我是机主的朋友,请问您是?"骆大明还以为打错了电话。

"哦,我们是滨江北路派出所的民警,正在找机主的亲人或朋友,您的电话来得正好,我们在省人民医院的抢救室,请您尽快来一下!"

"好的,我马上就到!"骆大明挂了电话。

"小力,别担心,你的朋友正好也在这家医院救治,就在前面的那个楼,我这就去看看!"骆大明挂了电话,匆匆赶往医院的主楼。

抢救室就在医院一楼的大厅西侧,正挤满了人。还没到走廊的入口,就见里面推出一个人,面部已经被白色的被单盖住,后面则跟了几个掩面哭泣的人……骆大明一下子心就提到了嗓子眼儿,难道没抢救过来?他心里正打着鼓,突然发现江小鸥挎着相机、手持录音笔追着一个浑身湿漉漉的小伙子从里面走廊的远处走了过来。

而江小鸥也在人来人往的大厅中发现了骆大明,他伸出左手,用右手食指戳了一下掌心,示意骆大明稍等他一会儿。骆大明往走廊里面指了指,也示意他正有事,掏出手机给他比画了一下，意思是一会儿电话联系。

"请问刚才有没有一位年轻的女孩在这儿抢救？"赶到抢救室的时候，里面只有一个护士在收拾着病床，骆大明礼貌地敲了敲门，站在门口问道。

"您说的是不是那个溺水的？"护士抬起头看了看骆大明。

"对，她人呢？"虽然骆大明不敢确认，但他隐约感觉到应该是护士说的这个人。

"已经抢救过来了，正在观察室，出了门右转，第三个门！"护士头也没抬，收拾完床又接着收拾桌面。

观察室里有七八张病床，角落里一张床上有一个白发苍苍的老太太正打着吊瓶，边上坐了一个中年女士，应该是她的家人。靠窗的一张病床上躺了一个年轻女子，盖着被子，头发散乱地落在枕头上，似乎睡着了。床前站了两名警察，正在和一个老者交谈着。

"陈老，您怎么在这儿？"骆大明走近才发现和警察交谈的竟是"三四五茶舍"的陈老。

"骆局，您先稍等一会儿，我和警察同志先说点儿事！"骆大明发现陈老的时候，陈老也注意到了骆大明。

不一会儿，警察和陈老握了握手就离开了，警察刚走出观察室，江小鸥就气喘吁吁地进来了。三个人面面相觑了一下，似乎都不明白其他人为什么也会出现在这个地方。

陈老叹了口气，打开了话匣子，也道出了这个女孩的真正身世。

"我其实有一个女儿,从小爱好音乐,并且有很好的天赋,无论是西方乐器钢琴、小提琴、大提琴,还是中国传统的古筝、琵琶,都样样精通。我本希望她未来能在音乐这条道路上有些造诣,好对得起她早逝的母亲。但是这个叛逆的孩子不知什么原因,在大四的时候喜欢上了一个比她大十几岁的男人,而且还未婚先孕,我一气之下和她断绝了父女关系,而倔强的女儿也够绝情,倔强得也不和我联系……后来,我收到女儿的一封信,才知道她们家出事了,而我这个女儿选择了皈依,做了一个居士。后来我多次请人寻她,其实她也早在几年前就离开了人世,她留给我一封信,让我看在父女的份儿上帮她照顾两个孩子。可是当我找到她们的时候,却发现就剩下默涵自己了。我怕孩子受不了,一直没告诉她实情,只是说我是她的一个远房亲戚……今天一早,我发现孩子留给我的遗书,才知道这个孩子原来心里藏了这么大的仇恨,为了给姐姐复仇,受了那么大的委屈……我对不起她们的妈妈,也对不起这两个可怜的孩子!"陈老说到这儿,已是老泪纵横,泣不成声。

三个人坐在默涵边上的病床上,久久地沉默,每个人心中的疑团和不解都已解开。骆大明看着这个躺在病床上的女孩,眼睛里正闪着晶莹的泪光。江小鸥心情异常复杂,这一年来,吴州发生了太多太多不正常的现象,作为一个新闻工作者,他要以怎样的视角来报道这一切,来反思这一切,来引导这一切？这听上去像是一个离奇的故事，却又如此残酷地发生在自己的身边。他在唏嘘感叹的同时，又陷入了深深的沉思。

骆大明似乎想起了什么，连个招呼也没打就急匆匆出了观察室。

默涵不知什么时候醒了过来，看了看床边的陈老，又看了看陌生的江小鸥，把头扭向了一边，她已经知道自己被救了，但是她已经不再留恋这个世界了。

"默涵，默涵……"默涵听到有人在呼唤她的名字，声音是那样熟悉和亲切。她以为自己出现了幻觉，顺着声音的方向，她扭过了头，竟发现丁小力坐在轮椅上，正在她的床边一脸深情地看着她。

默涵喜极而泣，没有说话，竟一下子从床上坐了起来，紧紧地搂住了丁小力的脖子。

第十五章 大结局

2月4日,星期六,晴,农历腊月二十三,立春。

立春,为二十四节气之首,是干支历的岁始。立,是"开始"之意;春,代表着温暖、生长。上古"斗柄指向"法,以北斗星斗柄指向寅位时为立春。

不知不觉又一年,春节就要来临了,吴州的大街小巷到处洋溢着过年的气息。"明德轩"——"三四五茶舍"最大的包间内其乐融融:骆大明和江小鸥正坐在棋桌前,两条"黑白大龙"正扭杀在一起,陈老则一边喝着茶一边和江沐月聊着中医的博大精深。温晓燕和江小鸥的妻子替代了服务员,正进进出出地张罗着午饭,骆峰则一个人跑到大厅观察人造水系里的锦鲤……

热气腾腾的饺子已经上了桌,可是丁小力和默涵却迟迟没有现身。

"要不我打个电话吧!"骆大明的白棋优势明显,胜利在望,看了看表,又看了看陈老。

"不用,这两个孩子最近有些神秘,但肯定会来,怕是有什么事瞒着我们！"陈老冲骆大明笑了笑。

"爷爷，您是不是又说我们坏话呢？"门一开，默涵挽着丁小力的胳膊走了进来，冲陈老做了个鬼脸。

"就你个小丫头耳朵尖，幸亏我没说啥。既然人齐了，大家都落座吧！"陈老说着招呼大家入座。

"今天是腊月二十四，咱们老百姓说的小年，把大家张罗来，就是一起热闹热闹，寒舍本是茶馆不是餐馆，条件有限，咱们将就一下。当然了，今天最辛苦的是骆夫人和江夫人……"陈老举起杯，这样的开场白简单且幽默，惹得大家都哈哈一笑。

默涵看了看丁小力，努了努嘴角，丁小力立刻会意，两个人一起站了起来。

"爷爷，我们也有话说！"于是众人将目光不约而同地转向了默涵和丁小力。

"你说还是我说？"默涵问丁小力。

"还是你说吧！"丁小力的脸一下子红到了耳朵根儿。

"就知道关键时刻你会掉链子！"默涵悄悄用手捏了一下丁小力，但大家已经从他们俩不太寻常的举动上猜到了什么。

"就是我和这个'呆子'决定在一起了！"默涵说完当众又挎起了丁小力的胳膊，一脸羞涩，幸福地低下了头。

"这可是今天最好的消息了，大家说是不是！"江小鸥高兴得一下子站了起来。其实大家也都期盼着两个人的关系能更

第十五章 大结局

江南山水十五　刘明杰绘

骆驼刺

进一步,没想到这么快就成了现实,于是纷纷举杯庆贺!

陈老一时兴起,朗诵了一首元代诗人方回的诗:

> 连宵好梦频,二喜集佳辰。
> 晓霁逢春日,山深遇故人。
> 立谈询近事,小酌叩荒邻。
> 暮宿东松寺,吟眸处处新。

骆大明深有同感,不由自主地把手伸向了桌边的红酒醒酒器。

"大明,你别喝了,喝点儿茶意思到了就好,你的胃不好,这大家都知道,又没人劝你……"温晓燕见骆大明给自己杯子里的茶换成了红酒,连忙阻拦。

"难得今天高兴,今天你就让我喝点儿吧!"骆大明轻轻地握住了温晓燕的手,眼神中满是恳求。

"那好吧,只此一杯!"看到丈夫的眼神,温晓燕有些于心不忍,她了解骆大明的性格。

骆大明端起酒,慢慢站了起来。

"恭喜小力和默涵,相信这一次的经历会让你们的感情更加深厚和牢固。我想借陈老组织的这次相聚,说一说我的感悟:人的一生是一个不断追寻的过程,我们可能会跑赢岁月,却经常会迷失自己。有时候,我们会记得所有的爱恨情仇或甲乙丙丁,却唯独忘记自己才是人生的主角……对于每个人来说,最珍贵的往往不是得不到的或者已经失去的,而是眼前所拥有的!"说完,他把杯中的酒慢慢地、一口一口地喝干。

骆大明的一番话至情至理,听得让人心酸。特别是温晓燕,几乎要落下泪来,因为只有她最清楚丈夫的病情。

"来,吃个饺子,别光顾着说话!"温晓燕见骆大明把一杯酒一下子给喝掉显然有些着急,连忙夹了一个饺子放到骆大明的盘里。

胃部再次一阵剧痛,吃下去的东西在胃里翻江倒海般搅拌着,豆粒般的汗珠从额头上冒出来。骆大明强忍着疼痛,佯装轻松地站了起来。

"不好意思,我去下卫生间!"

胃里已吐得干干净净,骆大明漱了漱口,把卫生间水池边的呕吐物清理干净,抬头照了照镜子,却发现温晓燕不知什么时候出现在他的身后。她的双手从他腰间圈了过来,脸轻轻地贴在了他的后背……

温晓燕一身护士服,推着骆大明缓缓从病房里出来,后面跟着黄远辉、江小鸥、江沐月,还有丁小力、默涵和陈老。手术室门口,骆大明冲大家笑了笑,摆了摆手。大家看不到温晓燕的表情,她全副武装,今天她将是主刀大夫的助手……

手术室门关上的一刹那,大家都表情凝重,不肯离去,默涵转身趴在了丁小力的肩膀上开始轻轻地啜泣。

麻药针已渐渐发挥作用,骆大明仿佛产生了幻觉:他似乎看到了他在新疆挂职时经常去的茫茫沙漠,沙漠中,驼队正

骆驼刺

在迎着风沙前进。那些生长在沙漠深处的骆驼刺，老枝已经长出了尖尖的刺，而发出的新枝上，正盛开着紫红色的花……

骆驼刺（学名：Alhagi sparsifolia Shap.）属豆科，落叶草本，主要枝上多刺，叶长卵形，花紫红色，6月开花，8月最盛，每朵花可开放20余天，结荚果，总状花序，根系十分发达，一般长达20米。从沙漠和戈壁深处汲取地下水分和营养，是一种自然生长的耐旱植物。因为这种植物茎上长着刺状的、很坚硬的小绿叶，故叫骆驼刺，是戈壁滩和沙漠中骆驼唯一能吃的、赖以生存的草，故又名骆驼草。

图书在版编目（CIP）数据

骆驼刺 / 北回归雁著 . -- 济南：山东文艺出版社，2022.1
ISBN 978-7-5329-6542-7

Ⅰ . ①骆… Ⅱ . ①北… Ⅲ . ①长篇小说 – 中国 – 当代 Ⅳ . ① I247.5

中国版本图书馆 CIP 数据核字 (2021) 第 275110 号

骆驼刺
LUOTUOCI

北回归雁　著

主管单位	山东出版传媒股份有限公司
出版发行	山东文艺出版社
社　　址	山东省济南市英雄山路 189 号
邮　　编	250002
网　　址	www.sdwypress.com
读者服务	0531 – 82098776（总编室）
	0531 – 82098775（市场营销部）
电子邮箱	sdwy@sdpress.com.cn
印　　刷	山东新华印务有限公司
开　　本	890 毫米 ×1240 毫米　1/32
印　　张	12
字　　数	236 千
版　　次	2022 年 1 月第 1 版
印　　次	2022 年 1 月第 1 次印刷
书　　号	ISBN 978 – 7 – 5329 – 6542 – 7
定　　价	49.00 元

版权专有，侵权必究。如有图书质量问题，请与出版社联系调换。